내 안의 묵시록

김점식 수필집

내 안의 묵시록

초판인쇄 · 2016년 12월 12일
초판발행 · 2016년 12월 16일

지은이 | 김점식
펴낸이 | 서영애
펴낸곳 | 대양미디어

출판등록 2004년 11월 제 2-4058호
04559 서울시 중구 퇴계로45길 22-6(일호빌딩) 602호
전화 | (02)2276-0078
팩스 | (02)2267-7888

ISBN 979-11-6072-003-7 03810
값 15,000원

이 도서의 국립중앙도서관 출판예정도서목록(CIP)은 서지정보유통지원시스템 홈페이지
(http://seoji.nl.go.kr)와 국가자료공동목록시스템(http://www.nl.go.kr/kolisnet)에서
이용하실 수 있습니다.(CIP제어번호 : CIP2016030437)

내 안의 묵시록

김점식 수필집

대양미디어

여명의 조롱동산

'산천은 의구하되 인걸은 간데없네.' 라는 옛 노래가 있고 '십
년이면 강산도 변한다.' 라는 말이 있다. 산천이나 강산이나 다 같
은 자연일 터인데 한쪽은 영원하다고 했고 다른 쪽은 '세월 앞에
는 장사 없다.' 라고 하고 있다. 전자는 거시적 안목에서 자연에다
초점을 맞춘 것이고 후자는 시간개념을 강조하여 세상살이의 다
양함을 뜻하는 것일 것이다. 둘 다 세월의 덧없음과 인간사의 무
상함을 일컫는 말들일 것이다.

자연을 바탕으로 하여 인문을 펼치는 것이 인간사고 곧 세상일
진대 세월에 따라 천하 만물이 다 변하겠지만 그래도 산하는 인간
세상에 비하면 영원하고 영원할 것이라고 보는 것이다. 그렇지만
우리들의 시대를 되돌아보면 꼭 그렇게만 되는 것 같지 않다. 산
천도 변하고 인걸도 간데없고 십 년이면 강산도 너무 많이 변하는
것 같다.

사람은 누구나 다 나이가 들면 지난날들에 대한 회한에 잠기기

도 할 것이다. 인생의 종점이 가까울수록 성장기의 첫 출발의 밑바탕에 깔린 기억들이 더 생생히 상기되고 그때의 세상과 현재의 세상과를 비교하기도 할 것이다. 변해 온 세상을 일별하면서 감회에 젖기도 하고 변해갈 미래에 대해 낙관도 하고 은근히 걱정도 하게 되는 것이다.

우리들 어린 시절에도 자기 자신은 확실히 변할 것이지만 세상은 그렇게 많이 변할 것이라고 생각지 않았다. 성실하고 열심히 하면 잘 산다고 했기에 그것만은 자신 있다고 확신감을 갖고 있었다. 세상에 대해서는 온통 초가집 마을, 어쩌다가 부지런한 사람은 양철집, 온 동네가 기와집으로 되는 세상은 상상하지도 않았다. 우리들의 우상은 자식 많고 가난해도 착한 흥부였지 결코 기와집의 떵떵거리고 심통 부리는 놀부는 아니었기 때문이었다.

돌아보건대 세상은 변해도 너무 변했다. 금세기에 그것도 우리들의 당대에, 그 말은 우리들의 어린 시절과 노인 시대가 너무나 차이가 많다는 것이다. 다시 말하면 우리들의 어린 시절은 5천 년 아니면 2천 년 전과 같았다는 말이고 현시대는 미래 시대의 첫 출발로서 감히 가늠할 수 없는 세상으로 갈 것이라는 걱정도 은근히 생긴다는 것이다.

잘 사는 문제도 결코 혼자 힘으로는 아무것도 할 수 없었다는 것을 절감하는 시대였다. 자신이 그렇게 생각하면 다른 사람들도 그렇게 생각하고 내가 노력하면 다른 이들은 더 노력하고 서로 앞서가기 위해서 피투성이 경쟁을 하다 보니까 은연중 서로가 잘 살게 되는 것 같았다. 자신을 돌아보면 뒤따라가기 위해서 엄청난 발버둥을 치다가 포기한 꼴이 되고 만 것이다. 그렇지만 은연중 세상의 변화에 동참하고 있는 것을 보게 되는 것이다.

우리들의 유년기는 분명히 구전의 시대였다. 입으로 전해지고 이야기를 통해서 세상살이가 이루어졌다. 부모가 자식에게 또는 또래들을 통해서 대대로 전해지고 인척이나 이웃을 통해서 풍문을 듣고 소문이 난무하던 시대였다. 우리들은 책을 읽고서가 아니라 전래동화를 알고 있었다. 부모 형제 또래들을 통해서 심청전 등 대부분의 동화를 이야기로서 듣고 배우고 또 전하는 것이었다. 그리고 대단한 감동으로 일생을 지배하는 교훈으로 남아 있는 것이었다. 듣고 익힌 전래동화는 우리들의 도덕책이었고 바른 생각이나 행동의 지침서였다.

우리들의 선대들은 후세대들에게 특별히 가르치거나 기록을 남길 필요가 없었다. 선조들이나 후손들이 큰 변화 없이 일생의 삶을 그대로 이어갈 것을 믿기 때문이었다. 생활의 방식은 구전이나 범례로 전해질 것이고 단지 후손들이 번창하여 큰 씨족의 일가를 이루는 것을 최고의 영광으로 삶의 목표가 구현되는 것이었다.

우리 시대에 와서 우리 선대들과 우리 후손들의 삶의 방식을 보라는 것이다. 천양지차의 엄청난 차이를 가져왔다는 것이다. 그 감당 못할 변화의 소용돌이에 바로 우리 자신들이 함몰되어 있다는 것이다. 우리들의 짐작이나 가늠자 이상으로 변하고 변신하기 때문에 우리들이 그 변화를 이끌어 놓고도 그 질풍노도를 감당 못하고 휩쓸려가고 있는 것이다.

한 번 속도가 붙은 열차는 멈출 줄을 모른다. 세계 각국의 열차들은 속도전에서 밀리지 않기 위해 총력을 기울여 매진하고 있는 것이다. 한때 우리나라는 일본이라는 열차에 깔려 엄청난 상처로 완전 초죽음이 되었다. 다행히 자유우방의 승리로 현대사의 제물이 된 채로 일본에서 벗어나는 정도로 살아남았다.

우리들의 유아 소년기는 일본에게 짓밟힌 바퀴 자국에서 벗어나자마자 동족상잔의 참혹한 핏빛 상처로 허둥대다가 간신히 정신을 차리고 삶을 추스르는 정도의 시기였다. 그러니까 진정한 우리 선대들의 정통이거나 자연스런 대물림의 이어 받음이 아니었다. 한 세대 이상의 일본의 횡포로 왜곡되고 변질된 것이 많았다고 보아야 할 것이다. 그래도 우리 순수의 정통 관습이나 풍습이 남아 있는 것이 많았다. 미개하고 토속적이고 원시적이며 쩨쩨하고 곰살스런 것들이 더러 있기도 하고 많기도 했으나 우리들의 나이와 함께 깨끗이 청소되듯이 말끔히 사라지고 새로운 세상으로 거듭난 것이 바로 오늘의 우리 눈앞인 것이다.

거대한 태풍이 지나간 바다는 해류의 자연스런 횡적 이동에서 급격한 종적 이동으로 심해의 자양분이나 미네랄을 표면으로 표출시켜 바다의 뭇 생명체들에게 영양을 공급하여 풍성한 바다가 되도록 한다고 한다. 이 시대에 우리 국민의 대부분이 거대한 현대화의 태풍 속에서 성공의 신화를 담고 있다. 그 중에는 예전 같으면 감히 표출하지 못했을 말이나 사례들도 당당히 자신의 자존감을 바탕으로 세상에 드러내기도 하는 것이다.

우리들의 시골 살이나 성장기의 생활들은 철두철미 금기시 되고 엄폐의 대상이었다. 선진화된 서양문명 앞에서 솔직히 내세울게 없는 게 사실이었다. 그러나 어떤 외세들도 감히 따라올 수 없는 대단한 도덕적 무장과 인간적 정신세계는 그들이 보기에는 또는 겉으로 보기에는 형편없고 빈약해 보였을는지는 몰라도 바로 그 피폐한 시골생활에서 형성된 것이며 우리들의 유전자에 새겨져 있는 것이다. 우리의 후손들은 선진화된 세계에 우리 민족의 정신을 오히려 전 지구촌에 전파하고 전 세계인의 모범이 되고 귀감이 되고 있는 것이다. 진정한 민족정신의 발현인 것이다. 인도 시인 타고르의 '동방의 등불'이 활활 타오르고 있는 것이다. 그는 선지자답게 우리나라의 시골 농촌생활에서 한 세기 전에 이미 미래를 간파했다니 그의 예지력에 감탄하지 않을 수 없고 통찰력에 찬사를 보내는 바이다.

2016년 가을

Chapter 03 잃어버린 풍경들

Chapter 04 옛날의 금잔디

Chapter 01

옛동산

먼 산의 진달래

먼 산의 지인달래 울긋불긋 피고요
먼 길의 아지랑이 아롱아롱 거려요.

우리들 어린 시절 봄노래이다. 1950년 대. 봄바람, 봄비, 봄눈.
흰 눈이 봄에 내리면 봄눈이 되겠지만 그보다 봄에 움트는 새싹을
말한다. 그 외에 봄을 상징하는 것은 여러 가지가 있다. 버들피리,
제비꽃, 철쭉, 각시풀, 뱀딸기 등.

그 시절의 사계는 너무나 시계추처럼 정확했다. 사람들의 생활
과 맞물려 비교적 정확하게 돌아갔다. 세시풍속과 맞물려서 말이
다. 이웃이나 사람들과의 소통도 세시풍속과 농사일, 날씨에 관한
것으로 이루어졌다.

우리들의 유일한 장기 휴가철인 음력설 기간인 정월 대보름까
지가 지나면 본격 농사 준비에 들어가는데 그러면서 거름내기 등
몸을 비교적 많이 움직이고 힘 쓸 일이 많아졌다.

봄의 전령은 신체적으로 몸이 나른해지는 데서부터 출발한다고

나 할까. 그만큼 날씨도 풀렸지만 신체적 생리에서부터 봄이 감지되는 듯했다. 먼 길 저편에서 아지랑이가 아롱거리고. 요새는 사라지고 없는 가상적인 단어가 된 아지랑이가 그 시절은 봄의 빛이었고 우리들을 둘러싸고 있는 봄의 향기였다. 봄날에 흠뻑 빠지게 하는 봄 바다였다.

무엇보다도 봄소식의 절정은 앞산에 핀 분홍빛 진달래였다. 어느 날 자고 일어났을 때 앞산에 연분홍색 꽃빛이 감돌 때 그 마음의 환희와 생동감은 잊을 수 없다. 자고 일어났을 때 가을색의 전설인 앞산의 잔솔가지 잎의 아랫부분이 노랗게 물들어 온통 노란 세상이 된 것 같이 되었을 때는 무엇에 안긴 것같이 포근함을 느꼈던 반면에 봄철의 진달래 분홍빛은 살짝 감돌기만 하여도 생기가 넘치고 약동하고 싶어지며 막 달려가 꺾어와 동네 사람들에게 봄소식을 알리고 봄을 함께 축하하고 싶어지게 되는 것이었다. 그러므로 그런 날은 틀림없이 진달래를 꺾어오고 병에 물을 담아 진달래를 꽂고는 봄날의 환희를 자축하게 되는 것이었다. 그런 날들이 일 년에 단 한 번, 연례행사처럼 되풀이 되었던 것으로 기억된다.

온통 무채색의 세상에 발그레한 진달래의 유채색은 우리들의 설렘이었다. 생동감이었다.

내일에 대한 희망이었고 꿈이었다. 기다림이었다. 그것도 어렴풋이 비치는 연분홍 색깔에 정말 별 것도 아닌 조그만 일에 감동받았다는 것에 대한 나약함과 같은 부끄러움도 조금은 도사리고 있는 것이다. 그렇지만 '나의 살던 고향은 꽃피는 산골' 의 주인공으로서 은근한 자부심도 갖고 있는 것이다. 그것은 현대사회가 갖고 있는 억만금의 부로서 가지는 가치에서는 전연 느낄 수 없는 우리들 내면에 흐르고 있는 진실 되고 순수 무구한 정신적 가치로서 어쩌면 종교보다도 더 거룩한 유산으로 이어져 오고 있는 것인지 모르는 일인 것이다. 앞산에 비친 발그레한 연분홍빛 하나가 무미건조한 회색의 일상에 생기와 환희를 주었고 거기에는 어떠한 물욕과 오욕도 범접 못하는 완전한 무위자연의 무한한 순수의 정신이 깃들어 있었다고 보는 것이다. 그것은 원초적 인간 본연의 발현인 것이며 조금 오래전에 잃어버린 바로 우리들의 자아이기도 한 것이다.

국기 계양의 진풍경

나라 잃은 설움을 얼마나 많이 겪었겠나 싶어 지금도 그 교장선생님에 대한 연민을 잊지 못한다. 우리 세대 사람들 중에는 흔히들 그런 광경을 보는 경험을 했을 것이다. 관공서나 학교에서 국기를 계양하기 위해서 국기 함을 머리 위로 두 손으로 받쳐 들고 깃대 있는 곳까지 가는 모습 말이다. 교장 선생님이 손수 누구나 그렇게 하라고 시범을 보여주었다.

그러나 그것은 너무나 회화적이었다. 선생님들이 결코 받아들일 수 없는 그런 것. 우리들이 그 시절 그 어린 나이에 봐도 웃음거리였다.

6·25 휴전 직후, 무엇 하나 제대로 갖추어진 것 없는 그런 시절에 그래도 내 나라이기에 우리 국기를 존중하고 애국심을 고취하자는 취지였을 것이다.

일제 강점기 일본 사람들이 자기네 국기를 통한 애국심 고취에 열 올리는 것을 많이 보아 왔던 터라 그리고 그런 교육을 식민지 국민들에게 많이 교육해 왔던 터에 비하면, 하마터면 6·25 때문에 인공기 천국이 될 뻔한 것에 비하면 태극기의 우상화를 아무리 강조해도 되지 않을까 해서였을 것이다. 국기가 결코 국민 개인의 눈 아래로 내려와서는 안 되고 국기는 어디까지나 만인이 우러러 봐야 한다는 의미였을 것이다.

그 교장 선생님도 나름대로 고심을 많이 했을 것이다. 어떻게 하면 해방된 조국의 아이들에게 국기사랑과 효과적인 애국심 교육을 할까 하고 말이다. 아이들에게 우리나라 국민으로서 우리 국기사랑 교육을 받는 것만이라도 피식민지 국기인 일장기 숭배 교육을 받는 것과 비교해서 '너희들은 행복한 줄 알아라'였을 것이다.

어쩌면 교장선생님 자신의 속 깊은 참회와 근신의 의미였을 것이다.

일제 앞잡이 교육을 할 수밖에 없는 어쩔 수 없는 운명으로 일생을 살 것으로 단정하고 있다가 난데없이 해방이 되고 미 군정시절 3년 동안의 좌·우익 대립 혼란과 정부수립, 6·25 전쟁의 극심한 아수라장으로 해방된 지 10년이 지나는 시점에 이제 겨우 본격적인 국민교육에 전념할 수 있는 기틀이 마련된 터였을 것이다. 일제의 일장기교육 못지않게 우리 국기의 교육을 마음껏 해보자는 뜻이었을 것이다. 아무리 그러했어도 그 교장선생님 말고는 그렇게 게양하는 모습을 보지 못했다.

아무튼 70년대 중반까지 수도 서울의 각 초등학교 교실마다 작은 국기 함이 있었고 작은 태극기이지만 잘 접어 보관하는 교육을 했던 것이다.

이토록 수백 년 이어오던 허세와 허례허식을 해방된 지 한 세대가 지났는데도 버리지 못하고 애국심 교육이란 명분으로 시행하면서 진정한 개인 창달의 교육을 저해했던 것이다.

진정한 애국심 교육의 방법을 모색해 볼 시점이 도래되었다고 본다.

춤추는 진달래

할아버지 지고 가는 나무지게에 / 활짝 핀 진달래가 꽂혔습니다.
할아버지 지게 위의 진달래꽃은 / 할아버지 걸음 따라 흔들립니다.
너울너울 흔들리는 진달래꽃은 / 할아버지 지게 위에 춤을 춥니다.
어디서 나왔는지 노랑나비가 / 할아버지 지게 위로 따라갑니다.

봄철이 되면 뭐든지 궁했다. 풍성한 것은 햇볕뿐이었다. 식량도 궁했지만 땔감도 궁했다. 풀뿌리 나무뿌리, 베어 때다가 모자라 뿌리까지 파서 봄볕에 말려 때는 것이었다. 그 중에는 진달래 철쭉도 있는 것이었다.

위의 시는 우리 시절 초등학교 국어 교과서에 수록된 내용이지만 실제로 등하굣길에 목격하는 장면들이었다. 뿌리까지 캐 가는 진달래, 철쭉을 목격하는 것이 아니라 지고 가는 진달래꽃을 따라 나비가 진짜 어디서 왔는지 춤을 추며 너울거리는 것을 목격했다는 것을 강조함이었다. 교과서에 있는 시의 장면이 그대로 눈앞에 있었던 그런 꿈같은 날들. 당연히 있는 거니까 교과서에 실린 거라 생각했었고 그것이 그렇게 빈약한 현실을 반영한 것이라는 사실은 몰랐다. 그런 봄날들에 우리들의 배고팠던 기억이 상기되기도 한다.

진달래는 참꽃이라 하며 먹기도 하는 꽃이다. 진달래는 꽃도 순하고 그래서인지 햇볕도 순한 음지쪽에 많고 땅도 순하고 부드러운 흙이 많은 곳에서 잘 자란다. 땅파기 좋은 곳에서 자라므로 봄철만 되면 나무꾼들의 집중적 공격을 받기 마련이었다. 솔직히 말해서 우리 어린 시절 민둥산 시절에는 진달래가 귀했다. 없는 것은 아니지만 요즘처럼 산이 붉게 물들만큼 흔하지 않았다는 얘기다. 지천으로 깔려 피는 것은 철쭉이었다. 개꽃이라 하여 진이 많고 너무 흔해서 별로 꽃이라고 취급하지도 않았다. 김소월의 시 영변의 약산 진달래 같은 느낌은 정작 진달래에서는 느끼지 못하고 철쭉에서 느꼈던 것이었다.

진달래는 먼 산에서 피지만 철쭉은 인적을 감지할 수 있는 경작지 주변에서 많이 핀다. 철쭉의 생존력은 가히 폭발적이다. 음지, 양지, 험상궂은 돌파길, 뚝방, 밭둑, 가시투성이 산기슭 돌밭, 나무꾼들이 아무리 궁핍해도 낫이나 괭이를 함부로 들이댈 수 없는 곳에도 억척스럽게 번식한다. 땅심 좋은 산록에 필 때에도 뿌리의 악착 정도나 번식의 생존력은 나무꾼의 괭이 정도로는 오히려 번식에 도움을 준다고나 할까. 뿌리를 아무리 캐 가도 이듬해 봄이 되면 민둥산 시절의 산록을 타고 흐르는 연자줏빛 꽃의 물결은 산바람을 타고 오르는 것이 그 시절 푸른 청춘인 우리들의 마음까지 봄바람 타고 하늘로 오르게 했었다.

　이른 봄을 알리는 것은 진달래지만 봄꽃의 마지막 축제를 벌이는 것은 철쭉이었다. 할아버지 지게에 춤추는 진달래도 철쭉일 경우가 많을 것이었다. 황막한 대지에 봄을 알리는 진달래는 수줍은 색시 같아서 우리의 마음을 설레게는 하지만 연약하고 가녀린 느낌을 주었다. 반면에 철쭉은 늦봄의 힘찬 햇볕을 받아서인지 적극적이고 정열적으로 피어났다. 정말 피를 토하듯 가까운 길섶에서 지천으로 피어났다. 그러고 보면 그 시절 그렇게 많은 꽃동산에서 살면서 왜 그렇게 항상 삭막하고 허전하고 외로움을 느끼며 지내었을까. 그 시절 민둥산 황토길, 메마른 야산을 업수이 여겼음을 새삼 부끄러워하기도 한다.

벚꽃 동산

매년 새 학기가 되면 벚꽃의 향기로 출렁거렸다. 우리가 다녔던 초등학교는 학교 뒤 언덕 위의 면사무소 주변과 더불어 운동장 둘레로 벚꽃나무가 즐비했었다. 우리 어린 날의 진정한 봄의 생동감은 이 벚꽃 동산으로부터 왔었다.

새 학년 새 학기의 시작이 그 벚꽃의 만개와 함께 시작하는 것도 있었겠지만 이 동네 저 동네를 불구하고 다른 어떤 곳에서도 벚꽃을 볼 수 없었고 우리 활동의 범위 안에서는 있지도 않았다. 학교 주변에만 있는 아주 특별한 풍경이었다. 당시 학년의 시작은 4월이었다. 지금도 일본은 4월인 것으로 알고 있다. 미국은 9월이고. 지금의 3월 시작은 1961년쯤으로 알고 있다.

1960년, 나의 중 1년, 4·19가 일어나던 그 해는 절대 아니다. 그 시절은 정부 시책 바꾸기가 아주 쉬웠다. 아무튼 차치하고. 우리가 1학년 입학하고 아침마다 학교가 보이는 산모롱이 길을 돌았을 때의 눈에 펼쳐지는 풍경은 장관이었다. 벚꽃 동산 특유의 풍경,

짐작이 가지 않는가. 만발한 벚꽃의 세계는 사람을 환희의 감정으로 빠져들게 하는 묘한 마력이 있다. 꿀벌들의 웅성거림도 대단했었다. 만개한 아름드리 벚꽃나무 그늘에 묻혀 보라. 찬란한 봄볕과 벚꽃의 향기, 살랑거리는 봄바람, 그 바람에 일렁거리는 벚꽃의 물결, 꽃잎은 흰 눈처럼 내리고.

우리는 그 시절에 이미 벚꽃 축제를 새 학년 새 학기를 맞으면서 하고 있었다. 이때는 소풍지절이라 눈이 부시게 청명한 날에는 진주 시내 쪽에서 소풍 나오는 사람들도 많았다. 학생들도, 젊은 청춘 남녀들도. 단체로, 삼삼오오로. 개중에는 벚꽃 가지를 꺾어 들고 오가기도 했다. 당시는 꽃을 보는 재미도 있었지만 꺾는 재미도 수월찮았다고나 할까? 그 곳에는 우리가 칠밤절이라고 하는 칠봉암이라는 절이 있어서 곧잘 소풍객이나 나들이객이 많았다. 그렇게 우리의 소년시절을 달구었던 그 찬란한 축제의 나무가 어느 날 갑자기 사라졌다. 팍 잘려진 게 아니라 싹둑싹둑 잘려져 깡탱('섶'의 방언)이만 몰골사납게 남아 있었다. 이제 와서 일본 나무, 일본의 향기, 일본의 잔재라는 것이었다. 물론 면사무소의 짓이었다. 그 나이에도 국가의 명령이라는 것을 알고 또 들었다. 친일 잔재 청산의 일환이라고도 했다. 그래도 너무 했다고 여겼다. 그 좋은 꽃동산을! 그 무렵이 우리들의 4학년 시절이라 짐작하지만 우리 어린 시절 벚꽃의 추억은 찬란했었다.

오늘날은 벚꽃 동산도 많고 벚꽃도 전국적으로 지천이지만 누가 벚꽃을 보고 일본을 생각하겠는가. 꽃나무가 무슨 죄인가. 그때 우리는 어리긴 했어도 벚꽃을 보고 일본을 연상해 본 일은 없었다. 차라리 요즘이야말로 벚꽃을 보고 일본에 대한 경각심이나 민족의식 내지는 국가의식을 고취했으면 하는 생각을 해 보기도 한다.

벚꽃 동산의 찬란함은 그 뒤에 우리 동네 뒷산을 온통 벚꽃 동산으로 만들어 관광객이 찾아오게끔 하는 그런 꿈을 어릴 때부터 계속 가지고 있었다. 그런 시골에 무슨 얼토당토 않는 생각을 하고 있었느냐 하겠지만 반세기가 지난 지금에 와서는 당연히 통할 수 있는 생각이 되었고 좋은 입지가 된 것 같기도 했다. 왜냐하면 산업대학이라는 국립대학이 바로 우리 옛 동네를 그대로 자리바꿈 하고 있기 때문에 가능성은 훨씬 가까이 다가온 느낌이었다.

실봉산이 벚꽃 동산이 되는 때야말로 바로 낙원의 동산이요 에덴의 동산인 것이다.

대용 유리

지금도 세계 빈국의 오지를 보다가 별로 갖추어진 것 없는 학교 시설이 비춰지면 여지없이 우리들의 어린 시절 학교 다니던 때가 생각난다. 맨땅에서 맨바닥, 맨손, 맨 교실. 빈 교실은 있어도 맨 교실은 없는 법인데 그 시절에는 있었다. 두 팔 길이의 두 다리 칠판과 교실 바닥만 있는 교실, 창틀은 있었지만 창문이 없었고 천정은 지붕을 받치는 서까래까지였고 복도는 있었으나 복도를 교실로 써야 했다. 들어가는 옆 현관도 교실로 이용해야 했다. 비바람 설한풍을 막아야 하는데 겨우 비 막이 정도의 교실, 그것도 학교라니까 우리는 아무 불만 없이 열심히 학교를 다녔다. 세상이 개인에 대하여 무엇을 요구하는 시대였지 국민이 국가나 사회에 대하여 불만을 하는 시대는 아니었던 것 같다. 일제 강점기가 그랬고 6·25민족전쟁이 그렇게 만들었을 것이다.

여섯 학년에 교실 세 개, 어떻게 꾸려갔을까? 전교생은 200명이 넘었는데. 여기서 잠깐 학교 건물 구조를 설명하지 않을 수 없다.

운동장에서 학교를 바라보자. 오른쪽에 반 칸의 교무실이 있고 그 앞에 일본식을 상징하는 회랑의 삼각 지붕 밑의 기둥 사이로 운동 장으로 통하는 계단이 있었다. 교무실 창문 쪽에 그 유명한 학교 종이 땡땡땡 걸려 있었고. 왼쪽에는 현관이 시멘트 바닥으로 교실 뒤쪽의 복도와 통했다. 운동장에서 현관으로는 맨 비탈길이었다. 운동장에서 화단까지 높이가 1미터가 되었고 화단에서 교실까지 높이도 1미터 정도 되었다. 화단 양쪽으로는 파초 두 그루가 여름 이면 흐드러지게 팔을 벌렸다가 겨울이면 어김없이 새끼줄을 칭 칭 감고 장승처럼 동면하는 것이었다.

6학년은 교무실 옆 교실로 복도에서 우묵하게 한 발 내려오는 바닥으로 교무실처럼 창문도 있고 책상도 있고 교단도 교탁도 있 었으며 중 입시 학년으로 항상 조용하고 그럴듯했다. 두 교실은 인원수가 많은 학년이 쓰고 적은 인원 두 학년이 현관을 이용했고 현관과 복도 사이 부분을 막은 그 복도를 또 하나로 이용했다. 현 관교실 바닥은 멍석을 깔았던 것으로 알고 있다. 1학년은 200미터 쯤 떨어진 마을 동회관을 이용했다. 현관을 교실로 쓰니 다른 교 실 아이들은 어디로 출입하느냐? 복도 뒤쪽 벽을 허물고 출입구를 만드니까 간단히 해결되었다. 김밥만이 아니고 복도도 옆구리가 터질 수 있는 것이었다.

우리가 2학년이 되었을 때에는 교무실 옆 6학년 교실을 빼고 두 교실을 이번에는 교실 벽 옆구리를 앞 화단 쪽으로 텄다. 복도 쪽 출입을 막자는 것인데 그러고는 대용 유리가 등장했다. 화단 쪽 교실 출입문도, 창틀도, 대용 유리창으로 바람을 막고 막무가내로 휘날리며 드나들던 시선을 막았던 것이다. 대용 유리란 유리는 아니고 가는 철사를 진짜 모기장처럼 엮은 것에 아크릴을 입혀 만든 것으로 안다. 유리같이 맑은 투명이 아니고 창호지처럼 안팎의 밝기는 불투명하며 유리창 같이 창문이 넘어져도 깨어질 염려가 없어서 좋았다. 아이들이 모기장 같은 철사 칸 사이로 바늘로 구멍을 뿅뿅뿅 뚫기도 했는데 겨울이 되면 황소바람은 들어왔겠으나 별 문제는 없었고 결코 보기 좋을 리는 없었겠지. 마음 착한 우리는 그 작은 구멍 하나 뚫어보지 못했다.

대용 유리를 그 이후로 보지 못했고 그 낱말 자체도 그 시절 우리 주변에선 특이하고 고급스런 용어로 들렸었다.

민둥산

　민둥산은 우리 시대를 상징하는 트렌드 마크다. 헐벗고 굶주리고 가릴 것 없는 민숭둥이.

　우리 생애를 기준으로 보면 수천 년 내려오던 전통과 원시의 마지막이고 서양 문명과 새 시대 사조의 시작점이다. 그 급격한 변화의 물결이 우리 인생의 한창 때에 이루어졌으니 민둥산의 생성 소멸과 수천 년 시대사조의 전환점이 일치한다고 할 수 있다. 수천 년 이어오던 생활 방식과 세상살이의 끝점이 민둥산의 시작이고 민둥산이 사라질 무렵에는 현대문명의 틀이 이미 자리 잡았다. 현 시대에 민둥산이 없듯이 수천 년 우리 역사에서도 민둥산은 없었다는 것이다. 우리가 이 세상에 태어나기 전후의 무렵에 생성되었다가 우리 나이의 한창 때와 같이 하면서 사라져 갔다는 데서 의미를 찾고 또 내 어릴 적에 민둥산이 아닌 세상은 어떤 모습일까를 상상하고 얼마나 아닌 환경이 되기를 고대했던 기억의 무게에 의미를 두게 된다.

'주변의 생활용구로 된 많은 나무들은 어디서 왔을까?' 우리 때는 베고 자르고 다듬어서 무슨 작은 공작품 하나 만들려 해도 그럴만한 나무가 산에 없었다. 기껏 장난감 고무새총 만드는 정도밖에 되지 않았다. 청소년기 때는 숲 속 생활에 대한 낭만적인 생각도 많이 했던 것 같다. 산신령이나 도인, 축지법 도사도 숲 속에 있을 것 같았다. 붉은 둥치의 아름드리 조선솔 향기 풍기는 호젓한 산길도 그려 보았고 청산별곡의 은둔자의 생활도 많이 상상했던 것 같다. 숲이 찬 산속의 삶은 훨씬 풍요롭고 근사할 것 같았다. 그리움의 상징인 '두견이 슬피 울고'의 소쩍새도 그 전에는 앞뒤 산에서 많이 울었다고 했다. 울음소리 한 번 들어보지 못한 귀촉도 우는 밤의 그리움도 상상했던 것 같다.

우리 어머니의 한창 나이 때인 1930년대 말에는 민둥산이 아니었다고 했다. 일제의 관솔 공출로 동네 사람들이 그것을 따기 위해서 산에 갔을 때 조금만 떨어져도 사람은 보이지 않고 말소리만 들렸다고 했다. 그런 환경은 나에게는 신비한 세상이었다.

우리가 아동기 때인 1950년대는 산에 가면 큰 나무뿌리의 그루터기가 더러 있었다. 동네 장골들은 일로 삼고 그것을 캐다가 도끼로 패고 쪼개서 땔감으로 썼다. 우리는 아버지가 없어서 별로 캐지도, 땔감으로 때지도 못했다. 내가 산에 나무하러 가는 개념에는 그런 나무뿌리가 있지 않았다. 그때는 그런 나무뿌리들이 산에 가면 당연히 있는 것이라 생각했지 그 전의 숲이 울창했을 때의 나무뿌리였다는 생각을 전연 하지 못했다는 것이다. 몇 년 그러다가 그 다음부터는 산에 그런 큰 나무뿌리는 눈 씻고 찾으려야 찾을 수 없었다. 지금 와서 생각하니 '그때 그런 것이 그런 것이었구나' 하면서 별 영양가 없는 과거사에 대단한 발견처럼 몰두하고. 사람들이 관리를 잘못해서 민둥산이 되었다는 생각은 하지 않았다는 것에 대한 안타까움이 조금은 있기도 한 것이다.

일제 강점기에 우리 국민들은 일본 압제에서의 해방이 너무나도 꿈같고 까마득히 요원했을 것이다. 우리 성장기에 우리들은 민둥산에 숲이 꽉 차고 전국의 산림녹화가 완성되어 그에 걸맞게 서양 선진국처럼 잘 사는 나라가 된다는 것은 너무나 막연한 상상이고 아득한 꿈이었다. 아등바등하는 사이에 민둥산이 사라졌다. 강조하고자 하는바는 우리가 잘못하다간 순식간에 푸른 숲이 사라진다는 것이다. 일제 강점기에도 벌거벗지 않았다는 산이 금방 벗겨진다는 것이다. 민둥산은 개인의 힘으로 생성되지만 산림녹화는 개인의 힘으로 안 되더라는 것이다.

자유의 천지

'백두산 천지'는 하늘만큼 높은 곳에 있는 연못이란 뜻으로 백두산 꼭대기에 있는 저수지의 이름이다. '자유의 천지'는 자유가 하늘과 땅에 가득 차 있다는 뜻으로 사방에 자유가 넘실거린다는 의미이다. 어릴 때 썼던 토속어 중에 '많고 흔하다'는 표현으로 사용한 말로 '쌔 빌었다'와 '천지 빼까리다'라는 말이 있다. 논두렁길을 걸어갈 때 메뚜기나 개구리가 뛰어 달아나는 빈도가 흔하거나 미꾸라지, 논고동 등을 잡을 때 분포가 조밀해서 잡기가 쉬울 때 '쌔 빌었다'라고 한다. 억새 곳에 가면 억새가, 갈대밭에 가면 갈대가, 모래 벌에 가면 모래가 '천지 빼까리다.'라고 한다. 온통 그런 것들의 천국을 의미하고 하늘과 땅이 온통 그런 것들의 색깔과 빛깔로 가득 차 있다는 뜻일 것이다. '천지가 온통 그 빛깔이다.'라는 말이다. '매우 흔하고 많다'라는 뜻이다.

자유의 천지는 자유의 세상을 말한다. 세상에 자유를 마음껏 누릴 곳이 어디 있는가. 있었다는 것이다. 어디에. 지금은 없고 옛동산, 바로 그 민둥산에 있었다는 것이다. 우리의 유·소년기에 뒷동산에 올라서 먼 하늘, 먼 산, 먼 골짜기, 먼 바다, 먼 구름을 바라보다가 불어오는 산바람 쏘이며 마음껏 뛰놀고 노래하며 재잘거리던 유토피아. 마음 가는대로 거칠 것 없이 마구 달려 내려오던 뜀박질. 띄엄띄엄 있는 잔솔들은 허들처럼 뛰어넘고 길도 방향도 없이 내키는 대로 내달려 내리던 그 기분. 생애 최고의 감격이었다. 행복이었다. 천사였다. 꿈길 같은 순간이었다. 자유의 날개를 마음껏 펼쳐서 나는 기분이었다.

남는 것은 옆구리 찢어진 흰 고무신 한 짝 들고 오는 것. 투박한 흰 무명실로 투박한 솜씨로 너덜거리는 흰 고무신을 기워야 신발이 발에 걸쳐지고 꾸지람 한 바가지 먹고서야 겨우 밥 얻어먹게 되는 그런 세월. 그때는 밥 못 먹게 하고 굶기는 게 제일 큰 벌이고 받는 쪽에선 제일 큰 설움이었지. 그래도 우리는 마음껏 뛰노는 자유가 좋았다. 산도 두렵지 않았다. 산을 가로 내지르고 종으로 거칠 것 없이 오르내리는 그 기분. 우리들의 순치할 수 없고 가둘 수도 없는 자유는 민둥산에서 비롯되었다. 자유가 천지 빛깔이었다.

생명들의 터전

    민둥산은 천연의 놀이터였었다. 산 위에 서면 몽실한 산등성이나 봉우리들이 마치 잔디밭처럼 파아랬었다. 요새는 골프장에서 옛날의 민둥산 모습이 엿보였다. 골프장은 가공과 오만과 위선, 그리고 독소로 가득 차 있어 인간이나 동식물, 생물들이 서식하기에 좋은 환경이 결코 아니다. 메뚜기 한 마리 살 수 없는 곳이 골프장이 아닌가. 자연의 골프장, 자연의 잔디밭, 절로 구르고 뛰고 오르고 내다르고 싶은 곳이 민둥산이었다.

    민둥산은 뭇 생명들의 삶의 터전이었다. 당시는 농약이 없던 시대였으므로 뭇 생명들이 민둥산 초원을 터전으로 인가와 전답을 넘나들며 살았다. 그 당시 우리들은 아무것도 살지 않는 사막으로 치부했다. 저 먼 지리산이나 강원도 깊은 산에 가야 호랑이도 늑대도 있고, 볼 수 있다는 것이다. 그래야 진정한 사람 사는 환경이 되는 것이라고 믿었다. 지금 와서 보니까 그 아무 것도 없고 메말라 보이는 그 터전에 무수히 많은 동식물들이 우리 인간들과 공존

하고 있었다는 것을 알 수 있었다. 지금은 영영 사라져 없어진 여우도 흔했으니까. 우리 주변에 있는 동식물들은 항상 있는 것이고 인간이 그 존재를 어떻게 할 수 없는 것이라고 여겼다. 그런 생물들은 개체수로 말하고 수량으로 인간에게 도전이라도 하는 듯했다. 개구리, 메뚜기, 개미, 송사리, 참새, 들새, 들쥐, 집쥐 등 그 외 각종 곤충 생물 등 우선 숫자적으로 항상 인간을 압도하였다. 별스럽게 생긴 곤충이나 생물들도 흔했다. 그렇게 흔하고 흔하던 생명체들이 일시에 사라지듯 없어져 버릴 줄 어찌 그 시절에 상상이나 했으랴. 현 시대가 문명은 발달되었었는지 몰라도 사라진 생명체들을 생각하면 얼마나 잔인무도한 짓거리들을 했는지 미루어 짐작할 수 있는 것이다. 사라진 뭇 생명들을 생각하면 옛동산이 그리워지는 이유 하나가 된다.

버려두고 방치하면 민둥산이 된다. 그 위에서 뛰놀던 우리들도 방치되었다. 그러나 우리들의 영혼은 방치되지 않았다. 자유의 천지에서 뛰놀던 순치할 수 없는 생명력의 약동, 오늘날 민둥산을 뒤덮은 우거진 수풀의 더미만큼 이미 그때 약진하는 생명들의 미동은 감지되고 있었다. 그 사막 같은 민둥산, 우리들의 옛동산에서 우리들의 영혼은 방황한 것이 아니라 항상 꿈을 꾸고 있었다. 민둥산은 우리들의 옛동산이고 뭇 생명들의 터전이며 우리들의 꿈의 터전이었다.

보약의 보충

　우리들의 어린 시절은 배고픈 시절이었다. 세 끼 밥은 충실히 먹었으나 항상 배가 고팠다. 쌀, 보리, 밀이 주식이었고 감자, 고구마, 옥수수, 토란 등이 간식이었다. 지금처럼 제철 과일을 간식으로 먹는 시대는 아니었다. 과일은 명절 때나 잔치, 제사 때에 조각으로 맛보는 정도였다. 당시는 세 끼니 밥만 잘 먹으면 먹는 것에 그리 허겁대지 않아도 되며 먹는 것을 너무 밝히면 사람다운 도리가 아니라고 했다. 양반은 아침 끼니로 대추 두 알만 먹으면 된다고 했다. 그러므로 배고프다고 참지 못하고 함부로 칭얼대거나 남 먹는 것을 눈여겨본다거나 얻어먹기 위해서 손을 내밀거나 하는 것은 아무리 어린 아이일망정 용서되는 일이 아니었다. 상놈의 짓이었다. 상놈이나 거지가 제일 부끄러운 것이고 인간 구실을 못하는 것이라고 했다. 제대로 사람 구실하느라 무던히도 애썼던 것 같다.

　의, 식, 주의 인간본성 중에서 시간과의 싸움을 가장 많이 하는 것이 식이라 사실은 먹는 것에 관한한 우리들은 들짐승이나 마찬가지였다. 실컷 배부르게 밥을 먹고는 일어서 나올 때는 손에 고구마나 감자, 옥수수 아니면 겨떡 등 무언가 먹을 것을 손에 들고 나오는 것이 보통이었다. 그래도 돌아서면 또 배고픈 것. 우리들은 들로 산으로 먹을 것을 찾아 헤맸다.

제철마다 먹을거리는 항상 있기 마련이었다. 당시 생활의 토대가 되었던 세시풍속도 따지고 보면 일 년 간의 먹는 것의 주기도라 할 수 있었다. 마찬가지로 야외에서 구해 먹는 먹을거리들도 계절에 따라 장소에 따라 주기도 비슷하게 거의 정해져 있었다. 해동의 기미만 보이면 맨 먼저 시작하는 것이 칙 캐오는 일이었다. 우리들의 경우는 아무데나 있는 칙은 깡태기칙이라 질기고 맛이 없어 못 먹고 실봉산 꼭대기 능지 쪽에 있는 칙이라야 유일한 찰 칙이었다. 찰 칙은 이른 봄 우리들의 유일한 사탕이었다. 만물에 물이 오르는 봄은 여기저기서 먹을 것이 자꾸 생겼다.

다음은 골짜기 돌 개울 바위틈에 뿌리박아 자라는 버들강아지 순이었다. 한 움큼씩 따서 입에 넣는 재미, 잔솔의 소나무 마디로 송고를 해 먹고 언덕배기에는 내가 잔디 뿌리라고 했던 메뿌리도 캐 먹고 매운 달랭이도 캐 먹고 입을 호호 불고. 우리가 쇠코나무라고 했던 느릅나무 뿌리를 물에 씻어 껍데기를 살짝 깎아 껍질 살을 먹으면 속뼈만 남고 쇠코처럼 한 입 가득한 것이. 살이 통통 밴 삐삐풀 뽑아 묶고 엮어 허리춤에 차고 담장 밑에 서서는 일삼아 까먹고. 안개비 내리는 날에는 산딸기 따러 이 골 저 골 헤매고 내달려 있는 곳을 귀신같이 알고. 무덤에서 탐스럽게 익은 넝쿨

줄 딸기는 결코 먹지 않았었지. 그때는 밭딸기는 없었고 붉은 색깔 고운 뱀딸기가 이브가 아담을 유혹하는 사과처럼 파란 풀밭 속에서 항상 우리들의 구미를 손짓하고 있었지. 뱀딸기는 먹으면 안 되는 독딸기라는 것을 그때도 잘 알았었지. 지금의 복분자는 나무는 산딸기이고 열매는 넝쿨딸기와 같이 익은 것이 검은 색이었다.

보리, 죽순 깜부기 따 먹고 박하풀 뜯어 먹고 목화열매 다래 따서 목축이고. 쌀보리, 밀, 콩, 본디 등을 구워 똥파리처럼 둘러 앉아 두 손 비비고 후후 불어 까먹고 나면 손도 입도 까만 것이 원시인의 표상이었지. 가을이면 머루, 다래, 보리수 열매인 뾰루똥까지 따 먹으면 일 년이 거의 다 가고 우리들의 자가 공급하는 보약의 보충 순례는 대충 끝나는 셈이었지.

솔직히 우리들은 그렇게 들짐승처럼 찾아 헤매면서 먹는 것을 밝혔기 때문에 나이 들어서도 눈, 귀, 이빨, 뼈 등이 성하고 건강하게 지내는 것이 아닐까 생각이 드는 때가 많다.

제야

음력 섣달 그믐날의 밤을 제야라 한다. 일 년 중의 마지막 날 밤의 어둠을 없애자는 게 제야이다. 그러므로 집안의 여기저기에 어둠의 사각이 없게끔 불을 밝힌다. 고방이나 우물 안에도, 부엌의 솥단지 안에도. 그믐은 월력으로는 합삭으로 밤새 달이 전혀 보이지 않는 그야말로 어두운 밤이다. 일 년의 마지막 어둠이 내리면 금방 또 일 년의 첫 출발, 새 밝음이 찾아온다. 어둠과 밝음이 교차하는 것이 세월일진대 어느 지점에 마디를 긋고 순환하는 세월의 출발과 종착에 의미를 두어 보자는 것이 제야이고 설날이다. 마지막 밤의 어둠을 없애고 새해를 맞이해 보자는 것이 제야일 것이다. 지금은 달과는 관계가 없는 태양의 순환에 의한 양력으로의 마지막 밤을 제야랍시고 백성은 꿈쩍도 않는데 국가가 혼자서 TV 속에서 하고 있는 꼴이 정말 가관이다. 거룩하고 엄숙해야 할 크리스마스이브를 밤새 와자지껄 떠드는 것과 똑 같은 양상이다. 제야는 진정 거룩하고 엄숙해야 제격이다.

우리 어릴 적 제야는 그랬다. 거룩하고 숙연하기로 소름이 돋을 정도였다. 사춘기를 지나면서부터는 괜스레 센티멘털해지는 법. 촛불을 밝히고 등불을 켜는 시골 동네의 밤은 정말 견디기 힘들만큼 외롭고 호젓하고 감상에 젖게 만들었다. 그리고 그 풍경이 아름다웠다. 온 동네 집집마다 점점이 불 밝힌 산촌의 깜깜한 밤. 비로소 '사람이 사는 마을이구나'를 느끼게 만들었다. 골목길 방천길 산길을 따라 등불이 흐르고 초롱불 따라 도란거리는 인정의 소리가 흘렀다. 내일이 설이니만큼 설빔 준비하는 아낙들의 발걸음이 자작거렸고 고향 찾는 사람, 마중 가는 사람, 서낭당 삼신할미께 치성 드리는 발걸음도 모두가 등불 따라 흐르고 흘렀다. 밤만 되면 하늘의 별빛으로 향하던 눈길이 제야에만 인간의 마을로 향했던 것인가. 방에는 초를 켰다. 왕초라 하지 않고 대초라 했다. 대초의 밝기와 온돌 구들의 뜨겁기가 비례했다. 년 중 가장 밝고 가장 뜨끈뜨끈한 밤의 시간이 제야였던 것 같다. 마루 위 처마 끝에는 초롱불을 달았다. 나중에는 대부분 램프불로 바뀌었다. 램프등은 전깃불처럼 환하고 밝았다. 부엌의 밥솥 안에 피운 작은 종기의 들기름 불은 그 파리하고 연약함이 사람의 애간장을 녹였다. 애처로운 눈빛과 같았다. 청승스런 그 파리한 불빛은 밤 새워 파르르 떨고 있었다. 무언의 소망을 빌고 있었다. 그 나약한 불빛과 같은 초가삼간 민초들의 심약한 심성의 소망이 담겨져 있었다.

밤을 밝히는 모든 불들은 어둠과 악귀를 쫓는 성스러운 기도였다. 사실은 한 해의 마지막 밤을 밝히는 것이 아니라 다가오는 새해의 시작을 밝게 하자는 의미가 더 컸다고 본다. 송구영신의 기도였을 것이다. 묵은 것을 털어내고 산뜻한 새 마음으로 시작하자는 뜻이었을 것이다. 그래서 빌린 돈도 다 갚고 이웃집에서 가져온 농기구나 가재도구들을 본래의 원위치에서 한 해를 시작하도록 갖다 주고 가져오고 했던 것이다.

제야는 새해를 맞이하고 출발하기 위해서 옷매무새를 추스르고 신발 끈을 매는 정리와 준비의 시간으로 우리 민족의 뿌리 깊은 전통이 서려 있고 멋지며 성스러운 민속이었던 것 같다.

초가집

초가집이야말로 우리 시대에 우리가 경험한 많은 변화나 사라진 것 중의 대표적 사례의 하나가 될 수 있다. 수천 년간 이어온 우리 고유의 주거문화가 그렇게 쉽게 사라질 줄은 아무도 몰랐을 것이다. 그야말로 눈 깜짝할 사이에 사라진 거나 마찬가지였으니까.

예를 하나 들어보자. 경남 진주 쪽에 문산이라는 면소재지가 있었다. 채 읍은 되지 못했으나 닷새장이 설 만큼 상당히 큰 촌락으로 서부 경남 일원에서는 초가집의 밀집도가 가장 높은 편이었다. 지금은 경남의 혁신도시 한다랍시고 개발이 한창이다. 1967년도, 68년도 이때까지만 해도 마을은 온통 초가집 일색이었다. 겨울 쯤 기차 타고 지나다 보면 새로 이은 노란 이엉지붕의 풍경이 상당히 장관이었다. 우리나라 촌락은 대부분 들을 비껴서 산자락을 끼고 죽 늘어서 있는 것이 보통인데 그때의 문산은 평퍼짐하게 퍼진 상태로 넓게 펼쳐져 있었다. 누가 봐도 '앗다 큰 마을이네!' 할 정도였다. 그러던 곳이 70년대 중반에는 이미 거의 함석지붕이나 슬레이트지붕으로 바뀌고 극소수의 초가집만 주변에 남아 있었다. 그런 현상은 우리나라 전역이 거의 마찬가지였을 것이다. 그러니까 우리나라 초가집은 60년대 말부터 70년대 초반 무렵에 거의 일시에 없어진 거나 마찬가지라고 할 수 있겠다. 그러고 보니까 아마 농촌 새마을운동의 일환이었던가 보다.

그 시절의 초가집의 위력은 대단했었다. 우리나라 농촌의 거의 전부가 초가집이라고 해도 과언은 아닐 만큼 절대적이었다. 우리가 살았던 진양군 내동면 신율리라는 부락만 해도 그랬다. 전체 대략 150가구 쯤 되었었는데 가장 큰 동네인 진티 양달에서 가장 큰 성씨인 유씨 중의 하나가 유일한 기와집이었고 또 정씨의 양철집 한 가구가 있었을 뿐 나머지는 온통 초가집 일색이었다. 그렇게 따지면 우리나라는 초가집 천국이었고 초가집의 역사였다.

그러니까 우리나라는 수천 년간 농촌의 문화였고 초가집의 문화였다라고 해야 할 것이다. 초가집의 재료는 짚이다. 집의 지붕을 짚으로 덮었고 담장도 짚을 엮어 얹었다. 신발도 우비도 생활의 도구도 짚으로 만들어 사용했다. 가을걷이가 끝나면 사람들은 온통 노란 짚무더기 속에서 살았다. 지붕이나 담장은 새 짚으로 갈아 덮고 마당에는 짚동을 세우고 고방이나 처마 밑에는 나락가마니나 볏섬을 쌓아놓으니까 사람들은 짚북데기 속에서 들락날락하며 사는 것 같았다. 우리들의 술래잡기도 짚동 속 틈새를 이용했으니까.

노란 새 짚을 엮어 새로 이은 지붕은 풍성함과 따뜻함, 겨울채비 같은 안도감을 주었다. 그러던 것이 이듬해 장마철이 되면 수

많은 버섯이 생겨나고 색깔도 흑회색으로 변하는 것이 영 보기가 꼴사납게 되는 것이 초가집의 단점이다. 그보다 더 단점은 해마다 새 짚으로 갈아 주어야 한다는 것. 그것을 한 해만 게을리 하면 지붕에 골이 생기고 푹 패어서 꼴이 말이 아니게 되고 그보다 동네 사람들이나 다른 사람들 눈에 그 가정의 행색이 그대로 드러나는 꼴이 되므로 해마다 지붕 이는 철이 되면 항상 동네 전체와 보조를 맞춰야 했던 것이었다. 한 마디로 짚은 한해살이 풀이므로 자연 상태에서는 일 년 안에 다 삭아 없어지는 지붕재료라는 것이다.

우리들 어릴 때의 시골 생활은 은거하는 집도 의, 식과 마찬가지로 일 년이라는 생태 주기에 맞춰 일정하게 손을 보고 돌봐야 했던 것이다. 모든 사람들의 삶이 항상 다이내믹하게 움직이고 살아 있음을 보여 주는 현상이 초가집에도 배어 있었던 것이다.

산참새는 없다

우리나라의 발전과정에서 사람들이 자연환경에 대해서 몹쓸 짓을 한 것이 많이 있지만 참새가 거의 멸종 단계에 이르게 했다는 사실을 말하지 않을 수 없다.

참새는 정말 성가신 새였다. 항상 옆에서 폴폴거리고 짹짹거리고 볏가마니를 쪼아 먹고 가을에 새 볼 때에는 철천지원수였다. 그러던 것이 오늘날 참새 구경하기가 어려운 세상이 되니까 옛날의 참새가 항상 곁에 있던 시절과 애잘거리던 참새가 그립다. 마당에 놀던 애완 동물이 갑자기 사라진 느낌 같다. 그러고 보니 참새는 먹이 주지 않는 애완동물 즉 '준 애완동물이었구나' 라는 느낌이 강하게 든다. 그만큼 우리 사람들과 가까이 있었던 텃새였었다. 그리고 꼭 있어야 하는 새라는 생각이 든다. 수천 년 참새와 더불어 살아 온 우리 민족이 참새 없이 사는 삶이 과연 진정한 삶일까 하는 생각과 과연 그런 삶이 얼마나 오래도록 지속될 수 있을 것인가 하는 것이다. 왜냐하면 참새가 못사는 세상은 인간도 못

살 것이고 설령 인간의 삶이 지속된다 하더라도 그것은 완벽한 삶의 형태가 아닐 것이기 때문이다.

참새는 가축 다음으로 주민과 근접해서 살아가는 동물인 것 같다. 인가에 집을 짓기 때문에 인간의 마을에 살고 은연중에 인간의 보호를 받으면서 살았던 모양이다. 동네 근처를 떠난 생지 부지한 야외에서는 살 수 없는 새라는 것이 판명이 났다. 참새는 어떤 야생도처에서도 볼 수 없기 때문이다. 참새는 철두철미 인가에 집을 짓고 번식하는 습성 때문에 인간들이 자기네들을 배척하는 환경에서는 생존할 방법이 없는 듯하다. 다윈의 진화론 '적자생존의 법칙'은 참새에게는 통하지 않는 것이 아닌가 싶다. 인가의 처마에 집을 짓지 못하면 그 비슷한 야생에 집을 지을 법도 하련만 참새는 전연 그렇지 못하니 어쩌면 좋단 말인가.

요새 사람들은 참새 따위에는 안중에도 없다. 참새가 있든 없든, 참새가 살든 말든, 참새가 살 수 있든지 못하든지, 참새가 집을 짓든지 말든지, 참새가 번식을 하든지 말든지 도저히 관심이 없다. 갈수록 참새가 서식하기에 알맞지 않는 환경으로 변하는 것 같다. 문제는 참새 집이다. 민가의 처마 끝 틈새를 이용해 둥지를 트는데 요즘은 처마도 없고 틈서리도 없다. 그만큼 참새에게 박절하게 하고 또 그만큼 인간들의 삶도 각박해진 것 같다. 그렇다고 옛날로 다시 돌아갈 수도 없고.

참새가 집을 짓기 좋은 인가는 초가집이나 기와집이다. 양철집이나 함석집만 해도 본래 우리 고유의 전통 가옥이 아니다. 초가집의 처마 끝 짚북데기를 헤집고 파고 들어가서 집을 짓는다. 그

속은 여름에는 시원하고 겨울에는 따뜻하다. 주로 산란과 번식을 위하여 이용하지만 간혹 잠자리로 이용하는 경우도 있다. 겨울은 주로 이용하지만 여름에도 산란 외 잠자리로 이용하는 놈들도 간혹 있었다. 기와집은 기와 밑의 공간을 이용한다.

참새가 사람들 가까이 사는 것은 먹이를 얻어먹기 위함도 아니요 천적으로부터 보호를 받기 위함도 아니고 오직 둥지 터를 얻기 위함이다. 사람들이 정령 참새의 둥지를 고려한 집을 짓지 않는다면 참새는 영영 멸종할 수밖에 없다. 현대인들이 참새 없이도 잘들 살아가는 것을 보면 조금은 잔인하고 박정하게 사는 모습들이 아닐까 다시 한 번 오싹해진다.

제비는 마땅한 처마가 없으면 높은 절벽 바위 끝에 집을 지어 번식하는 산제비가 된다는데 참새는 왜 산참새가 되지 못하는 것일까?

참새들의 세상

옛동산에는 뭇 생명들이 흔하고 많았다. 몇몇 종류는 거의 무한 대로 개체수도 많고 항상 존재할 것으로 착각했었다. 개구리, 메뚜기, 미꾸라지, 송사리 등 참새도 그 중의 하나였었다.

참새 없는 마을이나 지붕 마당 울타리 등은 상상할 수가 없었다. 어느 집의 마당이나 울타리에 항상 참새가 있었다. 마치 그 집에 종속이라도 되는 듯이 항상 있었다. 아마 그 집의 처마나 지붕에 둥지를 틀면 그 집을 중심으로 텃세도 부리고 맴돌았을 것으로 짐작된다.   우리 인간들은 참새를 구별 못하지만 참새들은 자기네들의 둥지 터를 제공한 지붕 밑에 사는 식구들을 식별하고 마당에 드나드는 사람들을 구별했었는지도 모른다.

'낮말은 새가 듣고 밤 말은 쥐가 듣는다.' 할 때의 새도 참새임에 틀림없을 것이다. 다른 종류들은 야생에만 있거나 해충의 파리, 모기 등은 야생, 인가 어디에나 있지만 참새들만은 유별나게 사람들 근처에서 재잘거리고 펄럭거리고 조잘대고 까불댄다.

새벽이 오고 날 새는 기미는 수탉이 홰를 치고 목을 빼 울어 알리지만 날이 새었으니까 빨리 일어나라고 잠을 깨우는 것은 참새였었다.

참새는 하루 종일 분주하고 영일이 없다. 떼로 몰려 푸득거리고 때로는 개별로 오르내리고 왔다 갔다 하면서 짹짹거리고 그들 나름대로 열심히 사는 것일 것이다. 제비나 산새처럼 전망 좋은 줄이나 가지에 앉아서 유창하게 한 곡조 빼거나 노래하듯 재잘거리지 않는다. 그러면서 무언가 와자지껄하고 소란스러운 것이 참새 떼의 습성이다. 인간의 근처에서 인간의 습성을 배운 그들 나름의 의사소통일 것이다.

참새가 둥지를 인가의 처마를 이용하지만 그놈들이 가장 좋아하는 생활의 터전이랄까 공간은 싸리 울타리이다. 참새들이 지붕이나 높은 나뭇가지에서 무질서하게 푸닥거리하듯 놀다가 갑자기 조용해지면서 일제히 번개같이 날아 한꺼번에 박히는 곳이 싸리 울타리이다. 정말 사정없이 내리꽂힌다. 제 놈들의 천적 매초리가 먹이 사냥할 때이다. 가장 피신하기 알맞은 곳이 싸리 울타리이기 때문일 것이다. 그때는 사람이 옆에 있어도 형편없는 몰골로 거꾸로 박혀 죽은 시늉하는 것을 보면 참새의 신세가 정말 한심하다는 생각이 들 때도 있는 것이다. 참새 쪽에서 보면 사람도 쟤네들의 천적일 터인데 깔보거나 얕보는지 그다지 두려워했던 것 같지 않았다.

이렇듯 참새는 우리 생활과 밀접한 위치에서 존재했으므로 참새의 습성을 통해서 인간의 행동을 계도하고 교훈을 얻었던 것이다. '참새 방앗간' '참새 입 주둥이' '새 발의 피' '새 가슴' 등 심지어 빠른 소문의 전파를 '참새 떼'에 비유했고 참새고기마저 경거망동의 상징으로 여성들은 먹어서는 안 되는 것으로 삼았던 것이다.

참새의 서식처로 알맞은 곳이 초가집이고 싸리 울타리라고 본다면 참새야말로 양반 새나 고급 조류는 못되고 친 서민적이고 인간미 넘치는 새일 수밖에 없겠다. 이렇게 정감 있고 다정한 새가 그 여린 가슴으로 인간들을 향해 따스한 사모곡을 날리고 있는데 새로 멋지게 지은 인간의 집에 서식처를 마련 못하고 멀리 날아 사라지는 참새들의 슬픔, 그것들의 운명. 인간들이여! 참새들이 인간의 집 처마에 깃들게 합시다.

개똥 줍기

옛동산은 원시생활의 터전이고 현대 생활과 너무나 대비되는 적나라한 단면이 많이 있지만 그 중에서 가장 솔직한 것 중의 하나가 개똥 줍기 했던 것이 아닐까 싶다.

개똥 줍기는 한 겨울의 농한기에 한다. 절대로 일로 삼아 하는 것은 아니고 한 겨울의 새벽 아침을 이용하는 여가 선용의 시간이다. 남자들이 조반 전에 하는 겨울의 일로서 소죽 끓이기, 논에 두엄 내기, 개똥 줍기 등이 있었다. 앞의 둘은 머슴도 하지만 개똥 줍기는 주인들만 한다. 머슴들이 하기에는 인력의 효율이 떨어진다는 것이었겠지.

오늘날 사람들이 공원이나 주변 경개에서 아침 운동이나 산책을 하다가 서로 아는 사람이나 이웃을 만나면 인사하고 대담을 나누듯이 그때 사람들은 개똥망태를 메고 동네 주변을 맴돌면서 그랬다.

한겨울이니까 솜을 툭툭히 넣은 백의 배달민족의 바지 적삼,

양손은 깍지 낀 팔에 양쪽 소매 춤에 찔러 넣어 가슴을 안는 듯한 자세로 어슬렁거렸다. 절대 서두르거나 그 따위 개똥쯤에 욕심을 내면 아니 되었다. 양반이나 남아의 자세가 아니었다. 그러다가 개똥 무더기가 있으면 한 손에는 망태기의 줄을 잡고 한 손으로는 작은 나무막대기로 만든 골프채 같은 도구로 개똥을 끌어 담았다. 진짜 개똥 한두 무더기면 족했다. 없어 못 주워도 괜찮았다. 개똥망태는 짚으로 엮어 만드는데 밑면과 뒷면은 막히고 앞면과 윗면은 열리게 만들었다. 따지고 보면 어깨걸이가 있는 짚주머니인데 적당히 길어야 똥 묻은 앞부분이 옷이나 몸에 닿지 않을 것이렷다.

그 무렵에는 집집마다 거의 다 개가 있었다. 우리 순수 토종 황견과 삽살개 등 이었다. 어린아이들은 마당에다 볼 일을 보는 반면 개들은 동네 주변 아무 곳이나 다였다. 다행인 것이 그놈의 개들은 동네 안 골목이나 마당에는 일을 잘 보지 않았다. 사람 다니는 길에도 마찬가지. 그 외 동네를 벗어나면 방천 도랑 풀밭 닥치는 대로였다. 물론 일정한 반경 안에.

개똥 줍기를 겨울에 하는 것은 농한기이기도 하지만 그보다는 개똥이 얼어 있기 때문에 냄새도 덜나고 다루기가 쉬워서이다. 여름 장마철의 개똥밭은 지금 상상해도 지독했다.

개똥 줍기의 목적은 주워 구시통에 부어 인분의 양을 많게 하기 위함이었다. 개도 사람처럼 잡식동물이므로 그 분비물이 거름이 된다는 것이었겠지.

우리 민족은 농경민족으로서 수천 년간 가축 분비물과 인분을 비료로 써 왔다. 그 시절은 가축의 분비물 냄새는 냄새로 치지 않았다. 인분 푸고 전답에 주는 날 비로소 시골의 향수라 하여 온 마을과 골을 뒤흔들었다. 이집 저집 그러다 보면 사시사철 그 냄새에 절여 사는 것이나 진배없었다.

개똥 줍기는 버려진 자원을 거름으로 활용하는 면도 있지만 우리 어릴 때의 인품도야의 가장 중요한 덕목인 부지런함의 작은 실천의 한 방편이었다고 할 수 있을 것이다.

부지런하고 성실하면 무조건 잘 살 수밖에 없다는 것이 당시의 불문율이고 진리였었다.

보리밭

　푸른 보리밭 물결이 뻐꾸기 소리, 청아한 꾀꼬리 노래에 춤추듯 일렁이면 봄은 익을 대로 익어 중천의 태양은 염농한 햇살의 팔을 뻗어 애꿎은 보리의 목을 뽑아 올린다.

　보리는 이삭을 패고 이삭의 이마에 가시의 창을 달아 하늘을 향해 뻗어 도열하면 그 창연함은 처절하리만치 숭고하고 그 싱싱함의 물은 누리를 적시며 넘친다.

　보리는 연중 너무나 아름답고 기후적으로 찬란한 호시절에 패기 때문에 우리 인생의 가장 창창한 청춘의 시기와 비유될 수 있을 것이다. 보리이삭이 목을 빼 긴 봄날의 향연을 몸서리치듯 창공을 향하여 함몰할 때 우리 인생의 보리이삭은 젊음을 빌미로 그 물오른 보리밭을 떠났다. 우리가 떠나면 떠나 온 자국마다 동산도 보리밭도 사라지고 다시는 가고파도 갈 수 없는 머나먼 고향땅이 되었더라. '그대 다시는 고향을 찾을 수 없으리.' 처럼 '그대 다시는 보리밭을 밟을 수 없으리.' 가 되었다.

사라진 보리밭 흔적 위에 정지용의 보리밭만 남아 있다. 사람들은 그 이상의 보리밭은 볼 수도 없고 상상할 수도 없다. 그 이상의 보리밭은 필요성도 못 느끼고 느낄 필요도 없게 되었다. 정지용의 보리밭은 햇빛 찬란한 봄의 보리밭이 아니다. 늦가을 파릇파릇 싹이 자란 황혼 무렵의 보리밭이다. 여린 생명의 순을 여린 햇빛의 온기로 연명하며 혹독한 겨울을 넘기 위하여 땅 속에 모진 생명의 뿌리를 내리는 정중동의 보리밭이다. 당시 나라 잃은 민족에 대한 애환과 동포에 대한 그리움이 흠뻑 묻어나는 보리밭이다.

웬걸, 우리들 유년시절에 그런 거창한 보리밭이 있을 리 없었다. 싸리 울타리 옆이나 동네 어귀의 휑한 들판이 보이는 길목에 그동안 둘러 다녔던 소로 대신에 애기 젖가슴 드러내고 물동이 인 아낙들의 지름길로 쓰이거나 연날리기 할 때 흙을 발로 차면서 바람의 방향을 알아보고 마음껏 뒷걸음치면서 내달리던 자유의 공간, 그런 보리밭만 있었다.

보리밭에 관한 에로티시즘은 있었다. 민요에도 나오는 뽕밭, 뽕밭이 없었으니까 정작 뽕에 관한 에로틱 관념은 연결고리가 없었고 오돌개 따 먹는 뽕나무만 있었다.

보리밭이 뽕밭을 대신 했던 것 같다. 보리밭 가운데 쓰러진 보리 움터를 보고 어른들은 야릇한 농담들을 주고받고 했던 것 같기도 하고.

우리들에게는 보리 문둥이가 있었다. 보리가 무성히 자라 팰 무렵이면 문둥이가 사람의 간을 먹기 위해서 보리밭 속에서 아기를 잡아먹었다는 소문이 파다하게 퍼지곤 했었다.

그때쯤에는 문둥이들이 더 많이 한길로 다니는 것 같았고 저학년 하굣길에 하필 혼자일 때 고개 너머 공동묘지 우묵 배미에서 남정 둘의 문둥이를 만났을 때의 그들과의 눈 마주침과 공포감, 우리들이 한 번씩 겪어보는 어린 날의 순진무구한 성장통이었었다.

　바야흐로 해는 길고 훈훈한 남풍이 불어와 연초록 보리이삭의 물결이 일렁이는 풍경이 풍성함과 아름다움으로 아득히 먼 기억의 저편에 점철되어 있지만 사실은 배가 고픈 시절의 원초적 생존 유지의 마지막 시기였었다. 우리 역사에서 거의 매년 되풀이 되다시피 했었던 한 많은 보릿고개의 사연들과 아픔들을 우리 시대 우리 세대가 우렁차게 안고 무난히 넘어왔다고 자부한다면 너무 외람되고 지나친 생각일까.

죽순깜부기

환갑 전후의 세대나 그 이상의 세대들은 보리깜부기에 대한 경험이나 추억 내지는 여러 이야기들이 저 가슴 밑바닥에 아련히 있을 것이다. 그때는 거의 연례행사 같았다. 깜부기 먹기, 바람에 날리기, 자기 얼굴이나 남의 얼굴에 칠하기, 옷에 묻은 얼룩 털기, 손에 묻은 검은 먹물 처리 등 밀깜부기도 있었지만 먹지 않았다. 이유는 몰랐고 아직도 모른다.

대나무에도 깜부기가 있다는 것을 아는 사람은 별로 많지 않을 것이다. 대나무는 열대성 식물로 위도 한계를 나타내는 지표식물이다. 그러므로 우리나라 남부지방에만 자라기 때문에 누구나 대나무의 환경에 접해볼 수 없었을 것으로 안다.

대나무에는 깜부기가 두 군데서 생긴다. 댓잎과 죽순에서다. 그 시절은 거의 매년 있었던 것으로 아는데 꼭 매년 정기적으로 있어야만 하는 것은 아니었을 것이다. 시기는 죽순이 나올 무렵으로 댓잎 깜부기는 기존 잎새에 감싸이듯이 가늘고 여린 것이 뽀족이

나온다. 그런데 그것이 검게 되어 있어 뽑으면 쏙 뽑히고 끊어져 나온 부분은 희고 연두색이다.

먹으면 맛있고 감질나기 때문에 자꾸 뽑아 먹게 되는 것이다. 우리가 손닿는 작은 댓가지의 댓잎마다에 있었으므로 정말 열심히도 따 먹었다.

죽순깜부기는 대나무밭 언덕배기에 대 뿌리가 드러난 데서 생긴다. 노출된 대 뿌리에서 죽순도 노출된 상태로 꼬부라지게 자라는 데 굵기는 나무젓가락 정도로 보면 될 것이다.

죽순 껍데기가 벌어지고 휜 상태로 속살이 드러나는 데 그것이 검게 깜부기가 되어 있는 것이다. 죽순깜부기의 맛은 천하일미, 길이도 나무젓가락 정도 되므로 제법 먹을 것이 있는 것이다. 죽순깜부기는 보리깜부기처럼 혹 가다 있게 되고 눈여겨봐야 되며 들짐승처럼 먹을 것을 찾아다니는 우리들 눈에만 띄게 되고 어디까지나 아이들 몫이었던 것이다.

그놈들이 잘 생기는 장소가 따로 있고 있는 곳에 많이 몰려 있기도 하므로 어떤 때는 왕건이라도 발견하고 한 움큼 따는 때는 정말 재수가 좋은 날로 얼른 다른 장소로 피해서 혼자서 먹고 혼자서 기분을 만끽하는 것이다. 사람 왕래가 잦은 언덕배기에서의 기억 밖에 없는 것으로 봐서 그것이 아주 희귀하고 특수한 경험이었던 것 같다. 나누어 먹고 자시고 할 뭐 그런 먹을거리는 아니었을 성싶다.

세상에는 수많은 식성재료가 있고 약성 식재료가 많지만 그 중에서 가장 귀하고 가장 맛있고 제일 가까이 있으면서 별로 관심을 갖지 않았던 군것질거리가 그 죽순깜부기가 아닐까 하고 멀리 떨어진 세월의 밖에서 은근히 속으로 확신되고 있는 것이다. 동네 사람들도 모르긴 몰라도 죽순깜부기의 경험은 별로 많지 않을 것으로 안다. 어른들이 그 따위에 관심 가지면 품위 떨어지고 아이들도 발발거리며 잘 돌아다니고 집중력과 집념을 발휘해야만 그런 것을 얻고 경험을 누릴 자격이 되었던 것이다.

집에서는 자라는 아이들에게 배불리 먹이고 제철반찬 해 주면 다 되었다. 아무리 그래도 우리들은 항상 헛헛했다. 야생에서 제 삼의 먹성을 찾아 헤맸던 것이다. 최고의 걸작이 죽순깜부기로 자부하고 다시 한 번 그런 경험한다면 장수 무병할 것 같다.

보릿고개

보리가 익으면 알곡의 무게 때문인지 고개를 숙인다. 알곡이 없는 죽정이 보리이삭은 벼도 마찬가지고 고개를 숙이지 않는 것을 보면 알곡의 충실함 때문으로 알 수 있겠다.

알곡에 비유해서 우리 인간도 인격이 충실히 몸에 잘 밴 사람은 고개를 잘 숙이고 그렇지 못한 사람은 고개를 뻣뻣이 세운다고 해서 알곡과 인품을 곧잘 비유하곤 했다. 오늘날 정보산업 사회에서는 알곡에 비유할 성질의 것이 아닌 것 같고 그 사람의 인품과 그 사람의 속셈과 관련성이 더 많지 않을까 한다.

보리가 익어 꼬부라지는 것을 사람의 목에 비유하고 산길의 고개를 오를 때 숨이 차고 힘든 것을 생각하여 보리의 고개 숙임을 사람이 높은 산고개의 오름에 비유하였다.

그만큼 보리가 익기를 기다리고 보리가 채 여물기도 전에 고개만 숙이면 따서 먹을 수 있었으므로 허기를 면하고 굶어 죽는 것을 면할 수 있었다는 것이다.

봄철의 춘궁기를 대표해서 보릿고개란 말이 널리 보편화 되었다.

우리나라는 여름 한 철 농사짓고 가을에 수확기가 끝나면 흉년이든 풍년이든 다음 해 수확기까지는 기다려야 하고 그 첫 수확이 보릿고개였다는 것이다. 사실 우리 어릴 때의 현실은 풍년이 들어도 춘궁기를 견디고 버티기 힘든 사람들이 많았는데 하물며 흉년이 들 때는 말해 무엇 하랴. 우리 때만 해도 보릿고개와 봄철의 춘궁기가 분명히 있었던 것은 사실이지만 그렇게 극심한 기아현상은 없었다. 미국의 빈국 지원정책의 일환인 대충자금에 의한 식량원조가 대단했던 것으로 안다. 우리 부모세대들은 달랐던 것으로 알고 있다. 일제 강점기의 일본의 수탈획책 때문이었을 것이다. 우리 어린 시절까지는 모든 것이 구전되고 선대들의 삶을 그대로 본받아야 함이 마땅하고 의무였었다. 기회만 되면 어른들은 과거의 춘궁기를 견뎌온 경험담을 이야기 하곤 했었다. 우리 때까지 남존여비가 분명히 있었고 배고픔의 설움은 주로 여자들의 몫이었다. 만약 고방에 식량이 쌓여 있어도 배고프게 살아야 여자의 도리를 다하는 것으로 되어 있었던 것이다.

일제 강점기 우리나라 사람들은 일본 사람 지주의 소작인으로 전락해 아무리 풍년이 들어도 아무 의미가 없었다. 연중 보릿고개요 항상 기아선상에서 겨우 목숨을 부지하는 그야말로 노예와 같은 식민지 국민이었다. 해방되어 50년대는 일제 수탈의 잔재가 남아 있었다. 집집마다 부엌의 부뚜막 밑에는 곡식 항아리를 숨기는 항아리 모양의 공간이 비어 있었다. 너무 잔인하게 수탈해 가기 때문에 곡식 한 톨이라도 숨기기 위한 것인데 너무 소박하고 모질지 못한 인간적인 국민성을 엿볼 수 있는 풍경이었다.

보릿고개는 우리 역사에서 국민생활의 마지막 목숨 줄의 연약한 끈으로 나라님도 어떻게 못하는 우리의 숙명 같은 말이었다. 우국충정의 지사들이 벗어던져야 하는 국민 생활 향상의 아젠다로 수백 년 내려오던 민족 고유어가 되다시피 한 그 단어가 드디어 우리 시대에 우리들의 노력으로 사라지게 되었다. 누구 개인의 힘으로 어떤 일이든 되는 것이 아니므로 나 하나쯤 국가에 해가 되는 쪽이 아니라 티끌 같은 나 하나의 행위라도 사회에 이바지하는 방향이어야 할 것이다.

보리타작 먼지

집집마다 코딱지만 한 마당에는 타작을 위한 보리가 널려 있었다. 지금 보거나 생각하면 그렇지 그 당시는 그렇지 않았다. 마당만이 유일한 넓은 공간이었으니까. 타작을 위한 바깥마당이 있는 경우가 많았다. 이래도 저래도 타작 철에는 온 동네가 보리까스름을 둘러쓰게 마련이었다. 누구나 다 그런 처지니까 무슨 말할 입장이 못 되었다. 그보다도 바람이 그렇게 부는 것을 인간이 어떻게 못하고 바람이 많이 불어 멀리 있는 자기 집까지 타작 먼지가 날아와도 타작하기 좋은 날이라고 오히려 기뻐해 주는 분위기. 보리까스름은 어떻고. 가을철 나락 타작 때도 꼭 마찬가지. 까스름이 옷 속에 박히면 온 몸을 콕콕 찔렀다. 땀에 젖은 몸뚱아리에 까스름은 찌르고. 벼까스름도 별반 마찬가지. 그래도 옷 벗어 훌훌 털고 저녁에 물 한 바가지 둘러쓰면 그만이었다. 지금의 도시생활에서의 이웃과의 관계를 비교해 보라. 까스름 먼지와 눈에 보이지 않는 시멘트 먼지를 비교해 보라. 까스름과 흙먼지는 우리 몸에 근본적으로 해를 입히지 않는다. 눈에 보이지도 않으면서 피부 아토피를 유발시키는 시멘트먼지. 보리타작 먼지는 그 당시 시골 사람들의 정신세계나 생활태도 같고 시멘트 먼지는 지금의 도시 사람들의 생활방식이나 정신세계 같다. 지금 도시 사람들도 이웃에서 집을 짓거나 뜯거나 공사를 하면서 많은 시멘트 먼지를 일으켜도 곧 잘 이해하는 편이고 각자 알아서 대처를 잘 한다. 공사를 하는 측에서는 날아가는 먼지를 모두 다 잡을 수도 없고.

그러니까 지금의 도시 사람들은 눈에는 잘 보이지 않으나 매우 독한 시멘트 먼지를 옛날의 시골 사람들처럼 서로 공유하고 서로 이해하면서 살고 있는 것이다.

어쩌면 그 시절 까칠하지만 순한 먼지를 쐬던 사람들이 도시로 와서 미세하지만 독한 먼지를 마시면서 살고 있는지도 모르고 독한 먼지만큼 독한 마음으로 살아가고 있는지도 모를 일이다. 이래저래 도시생활에서는 엉큼하게 눈에는 잘 안 보이나 독한 먼지 속에서 살고 그 시절 우리는 이래저래 보리타작 먼지 속에서 살았다.

아직 도시의 먼지는 양반이다. 운 나쁜 가정은 아토피로 고생하기도 하지만 그것도 도시만 탈출하면 대부분 낫고 있는 실정이다.

미래의 먼지는 이웃 일본에서 보듯 방사능 먼지이다. 진짜 방사능 먼지는 골치 아픈 존재로 결코 일본만의 문제는 아닐 것이다. 생각만 해도 아찔하다.

우리 인간들은 보리타작 먼지를 피해서 방사능 먼지의 위협 아래 아토피를 일으키는 먼지 속에서 살고 있다. 우리들의 미래 방향은 어떤 것이어야 할런지.

전통 농사일의 마지막 세대

농사일도 우리의 성장기 때와 그 이후가 너무나 판이하게 달랐다. 우리가 어른 나이 될 때까지는 잠자고 있던 세상이 우리가 어른이 되자마자 세상은 급변하기 시작했다는 말이다.

그동안 수천 년 잠자고 있던 세상이 우리 나이 한창일 때 우리 나이를 따라 꿈틀거림의 정도를 가속시켜 왔다는 것을 지켜 본 우리로서는 참 희한한 일이 아닐 수 없었다.

완전 전통 농촌생활시대에서 최초로 변하기 시작한 것이 지게였다. 리어카라는 손수레가 나오기 시작했다는 것. 정작 우리 자신은 손수레의 편리함을 이용한 농사일을 해 보지 못 했다. 지게 짐 지면서 농사일이 힘들어서 그 곳에서 탈출하자마자 즉시 리어카가 등장했었다. 물론 이웃 학교 동네에서는 우리 동네보다 변화가 앞섰고 빨라서 우리 6학년 때 이미 손수레 선단을 이루어 똥장군을 도시에서 자기네들 전담으로 열심히도 퍼다 나르는 것을 보아 왔다. 우리보다 조금 선대들은 우리나라의 전통 소로에서 신작로라는 새 용어가 민요가 될 만큼 큰 변화인 한길이 생긴 것이고 그 한길을 최초로 이용하기 시작한 것이 그때서야 그 리어카 선단이었다는 것이다.

철두철미 지게나 머리로 여다 날랐다는 것, 땅을 갈거나 쓸 때만 소를 이용했다. 운반하는 모든 것은 지게를 이용했고 여자들은 머리에 이고 다녔다. 동네 앞에 있는 한길이 도시와 도시가 연결되는 시외버스가 다니지 않는 이상 우리 생활 변화에 별 도움을 주지 못했다. 한길은 아이들 학교 다니는 길로 이용되었다. 그 외 아이들에게는 한길이 매우 유용하게 쓰였다. 뛰고 잡고 놀기, 달리기하기, 자전거 배우기, 간혹 다니는 자동차도 보고 차 이름도 알기, 한길 바닥에 낙서도 하기 등 우리 세대는 한길 세대 즉 신작로 세대라 해도 좋을 성싶다. 농사용으로는 한길이 이용되지 못했다.

농약도 우리 때는 일체 없었고 전연 사용하지 않았다. 유기농법이란 말이 없었다. 모든 농사가 다 유기농법일 수밖에 없었다. 밭농사에서는 해충을 아예 감지하지 않았고 나락농사에서 해충은 이화명충이나 멸구 정도 있었다. 이화명충은 제비들이 다 잡아먹었고 멸구는 애기름으로 잡았다. 애기름이 아니고 왜기름일 것이다. 아무튼 석유를 말하는데 굳이 따지자면 등유를 말한다. 등유도 등잔불 켜는 기름이라는 뜻일 것이다. 애기름을 한 사람이 앞서 가면서 물에다 한 방울씩 떨어뜨리면 뒤에는 여러 사람이 따라가면서 그 기름물을 벼에다 바가지로 퍼붓는 것이다. 그러면 벼 포기에 붙어 벼의 영양분을 빨아먹던 멸구가 기름물에 떨어져 죽는다는 것이다. 이때 사용하기 좋은 바가지로는 소죽 푸는 손잡이 있는 나무바가지가 가장 좋았고 제일 많이 사용되었다.

탈곡기도 우리가 마지막으로 밟았던 것 같다. 그 뒤에는 발통기나 콤프레샤에 연결하여 자동으로 빠르게 돌게 하여 효율적으로 사용하다가 지금은 미국식 트랙터를 이용하고 있다. 그만큼 자동화시대에 돌입하였다는 말이다. 트랙터는 우리가 초등학교 시절 사회과 부도에서 보았던 미국의 대평원과 함께 우리들의 뇌리에 남아 있는 꿈의 생활환경이었다.

미국하면 자동차, 양옥, 지붕 위의 텔레비전 안테나, 트랙터 이 네 가지가 우리가 그렇게도 꿈꾸고 달려가고 싶었던 미래였던 것이다.

보리타작

전통 농사일은 논 갈고 밭가는 일에 소의 힘을 비는 것 외엔 거의 대부분 사람의 힘이나 손으로 하기 때문에 남자 장골의 힘도 필요하고 많은 수의 손도 필요하다. 그러면서 매우 힘든 일이 논 메기 등 몇 가지 있는 데 그 중에 하나가 보리타작이다.

보리타작은 보리이삭을 될수록 한데 모으고 밖으로 표출되게 하여 보릿단을 마당에 깔아놓고 도리깨로 때려서 보리 알갱이와 보리 짚 북데기를 분리하는 작업이다. 타작이란 어원이 때리는 일이니까 열심히 보리를 때려야 하는데 그 방법의 하나가 도리깨질이다.

도리깨질 방법은 두 가지가 있다. 오른쪽 어깨 쪽으로만 채를 수직으로 돌려서 때리는 방법인데 기본 도리깨질로 약하게 때리는 것이 된다. 여자, 노인, 아이들이 주로 하게 되나 일손의 숫자에는 도움이 된다. 장골들은 채를 왼쪽으로 오게 하여 자루를 멀리 잡고 크게 휘두른다. 채는 머리 위 공중에서 태극선 모양으로 한 번 휘돌려져서 땅을 치게 된다. 이 방법이 정식 도리깨질이다. 정식으로 해야만 북데기를 옆으로 쳐 낼 수 있고 그래야만 아래쪽에 숨겨져 있던 보리이삭을 들추어내고 타작을 할 수가 있는 것이다.

　두 사람 이상이 도리깨질을 같이 하게 될 때에는 반드시 두 리듬으로 하게 된다. 아무리 숫자가 많아도 선단은 반드시 한 사람이 한다. 가지런히 드러난 이삭을 다 패는 초벌마당이 다 끝나면 이젠 뒤집어 가면서 두드려야 하는데 선단이 북데기를 옆으로 치면서 뒤집으면 다음 리듬들이 일제히 맞춰서 집중 공략하여 때리면 보릿대는 박살나다시피 되고 그런 식을 되풀이 하는 것이다. 이 되풀이하는 과정에서 선단이 앞소리 치고 뒤 리듬이 후렴을 하면서 하면 타작마당은 절정에 이르고 그렇잖아도 더운 초여름에 땀은 온 몸에 범벅이 되는 것이다. 땀 흘리고 물마시고 하면 나중에는 힘을 못 쓴다고 하여 물 주전자에 간장을 타서 마시기도 하였다. 그 원리는 훗날 세월이 한참 많이 흐른 후에 알았다. 마라톤이나 육상운동 선수들의 훈련과정에서의 주의사항과 같았다.

　도리깨는 땅을 때리는 그 채에 비방이 들어 있다. 계속 내려쳐도 견딜 수 있는 재질을 가진 재료가 어디 그렇게 흔한가. 채는 대를 짜개서 손가락 굵기로 납작하게 네 개 정도 엮어서 만든다. 이때 대는 반드시 오죽이라야 하고 엮는 끈은 소가죽이라야 한단다. 오죽은 검은 대로 동네나 주변에 없으니까 소가죽 줄과 더불어 시장에서 사 와서 만들어 썼다.

　도리깨질로 타작하는 것은 보리타작이 주지만 밀 타작, 가을에 하는 콩 타작도 있다.

우리들 시대는 농작물이나 먹성거리는 완전 자급자족이었다. 농기구도 쇠붙이를 제외하고는 모두 만들어 썼다. 그러던 것이 시대가 바뀌면서 도리깨로 타작하던 작물인 보리, 밀, 콩은 전연 농사짓지 않고 특수작물로 바뀐 상태며 밀과 콩은 외국에서 수입해서 먹고 살고 있다. 그러니 보리타작하던 도리깨는 거의 선사시대 유물이 되었다.

보리타작마당을 집집마다 늘어놓고 '이 보리를 누가 만들었을까? 사람은 먹어서는 안 되고 가축만이 먹어야 할 것을 사람이 하도 배가 고프니까 먹게 된 것'이라고 넋두리를 하던 이웃 친인척의 말이 엊그제 같다. 마찬가지로 누구나 보리밥을 싫어했다. 그러던 사람들이 오늘날 간간이 있는 보리밥집이 성황을 이루는 것을 보는 것도 참 흥미롭다.

신작로

　요즘 와서 전국의 각 지방마다 옛길 살리기에 분주하다. 신작로
시대에 이미 옛길은 망가졌지만 완전 개발되고 거대한 스마트 길
이 되고 보니까 이건 인간의 길이 아닌 것 같이 치부되고 있다. 그
러므로 사람 냄새 솔솔 나는 옛길에 대한 향수가 생겨나기 시작하
는 것이다. 그런 옛길에 대한 운치나 서정은 우리들 뇌리나 세포
속에 고스란히 간직되어 있는 셈이다. 옛길에 대한 정감이나 추억
을 간직하고 있다는 말이다.

　지금의 길은 너무 거대하고 도전적이어서 길 속에 산천경개가
파묻혀 버린다. 길 자체의 웅장함에 매료되라 하고 길이 안 되는
곳을 길을 만들어 놓고 감탄사를 연발한다.

　길이란 사람들이 자주 왕래하다 보니까 생겨난 사람 발자국의
흔적인데 산업적으로 억지로 만들다보니까 이건 뭐 자동차나 괴
물 같은 기계가 다니는 길이지 사람의 길이 아닌 지경에 이르렀
다. 길의 위력에 인간이 깔려 버렸다.

현대의 거대하고 편리한 자동차길이 발달할수록 인간은 소외당하고 외로워진다. 그러므로 사람들은 인간을 찾아 헤매다보니까 사람이 없는 호젓한 산길이나 들길에서 오히려 인간을 만나게 되고 희미한 옛길의 흔적에서 인간미와 정서적 안정을 얻게 되는 것이다.

우리나라는 산세나 지세가 거칠거나 막막하다든가 우악스럽지 않고 지형지물이 오밀조밀하고 다정스런 금수강산이지 않은가. 그 땅에 사는 인간의 마을도 아담하고 소박하며 정겨웁지 않은가. 그러면 그런 산하에 생겨난 길도 틀림없이 다정다감하고 정다울 것이다.

그런 우리 옛길을 걷노라면 어느새 잃어버렸던 내면 깊숙이 내장되었던 우리들의 순정의 성품이 옛길에서 새삼 되살려진다는 느낌을 다들 받는 듯하다. 실제로 흔적만 남은 옛길이나 산길을 그 흔적을 따라 조금만 걸어보면 포근함이나 아늑함에 금방 감동받을 것이다.

옛길이 사라지기 시작한 것은 일제 강점기 신작로 때부터이다. 신작로는 찻길이다. 그 찻길을 한길이라 했다. 한길이 생기면서 세상은 변하기 시작했고 우리나라는 일제 식민지 시대가 됨으로써 또 다른 면으로 확실히 변해버렸다.

신작로로 인해 변화되는 세상을 사람들은 민요에 삽입시켰다. 민요에 삽입함으로써 변화에 대한 충격을 완화시키고 변화되는 세상을 해학적으로 풍자했다. 약간의 에로티시즘을 가미함으로써 속으로 절여오는 심정의 미동을 카타르시스 했다.

'신작로 가운데 하이야가 놀구요 하이야 가운데 신부신랑이 논다.' 하이야는 일본말로 택시를 뜻한다. 우리는 노래속의 가사로 '신작로'란 말을 접했지 생활용어로는 잘 안 썼던 것 같다. '한길' 하면 우리 동네 앞을 지나가는 길이고 '신작로' 하면 멀리서 무언가 국가적 대사를 위한 큰 공사판의 바위 깨는 망치소리 같다.

우리들은 한길세대라 할 수 있을 것 같고 우리 부모 세대들은 멀리서 신작로가 밀려오는 순 옛길세대라 할 수 있을 것 같다. 옛길이나 신작로의 개념에 없는 비행기의 하늘 길이나 바닷길은 어떻게 되나. 아무리 다녀도 흔적이 없으니 미래로 갈수록 길 없는 세상이 될 것 같다.

나막신 진창길

　나막신은 짚신과 짝을 이루는 신발이었다. 짚신은 땅이 젖지 않은 길에 다닐 때 신는 신발이고 나막신은 비올 때나 땅이 젖어 짚신으로는 발이 물이나 뻘에 젖기 때문에 신는 신발이었다. 우리 세대는 옛길 세대가 아니고 신작로 세대이듯이 나막신 짚신 세대는 아니고 고무신 신발 세대라 할 수 있을 것이다.

　나막신은 우리 큰집 마루 밑에서 유일하게 한 켤레 보았다. 오래도록 사용하지 않아서 먼지를 흠뻑 뒤집어썼고 광택 없는 나무 공작품 같았다. 신발모양의 배 같았다.

　나막신은 굽이 높은 나무신발이다. 굽이 높아야 땅이 질벅한 길을 걸을 때 뻘 물이 신발 안으로 들어오지 못한다. 짚신시대에 비오는 날에는 요긴하게 쓰일 물건이었다. 우리 어린 시절에 실제로 우리 집에 있었으면 재미로 많이 사용했을 것이다. 물론 먼 길은 못가고 동네 나들이 길에만 사용될 물건이었다. 모든 생활용품을 자급자족해야 할 시대니까 직접 집에서 나무를 깎아서 파내고 도

려내서 만든 물건이었다. 고무신 시대니까 짚신이나 나막신을 집에서 만드는 것은 보지 못했다. 나막신을 직접 사용하는 것은 못봤지만 짚신을 신고 다니는 외지 사람은 보았다. 고무신발이 없어서라기보다 쭉 사용하던 거라서 어쩌면 편하다고 생각해서 신는 거라고 생각했었다.

그때는 땅이 질퍽한 때가 왜 그렇게 많았을까를 생각한다. 흙길의 시대니까 비가 오면 길이 진창길이 되는 것은 당연지사이지만 유별나게 진구렁이 되는 때가 있었다.

눈 온 다음에 눈 녹을 때와 땅이 녹는 계절의 비 오는 날과 봄, 여름의 세우가 내릴 때였다. 마당, 골목길, 논두렁길, 한길이 진창길이 되는 날에는 정말 어디 발 디딜 곳이 없었다. 거기다가 고무신 밑창이라도 닳아서 구멍이 난 신발일 때는 한 발짝도 움직이기 어려운 감옥 같았다. 여름에는 맨발이니까 그렇다 쳐도 겨울의 진창길의 질척거림은 정말 생지옥 같았었다. 갑갑하고 답답하고 어찌해 볼 도리가 없는 그런 것, 지금 되뇌니까 그런 것이 아니라 그 당시에 분명히 느꼈던 소회다. 정작 소나기가 오거나 집중호우가 내리는 날에는 비만 그치면 괜찮았다. 골목길이나 한길은 뼈만 남으니까.

뼈만 남는 한길을 생각하니까 재미있다. 길에 무슨 뼈가 있냐 하겠지만 비탈진 한길이나 골목길, 산길, 고갯길에는 태풍, 홍수가 지나가거나 여름 장마가 끝나면 길의 몰골이 뼈만 남게 마련이었다. 비탈 한길의 옆에 있는 마른 도랑이 집중호우로 물이 넘쳐 한길을 휩쓸고 흘러간 후의 한길의 모습은 정말 가관이었다. 그런 경우는 진창길이 될 수가 없었다.

짚신과 나막신은 옛길처럼 우리 세대는 그 흔적만 체험한 것이 보통이지만 검은 고무신, 흰 고무신, 진창길, 한길의 뼈 등은 우리들 시대에 우리들만이 직접 겪고 넘어간 그 옛날의 전설 같은 풍물이 되었다.

미나리 깡

우리들의 봄의 절정은 동네 앞 방천의 버드나무들이 잎이 패기 시작할 무렵이었다.

이맘때는 사월 중순 이후 물을 이용한 논농사가 본격적으로 시작될 시기였다. 논에 물을 가두고, 못자리를 만들고, 볍씨를 고르고 등. 또한 이 시기에 맞추어 하늘이 점지하듯 비가 충분히 내리는 것이 보통이었다. 농절기와 월력의 상관성은 청년기 이후에 체득된 것이고 더 어린 날들에는 날이 화사하고 사방에서 물 흐르는 소리와 물이 흘러내렸으며 우리들의 손발에 물을 흠뻑 적셨던 것으로 남아 있다. 그리고 두 바짓가랑이 걷고 맨발로 물에 들어가는 것이 재미있기도 하였다. 양지바르고 햇발 좋은 돌담장 밑에 수줍게 핀 제비꽃에서부터 출발한 봄이 길섶 각시풀을 건너고 논두렁을 넘어서 이젠 온 들판이 녹색을 입었다.

이럴 때 질벅한 독사풀 푸른 논바닥을 맨 발로 밟기도 하는 그런 날들에는 우리들은 어김없이 하는 일이 있었다. 미나리 깡을 만드는 일이었다.

미나리 깡은 땅 따먹기 하듯 물이 줄줄 흐르는 논두렁 밑의 논 귀에 선을 긋고 손으로 흙을 파서 둑을 만들고 물을 가두고 바닥을 손으로 일구어서 만들었다. 여기에 필요한 것은 각자 자기 집 재구덩이에서 재를 퍼 와서 뿌리는 일이었다. 비온 날 뒤에 물이 철철 넘치면 서로 약속이라도 하듯 자기 식구들끼리 자기들 미나리 깡을 만들었다. 다 만든 다음에는 또 제들끼리 가서 돌미나리를 캐다 심었다. 돌미나리는 못 아래에 있는 상답 논 어귀에 많았다. 한 군데서가 아니라 여러 군데서 돌아다니면서 캐 모아야 했다. 주로 아이들끼리 만들고 어른들은 별로 관여하지 않았다. 원체 크기도 얼마 안 되었으니까. 한 평 또는 반 평, 제일 크게 하는 집이 두 평정도 되었을까. 다들 그 정도였다.

이 대목에서 재미있는 것은 논임자와는 상관없었다는 것. 해마다 그 자투리 논배미에 하되 칸의 위치만 매년 달라도 괜찮았다는 것이다. 자리 가지고 서로 다툼하지도 않았고 누구네 집 것이 더 크고 작고 전연 관심 가지지도 않았다는 것 등.

논 주인이 별 관여하지 않은 까닭은 어디까지나 일시적이라는 것. 모내기 할 때까지 임시방편적이었다는 것이다. 모내기 할 때는 다 갈아엎어서 모내기 하는데 아무 지장이 없다는 것 등 때문이었다. 일종의 풍습 같은 관행이었다.

해마다 소꿉놀이 같은 행사였었지만 그 용도는 요긴했었다. 동네 두레로 하는 모내기 할 때 모밥의 반찬용으로 미나리가 필수였고 그렇게 일회 베어내고 나면 두 번의 기회는 없었다. 그 자리가 남의 논이고 또 모를 심어야 하니까.

미나리는 그렇게 해서 우리들 곁에 있었지만 아이들은 다들 미나리 반찬을 별로 좋아하지 않았다. 미나리의 독특한 그 향 때문이었다. 미나리 깡에서 강렬한 햇볕 받고 자란 그 미나리는 실하기도 굵기가 대단하지만 그 향기도 정말 진했었다.

평소에는 별로 좋아하지 않던 미나리 반찬을 모내기 할 때 먹는 모밥에서는 왜 그렇게 맛있었던지. 두레 모내기 할 때의 모밥에서 반찬 삼총사 들깨죽국, 미나리나물, 갈치 배 갈라서 꼬들하게 말린 것에 빨간 고추장 발라 찐 것.

미나리 깡 만들어 놓고 돌미나리 캐다 심었을 때의 그때의 우리들의 마음은 욕심이나 때 묻지 않은 순수와 평화 그 자체였었다.

Chapter 02

사라진 신화

일본 순사

　어린 아기들의 울음을 그치게 하는 방법으로 호랑이와 곶감과 일본 순사가 있었다. 세상에서 가장 무서운 호랑이와 세상에서 가장 맛있는 곶감은 이해가 가는 데 일본 순사는 무언가. 우리의 어린 유소년기에는 순사가 그렇게도 무서웠었다. 실제로 애기들 울음 달래는데도 "순사 온다, 울지 마!"라고 했었다. 물론 "호래이 온다. 울면 잡아간다." "곶감 줄게 울지 마!"라는 말도 흔하게 들을 수 있는 말이었다.

　호랑이가 마을에 내려왔다가 엄마가 아이 울음 달래는 소리를 들었다. 호랑이가 온다고 해도 아이는 자꾸 울었다. 곶감 준다고 하니까 울음을 뚝 그쳤다. 그때부터 호랑이는 자기보다 곶감이 더 무섭다고 여기면서 호랑이가 가장 무서워하는 것이 곶감이 되었다고 한다.

　옛날 사람들은 호랑이가 가장 무서웠고 옛날 호랑이는 곶감이 가장 무서웠단다. 우리 어린 시절은 순사가 가장 무서웠었다. 요새는 '순사'라는 말이 없고 '순경'이라는 말밖에 없지만 우리 때는 '순경'이라는 말이 없고 '순사'라는 말밖에 없었다. 그때는 세상에는 순사가 있었고 순경은 자기네들 경찰 내부에서만 있었다. 요새는 세상, 경찰 어디나 순경밖에 없다.

순사는 일본경찰이고 순경은 한국경찰이다. 순사는 일제 강점기 경찰이고 순경은 대한민국 경찰이다. 우리 때는 한국경찰이 순사였었다. 그들이 보고 배운 것이 일본 순사밖에 없었으니까 우리 국민에게도 일본 순사처럼 하는 것을 보통으로 하고들 있었다.

해방되고 정부수립하고 금방 또 6·25전쟁이 터지니까 일본순사 정신을 여지없이 발휘했고 또 요긴하게 써 먹었다. 전쟁 때 징병 내보내는 일이 어디 그리 쉬운가. 차디차고 냉혈적인 일본순사 정신 아니면 이웃이고 형제 동족인 한창 젊은이들을 어디 감히 사지인 전쟁터로 내몰 수 있었겠는가. 그런 일본순사정신은 전쟁이 끝나고도 한동안 계속되었다.

일제 식민지 시대에 일본이 우리 국민을 얼마나 못살게 굴었으면 그 무서움의 표현이 아이 울음 달래는 데까지 쓰였을까 싶고 실제로 우리 어린이들이 나쁜 짓을 하거나 버릇없이 굴 때 '순사한테 일러준다'고 하면 문제가 해결되는 그런 때도 있었다.

순사는 우리들의 훈육자였고 우리들의 행동을 조절하는 지침계였다. 우리들이 학교 다니기 전까지는 눈에 안 보이는 순사가 있었고 행동반경 안에는 어른들의 감시망이 있었다. 지금 아이들은 걷기 시작하면 등에 유치원 가방을 채운다. 우리들은 할아버지나 아버지가 만든 망태기가 채워졌고 아버지를 여읜 우리에게는 특수하게 철가방이 채워졌다. 강철로 엮은 철망태기는 탄력성이 매우 좋았다. 어느 날엔가 그 철가방 안에 파란 솔가지 잎을 가득 채워 방죽 길을 지고 오는데 동네 어떤 아주머니가 "순사 온다!"고 했다. 딴에는 머리 쓴다고 사정없이 벗어 방죽 밑 무논 구석으로 굴러 떨어뜨렸고 장난삼아 한 말이었다는 것을 안 후에 망연자실 했던 기억이 가물거린다.

일생동안 우리에게는 항상 순사가 따라 다녔다. 조금만 배포가 있고 눈치 빠른 언행을 했으면 전화위복이 될 그런 일들도 있었던 것 같은데 대부분 조그만 자극으로 또는 그놈의 순사 때문에 일을 그르치고 망연자실했던 쓰린 가슴만 아로 새겨져 있는 것 같다.

콩클대회 시대

전국 노래자랑 무대가 30년 되었다고 장수 프로그램으로 너스레를 떨고들 있다. 여기서 우리가 말하는 콩쿠르는 50년 되었으니까 그 사이 20년 동안은 지금의 전국 노래자랑으로 통일되기까지의 과도기로 보면 될 것이다. 문화적 트렌드의 프로그램이 30년 동안 고착된다는 것은 어찌 보면 매우 따분한 짓이다. 더 들여다보면 내부적으로 엄청난 변화와 그에 따른 갈등이 모색되었을 것이고 또 한편으로는 다른 대안이 없다는 결론도 내릴 수 있게 되는 것 같다. 자랑은 무슨 자랑, 우리들 시대에 동네 콩클 대회만도 못한 것 가지고.

무슨 말이냐 하면 마이크 확성기 소리의 울림이라든지 산을 타고 넘어오는 유행가 선율에 귀는 자극되고 마음은 들뜨고 등 그전 사람들은 확성기 없었던 시대니까 풍물패들의 풍악소리에 심금이 울렁거렸다고 했다. 지금은 그런 자극이 없다는 면에서 그렇다는 것이다.

노래자랑이라는 문화적 행사도 우리들의 십대 무렵 발생한 것으로 전국적으로 각 마을 단위로 치러진 토착적이고 아주 자생적인 축제의 장이라고 할 수 있을 것이다. 물론 전자매체의 발달과정 중의 한 흐름의 단계였다고도 할 수 있을 것이다. 19세기 후반에 에디슨이 전기를 발명하고 축음기를 발명하고 또 마이크가 나오고 앰프 기술이 발달하면서 에디슨의 전기 발명 이후 대략 100여년이 지나니까 우리들의 시골에까지 문화혜택의 전파가 도달되었다고 보는 것이다. 전기 문명의 공명이 산을 넘어 우리들의 귀로 통해 우리들의 마을까지 왔었다는 것이다. 그것이 콩클 대회였고 콩클 대회가 전국의 산하를 울렸었다.

　콩클 대회가 우리 세대에게는 여러 가지 의미로 남아 있다. 앞에서 말한 전국 대회 이상의 의미도 있지만 문명사적으로 전기의 빛보다 확성기 소리로 우리들의 일상에 더 영향을 미쳤고 먼저 도달했고 변화를 주었다는 것이다. 당시는 도시에서도 전기를 빛과 소리로만 사용했었다. 도시의 밝은 전기 불빛은 우리들에게는 별 소용이 없었다. 우리들은 등잔불이나 초롱불을 상용하고 있었으니까.

　콩클 대회 이전까지는 대중을 감동시키고 크게 울리는 소리는 징, 꽹과리, 북, 피리 등의 풍악소리였었다. 전통적으로 우리나라는 지신밟기 등으로 풍악을 많이 했기 때문에 우리들의 그 시절에는 명절 때 등 굿이나 풍악소리가 흔했었다. 심지어 약장수들도 풍악이었으니까. 그러나 우리들은 극장이나 콩클 대회 등에서 흘러나오는 확성기의 유행가 소리에 매료되었었다. 도시의 극장은 우리들의 이상향이었었다.

도시의 극장처럼 무대를 만들어서 자기들의 동네에서 직접 할 수 있고 손쉬운 방법이 콩클 대회였던 것 같다. 일제 때는 '이수일과 심순애' 같은 신파조의 연극이 각 마을 단위로 전국적으로 행해졌던 흔적을 더 어릴 때의 어렴풋한 기억으로 짐작하기도 했었다.

아무튼 콩클 대회는 우리들의 십대 때 우리들의 마음을 가장 많이 흔들었고 설레게 했으며 따분한 현실을 카타르시스 했다. 우리들만이 할 수 있는 특권이었으며 그 지역의 젊은 사람들의 축제로 우리들의 첫사랑이었다고도 할 수 있을 것이다.

매스컴 시대의 시작

　우리 동네로 볼 때 근대문명의 시작은 일제에서 해방 될 무렵에 만들어진 세칭 신작로라고 하는 동네 앞 한길이고 그 다음이 그로부터 20년 쯤 지난 시기에 집집마다 매단 스피커였을 것이다. 우리나라 전체로 볼 때도 20세기 선두에 신작로라는 쇠망치 소리가 난지 대략 20년이 지난 1920년대 중반에 최초로 라디오 방송을 시작했다니까 국가의 핏줄인 도로망에서 신경에 해당하는 전파의 방송이 그 침투하는 속도가 비슷했다는 것도 조금은 흥미롭다. 아무튼 초가집에 애기름으로 등잔불 지피면서 라디오 시대는 개막되었다.

　사실은 전기가 먼저 들어와야 하는데 전기의 혜택으로 살게 되고 삶의 형식이 바뀔 거라는 생각은 하지도 못했고 더군다나 연이어 전기가 들어오리라고는 예상하지도 않았다.

　스피커 시대는 라디오 시대를 의미하고 라디오 시대는 매스컴 시대를 의미한다. 그렇다면 매스컴 시대는 무엇을 의미하는가? 변화를 의미한다. 그 변화의 속도는 상상을 초월했다.

그것은 우리 동네만이 아니고, 우리나라만이 아니고 세계사적인 인류문명의 비약적인 변화를 가져왔다. 독일의 히틀러는 아마 매스컴으로 인한 비약적인 변화에 자기 스스로 너무 놀라고 감당하기가 너무 버거워서 전쟁을 일으킨 것이 아닌가 부질없는 생각도 해 보는 것이다. 그만큼 우리도 지나고 보니까 변화의 속도가 빨랐고 그 단초가 그 허접한 그 스피커가 아니었을까 참 가증스럽기도 한 것 같다.

스피커 유선 라디오 방송이 매스 커뮤니케이션 시대의 시작으로 볼 때 우리들 인생의 사춘기와 맞물려 우리들은 엄청난 격변기와 혼란과 갈등의 소용돌이에 휩싸이게 된다. 미래에 대한 무지막지하고 막연한 꿈을 꾸게 된다. 그 꿈은 일생을 두고 머피의 법칙이 적용되게 된다. 그 허접한 소리통에서 마구 쏟아져 나오는 정보는 우리의 유별난 책가방 끈에 대한 애착과 더불어 우리를 하늘로 붕붕 날아다니게 만들었다.

최초로 우리의 꿈의 바다는 초등 4학년 때 받아본 사회과 부도였었다. 그 지도책 안에 온갖 세상이 다 들어 있었다. 우리나라는 물론 세계 여러 나라의 지명과 관광지, 도시들, 특히 미국의 대평원과 기계화 조방농업에 관한 것은 상상하는 것만으로도 흐뭇했었다.

사회과 부도가 그림이나 글자의 매체로 우리의 상상력을 자극한다면 스피커 매스컴은 우리의 청각을 자극한다. 귀를 통한 자극이나 상상력은 훨씬 더 인상적이고 호소력이 강하다.

매스컴시대의 등장과 우리 인생의 피 끓는 청춘인 십대와 맞물려 돌아가면서 세상은 바야흐로 급박하게 돌아가고 엄청난 소용돌이 속에 비약적인 발전을 하게 된 것 같다.

　우리들의 상상력이 세상을 되게 보채고 떠밀고 채찍질한 결과물이 오늘날의 발전된 모습이 아닐까 짐작해 보기도 하는 것이다.

　그 시절 천골재 너머 주약동 마을 앞을 학교 가는 발걸음으로 지나노라면 거의 매일 아침 시그널 음악으로 스피커에서 흘러나오는 음악, 프랑스 폴 모리 악단의 경음악 연주곡 '텍사스의 황색 장미' 라는 음악과 영화로도 만들어진 '콰이강의 마치' 라는 곡이 스피커 시대의 풍경과 동시에 아직도 귀에 생생하다.

바우고개 언덕

〈바우고개〉

바우고개 언덕을 혼자 넘자니 / 옛 님이 그리워 눈물 납니다.

고개 위에 숨어서 기다리던 님 / 그리워 그리워 눈물집니다.

고개 위에 핀 꽃 진달래꽃은 / 우리 님이 즐겨 즐겨 꺾어주던 꽃

님은 가고 없어도 잘도 피었네 / 님은 가고 없어도 잘도 피었네.

바우고개 외에 '꿈의 교향악이'로 시작하는 '사우'란 노래도 있었다. 이 두 가곡은 우리의 국민학교 시절을 꽉 주름잡던 노래들이었다. 지금은 거의 사라지다시피 한 노래이나 그 시절 우리의 어린 감성을 얼마나 뒤흔들었는지 모른다.

지금도 우리의 서정적 감성의 진정한 밑바탕에는 이 두 노래의 감정 이입되는 배경과 상상적 풍경이 살며시 도사리고 있을 것이다. 학생 모자를 쓰고 교복을 입고 배지를 달고 상급학교라도 다

니는 사람들은 으레 이런 유의 노래를 불러야 하지만 이 노래들은 꼭 불러야 하는 필수 곡목이라고까지 생각했었다.

당시는 민둥산, 진주로 통하는 길은 모두 걸어 다녀야 하고 고갯길도 많았다. 지금 보면 빈약하고 너무 미미하지만 그때로 볼 때 때로는 기분에 따라서 운치 있고 아늑하고 센티멘털해지기 쉬운 그런 길이나 올라서면 전망 좋고 앞이 탁 트이는 바위나 언덕 길이 많았다. 그런 바위나 언덕에 올라 부르거나 들리는 '바우고개' 한 곡조. 그것은 가사의 내용처럼 과거의 회상이 아니라 그 학생의 미래나 우리들의 꿈과 그리움으로 들렸었다.

'사우' 란 노래는 강 건너 진주사범학교에서 온 교생선생님들이나 젊은 선생님들이 자주 불렀다. 교생 실습을 마치고 가는 마당에는 꼭 이 노래를 불렀다. '친구를 생각하는 마음' 이란 뜻의 '사우' 는 헤어질 때의 이별가로 알맞기도 하지만 젊은 사람들의 혈기와 꿈이 보이고 미래의 약속 같은 느낌으로 들렸었다. 당시는 지식인들이나 세련된 사람들은 유행가 같은 노래들은 부르면 안 되었고 공식석상이나 엄숙한 자리에서는 더더욱 아니 되었다.

'바우고개' 언덕은 진티, 밤실 학생들이 진주로 학교 다니는 그 기찻길 굴 먼당 길에 깊게 골 패인 회랑길이 있고 비탈진 회랑의 양 언덕에 진달래가 피어 바람에 하늘거리는 어느 봄날 누군가 '바우고개' 노래를 불렀고 그 언덕의 풍경이 곡조와 어울려 우리의 감정에 박혔었다. 그 이후로 우리의 '바우고개' 언덕은 그곳이 되었고 지금은 아무도 다니지 않으니까 동네와 너무 떨어진 외진 곳이 되었다.

'바우고개' 와 '사우' 는 유행가와 달리 명곡으로서 상급학교라
도 가고 교복이나 입고 배지를 달고 학모라도 써야 부르는 노래로
조금은 높은 정서를 가진 부류들이 부르는 노래로 인식되어 클래
식 정서의 제일 밑바닥에 자리 잡는 감성이 되었다.

무성영화의 끝자락

쓰리코다라는 차량에 마이크를 달고 플래카드를 펄럭이며 최신 유행가를 틀고 지나가면 그날 밤은 학교 운동장에서 영화하는 날이었다. 1950년대 초중반까지였던 것 같다. 말 무렵에는 이미 극장 영화가 자리를 잡았기 때문에 학교 운동장의 허접한 싸구려 천막 극장에는 눈을 돌리지 않았고 젊은 청춘 남녀들은 야밤의 어둠을 타고 진주로 향했다.

서너 번 운동장 영화를 보았던 것 같다. 우리가 가장 어리고 맨처음 본 영화가 무성영화였다는 것이다. 영화 제목도 내용도 배우도 기억이 없지만 화면 옆에서 열심히 변론했던 변사만은 뚜렷이 기억이 남아 있다. 무성영화와 변사, 진짜 단 한 번의 희미한 기억밖에 없다. 그 뒤부터는 분명히 토오키 영화였으니까. 유성 영화라 하지 않고 토오키 영화라고 하는 이유는 모른다. 60년대 말에는 동시녹음 영화가 나왔고, 영화 발달사에서 보면 변사에서 토오키 영화의 변천은 성우들의 후발 녹음에서 동시 녹음의 발달은 아무엇도 아닐 만큼 중요하다고 할 수 있는데 동시녹음의 발달만이 강조되고 있는 것을 보면 무성영화 시대의 원로 배우나 기술자들이 이미 이 세상에 아무도 생존해 있지 않기 때문일 것이다.

처음 본 영화는 무성영화였으나 두 번째 본 영화는 유성영화였다는 것이 중요하고 의미 있지 않은가. 또한 변사라는 직업의 마지막 모습을 흐릿한 어둠 속에서 보았듯이 희미한 기억으로 간직하고 있으면서 무성영화와 변사의 관계를 안다고 하는 것도 기특한 시대상의 특징이라 할 것이다. 무성영화를 활동사진이라고 했던 것 같기도 하다.

그렇게 운동장에서 간이 천막 영화를 한다고 홍보를 하고 지나가는 날이면 그것은 그날 밤 꼭 그 영화를 봐야 하는 것으로 불문율처럼 되어 있었다. 아이들부터 청년까지이나 물론 남자 위주였다. 그 시절이야말로 여자는 조선시대나 진배없었다.

그때 익혔던 영화배우로는 김진규, 김동원, 이민 이런 사람들이었다. 우리가 초등학교 상급 학년이 되었을 때는 이미 극장영화가 자리를 잡았기 때문에 설, 추석 명절 때나 개천예술제 할 때 등에는 극장에 가서 영화를 보는 것이 생활화 되어 있었다.

6학년 가을쯤 우리 담당 교생선생님이 '들장미'라는 외국 영화를 본 것을 소감으로 내용 이야기를 들려주었던 것을 잊지 못했다. 우리들은 영화를 보기 위해서 시내를 가는 것이 아니라 놀러간 김에 영화를 보았기 때문에 영화 제목과는 상관이 별로 없었다.

갈매기 바다 위에 날지를 마오/ 연분홍 저고리에 눈물 젖는다/ 저 멀리 수평선에 흰 돛대 하나/ 오늘도 아아 가신 님은 아니 오시네.

'해조곡'의 일절이다. 우리가 최초로 배운 대중가요이다. 밤의 활동사진 시절에 영화가 시작되기 전이나 홍보 차 분위기를 조성하기 위해서 유성기에 마이크를 대어서 확성기를 통해서 들리는 음악을 익힌 노래였다. 가수가 누구인지 물론 몰랐고 관심 가는 사항도 아니었으며 그런 노래를 하는 사람들이나 영화배우 등은 먼 곳의 별천지 사람들로 환상 속의 세계로 치부되었었다.

백의민족

예로부터 우리 민족을 백의민족이라 했다. 그만큼 우리나라 사람들이 흰 옷을 즐겨 입어서 그렇게 불리어졌단다. 요즘 보면 전연 그런 이름이 붙을 것 같지 않은데 과연 사실일까? 사실이었다. 그것도 우리 시대에 우리 세대가 마지막 보고 사라진 일상의 풍경 중의 하나라고 할 수 있을 것이다. 우리 어릴 적 50년대에는 사람이 많이 모였다는 표현으로 '사람이 하얗게 좍 깔렸다' 라는 말을 썼다.

사람이 많이 모인 곳에는 항상 흰 옷 입은 사람들이 와글거렸다고 할 수 있었다. 닷새 장날의 시장 통에 모인 사람들도 대부분 흰 옷이었다. 결혼식장이나 회갑연 잔칫집에도 흰 옷 세상이었다. 요즘 세태는 장례식장에 검은 옷을 입는 것을 예의로 다들 아는데 절대 우리 전통이 아님을 강조한다. 일본식이거나 서양식이거나 일 것이다. 일본 사람들의 장례식장을 보니까 온통 검은색 일색이었다. 사람들 옷도, 천막도, 휘장도 죽음 자체가 검은색인데 주변

환경을 모두 검은색으로 하니까 너무 막막하고 숨이 막히고 오히려 영혼에게 결례가 될 것 같았다.

우리나라의 전통 장례식장은 온통 흰색 일색이었다. 상주의 상복도, 문상객들의 예복도, 천막도, 휘장도 심지어 고인의 염복도, 관도 흰색이고, 꽃도 흰 국화, 상여도 흰 꽃이 많았다. 저승사자는 죽음을 의미하니까 검은 옷을 입었지만 조상신도 처녀귀신도 모두 흰옷을 입었다. 죽은 자의 천당의 입문이나 염라대왕의 심판은 살았을 때의 선행으로 판가름 나는데 오직 그 기준은 장례식에 참석한 흰옷 입은 사람들의 숫자라 했다.

어른들의 나들이옷이 흰 두루마기이니까 그런 것도 있지만 여자들의 치마, 저고리, 남자들의 바지, 저고리가 다 흰색이었다. 선거 날이 되어 투표하러 갈 때의 한길에 가는 사람들이 모두 흰옷을 입었었다.

진주 동쪽 금산면에 달음산이 있는데 날이 가물면 그 산이 하얗다고 했다. 몰래 숨겨 암장한 시신을 찾기 위해 많은 사람들이 산을 뒤적인다는 것이었다. 그 산은 명당이 많아서 아무 데나 묘지를 써도 후손들이 부자가 된다고 했다. 그 대신 날이 가문다고 했다. 그래서 날이 가물면 사람들은 '또 누가 무덤을 몰래 평장하여 이기심을 발휘하는구나' 해서 그 시신을 파 들어내기 위해서 수많은 사람들이 산으로 가는데 모두가 흰옷을 입었기 때문에 산이 하얗게 보이고 그래야 가뭄이 끝나고 비가 온다는 것이었다.

우리 민족이 흰옷을 즐겨 입었다는 것은 물들이는 염색 기술이 결코 부족해서는 아닐 것이다. 색동옷이나 비단의 염색은 우수하다고 할 수 있을 것이다. 흰옷이 우리 민족의 정서와 우리나라의 강산과 어울리는 무언가 있지 않았을까. 전통 무술의 태견이나 태권도복이 흰색인 것도 다 백의민족과 연관이 있을 것이다.

아무튼 우리가 어렸을 때는 백의민족답게 대부분 흰옷 입는 풍습이었고 사람이 많이 모인 군중의 상징이 흰색의 물결이었었다.

오포 소리

오포를 생각하니까 시계가 생각나고 또 핸드폰까지 연상된다. 시간을 알리는 것과 관련된 얘기다. 시계 하면 추가 흔들거리는 괘종시계가 있었고 손목시계가 있었다. 손목시계는 영원할 줄 알았는데 그것도 사라지는 세태가 될 줄은 아무도 몰랐을 것이다. 손목시계는 물론 그 전부터 있었지만 본격적으로 대중화된 것은 우리 세대와 그 번성을 같이 했던 것 같다. 우리 어릴 때는 없었다가 우리의 한창 나이 따라 번창했다가 우리가 나이가 드니까 사라지는 그런 것. 그러고 보니까 우리 세대는 손목시계 세대가 되어 버렸다. 시간을 알리는 주된 매개물로 정리해 보면 오포 소리 세대, 손목시계 세대, 핸드폰 시계 세대로 나누어진다.

오포 소리는 낮의 정오를 알리는 사이렌 소리였다. 밤 자정을 알리는 오포도 있었는지 기억이 가물거린다. 산에 나무를 하다가도, 들에 일 하다가가도, 집에서 잔치를 하다가도 듣게 된다. 날이 흐린 날이거나 비 오는 날에는 시간 흐름을 아는데 요긴했다고도 할 수 있었다.

오포 소리를 관장하는 기관은 몰랐고 그 범위는 진주시와 진양군 정도가 아니었을까 짐작했다. 그때의 오포 소리는 지금의 민방위 사이렌과 비교도 안 될 만큼 우아하고 근사했다.

민방위 사이렌이 소프라노로 숨차고 방정맞게 허덕인다면 오포 소리는 바리톤으로 시작해서 테너로 올라갔다가 베이스로 끝나는 우렁차고 힘이 넘쳤다.

그 시절 우리들의 시계는 그림자였다. 들에서는 산그림자, 집에서는 나무나 담장의 그늘로 시간을 짐작하며 생활했다. 한낮이나 한밤중은 오포 소리로 가늠했던 것 같다.

심하게 흐린 날이나 비 오는 날에는 산그늘이나 나무 그림자가 없기 때문에 시간을 가늠하기 힘들었다. 어차피 시간 규정을 받고 사는 시골생활이 아니기 때문에 별 문제가 되지 않았으나 학교 다니는 우리들은 불편함이 상당히 있었다고 보아야 할 것이다. 해가 없는 날은 번번이 학교 지각하기 일쑤였다. 평소와 똑같이 가는 데도 형편없이 늦어지는 것은 이해할 수도 어떻게 할 수도 없었다. 밤이면 잠자고 날이 새면 잠이 깨는 인간의 생리는 시간상의 습관성이 아니라 밝아지고 어두워짐에 따르는 것 같았다. 안개가 심하거나 비 오는 날은 아무래도 밝아지는 시간이 늦어지고 따라서 잠 깨는 시간이 늦어짐에 따라 규정된 학교 시간 하고는 생리가 맞지 않기 때문에 지각할 수밖에 없었다.

시계라는 물건은 분명히 문화적이고 도시적인 물건이긴 한데 그렇게 따지자면 어느 정도는 우리 생리와 일치하지 않는 스트레

스성 물건임이 확실하다 하겠다. 탁상시계를 유추해 보라. 얼마나 우리들을 괴롭히는가. 더 나아가 탁상시계가 울지 않아 직장에 지각했을 때의 스트레스는 어떠한가. 현대 문명이나 도시문화는 거대한 스트레스 덩어리인가.

중학교 2학년 때 고물 손목시계를 차고는 태엽 감아 놓으면 자동으로 움직이는 것이 신기해서 한참 들여다보았던 기억이 가물거리는데 그것이 거대한 문명의 노이로제 속으로 가는 진입로의 출입문이었다는 것은 몰랐었다.

오포 소리! 그것은 정부가 국민을 위하여 시간을 알려주는 복지 차원의 일면도 있었지만 '변화'라는 거대한 물결이 밀려오고 있다는 것을 마지못해 알리는 큰 함성이었음을 아득히 사라진 그 시절 지형지물과 겹쳤다가 사라졌다.

가객과 사랑방

우리 큰집에는 사랑방이 있었다. 가객도 드나들었다. 할아버지
가 살아 계셨을 때의 이야기이다. 할아버지의 작고로 가객도 사라
졌다. 그렇다면 할아버지도 수백 년 내려온 우리의 전통 풍속도
하나를 안고 가신 셈이 된다. 작은 우리 동네의 가객을 데리고 떠
나신 것이다.

가객이 오지 않으므로 우리 동네는 통신이 두절된 셈이다. 오늘
날 소통을 이야기 하는데 바로 그 소통의 가교 역할이 사랑방이었
다. 옛날의 통신사나 통신선은 가객이었다.

큰집의 사랑방은 우리가 장성할 때까지 남아 있었지만 가객은
조부의 생전에 한 분만 드나든 것으로 알고 있었는데 겨우 명맥만
유지해 온 것으로 알고 있다. 조부의 임종은 1956 년에 칠십 중반
쯤으로 그 뒤에도 그 가객은 완전히 발걸음을 끊은 것은 아니었을
것이다.

사랑방이나 가객도 급격히 사라지고 있었던 터에 우리가 가까

스로 마지막 모습을 보게 된 경우이므로 지금의 첨단시대로 보면 우리는 완전히 옛 시대 사람이 되고 만 셈이다.

우리 동네의 경우 가객의 전성시대는 우리 증조부시대였던 것 같다. 사랑방의 효용성도 증조부 때 가장 컸던 것으로 짐작한다. 우리 집안이 동네에서 활기가 넘치고 중심이 되기 시작한 것도 증조부의 역할로 사료된다. 전해 내려온 이야기로는 카리스마가 대단했고 호통과 쩡쩡 울림이 있었다고 했다.

조부는 책과는 별무친이었던 것으로 알았다. 책 읽는 모습을 보았거나 들은 일이 별무였기 때문이었다. 그러나 선친의 책은 잘 보관하셨던 모양이었다. 우리가 어릴 때 제기 만들기 위해서 정말 용감하게 조금도 망설임 없이 질서 있게 찢은 책들은, 그 많던 책들은 모두 할아버지가 돌아가시고 난 후의 일이었고 모두 증조부의 애용품이었던 것임에 틀림이 없었다. 그 오래된 한지로 된 책들은 표지에 책 제목도 있었으며 노끈으로 제본되었으며 세로글씨로 한글도 있었고 한문도 있었던 것 같았다. 제기를 만들어 종이 가랑이를 찢으면 결이 잘 나갔었다. 그리고 제기도 맵시 있고 차분하였었다.

증조부의 사랑방 시대는 가객도 여럿이 드나들었을 것이고 책 읽는 소리도 낭랑하게 났을 것이며 겉모습은 사립문 토담집이지만 사대부로서의 형식과 가문의 체통을 위해서 어지간히도 애쓴 흔적을 엿보고 또 짐작이 갔었다.

우리 큰집의 사랑방은 출입 방문이 두 개였고 방도 두 칸이었다. 위채와 마주 본 쪽의 방문 앞에는 마루가 있었고 돌아간 작은 마당 쪽의 방문 앞에는 마루가 없었다. 두 방의 가운데에는 30센티미터 정도 높이의 나무로 된 턱이 있었고 중심에는 아이들 몸하나 빠져나갈 만큼의 간격을 두고 기둥이 둘 서 있었다. 두 방 사이에 벽이 없었으므로 턱과 좁은 간격의 두 기둥을 중심으로 그곳은 바로 우리들의 놀이터였었다. 사실은 마루가 있는 정면 쪽의 방이 진짜 사랑방이었고 저 쪽 방은 머슴들 방이었다.

벽 없는 턱 너머에는 다른 사람들이 자고 있어도 밤을 새워 가객이 두런거리던 모습을 보았던 것처럼 아련하다. 그만큼 사랑방은 열린 공간이었고 가객은 거의 정기적으로 왕래했으며 식구로서 조식의 대접을 받았었다.

토담집

초가집의 원조가 토담집이다. 나무를 깎아 기둥을 세우고 보로 엮어 대들보에서 서까래로 지붕을 만들고 그 위에 짚을 이면 초가 집이 되고 기와를 이면 기와집이 된다. 이때 벽의 원리는 똑같다. 욋대를 엮어 걸치고 흙을 이중, 삼중 바르는 것 등이다.

집을 세우는데 기둥을 우선으로 하는 것이 보통인데 벽을 우선 으로 한다면 토담집이 된다. 지붕의 무게를 기둥이 견디는 것이 아니라 벽이 지붕의 힘을 바친다면 그리고 그 재료가 흙, 돌이라면 토담집이다.

우리는 어릴 때 이 토담집을 많이 보았다. 우리 외갓집도, 우리 큰집도, 이웃의 먼 당집도, 솔직히 목수의 정교한 기술이 별로 필 요 없는 것이 토담집이 아닐까 짐작해 본다. 왜냐하면 이들의 공 통점은 기둥이 형편없이 빈약하다는 점이었다. 벽이 매우 두텁고 그 대신 벽이 바르지 않고 비뚤어져 있다는 것 등이다. 집을 지탱 하는 힘이 벽이 주가 되니까 토담 벽이 두꺼울 수밖에 없었을 것이다. 그 대신 모양새가 볼썽사납다. 움막집이 푹 꺼져 낮게 깔려 있다면 토담집은 푹 솟아 높게 버티는 움막집이라고 보면 될 것이다. 그러나 자세는 겸손하고 수굿한 자세다. 토담집의 처마가 오목하고 눈을 낮춘 정갈한 느낌이었다.

토담집의 장점은 뭐니 뭐니 해도 단열이 잘 되어 있다는 점이다. 두꺼운 흙벽에서 오는 단열성이나 습윤성은 겨울에 따뜻하고 여름에 시원한 것 외에 습도 조절에 탁월한 흙의 자연성으로 사람의 건강에 매우 유익했다는 것을 말할 수 있다.

신식이라고 지었던 우리네들 초가집은 토담집에 비하면 속빈강정이었다. 흙벽이니까 습윤성은 있었으나 벽이 얇아서 단열이 잘 안되었다. 지붕 단열로 견디고 살았었지만 벽의 단열은 그야말로 형편없었고 소음 차단도 잘 되지 않았었다. 이웃집의 큰 소리는 옆집에 다 들렸다. 온 동네가 한 덩어리로 사는 것이 우리들의 옛 초가집 시대였었다.

우리 큰집의 토담집은 우리 동네 역사를 말해주듯 동네 가운데에 동그마니 올라 앉아 있었다. 마루 끝의 기둥 두 개는 서까래같이 가는데다가 휘어지고 구부러졌으며 연기에 그을리고 손 땟국이 묻어 검게 반짝거리기까지 하였다. 아이들이 기둥을 안고 도는 것이 일이었으니까. 4대, 5대를 이어 아이들이 매달리고 맴돌았을 테니까 그렇게라도 견디는 것이 용할 뿐이었다. 서쪽 부엌에 삼 칸인 데다가 달가뎅이를 달아내서 방을 넣었으므로 네 칸인 셈이고 방은 세 개였었다. 마당에서 마룻바닥까지로 한다면 어른 한 키의 높이는 되었다.

아래 사랑채에 방 두 칸, 합이 다섯 개의 방이면 그 당시로서는 대가족의 구미로 충분했다. 고방채에는 디딜방아가 있었고 사랑채와 고방채 사이에 대문 칸이 있었다. 그 양 옆으로 마구간, 거름간이 있었으며 큰집에는 연자방아도 있었다. 한창 때는 무명씨 빼내는 쐐기도 있었다. 쐐기로 목화씨 뽑는 날이면 칼날 같은 고음이 온 동네를 진동하므로 동네 사람 전체가 귀가 멍멍해질 수밖에 없었다. 연자방아는 돌리면서 나락을 넣으면 반은 왕겨가 벗겨져 현미로 나오고 반은 그냥 나오는 디딜방아의 보조기구라 할 수 있는데 디딜방아에 다시 찧어 백미로 하면 싸라기도 나오고 등겨도 나온다.

우리 큰집은 토담집이긴 했어도 수많은 후손을 길러낸 종가였으며, 알뜰살뜰 아주 진귀하고 소중한 물건과 보물이 가득한 보물창고였었다.

골목길

　외딴집에는 골목길이 있을 수 없다. 사람들이 어울려 사느라 동네가 되고 동네에서 집과 집 사이에 사람들이 왕래하는 길이 골목길이 된다. 골목길이야말로 온전히 인간만이 숨 쉬고 인간만이 다니고 사람의 체취가 물씬 나는 길이다. 인간의 삶은 길이고 길에는 갈래와 종류도 많고 애환과 고난이 있기 마련이다. 그러나 골목길은 그런 거창한 길이 아니다. 따뜻한 정만이 넘치는 길이다. 굳이 삶에 비긴다면 출발의 길이고 도착의 길이다.

　집을 떠나 머나먼 타향의 길에서 비바람과 엄동설한도 만나고 삶의 소용돌이에 휘말리다가 그대 첫걸음의 골목길로 접어들어 보아라. 어머니 품속 같은 따스함과 훈기를 느낄 수 있을 것이다. 골목길은 온기와 다정의 길이다.

　언제부터인가 우리는 골목길을 잊고 살게 되었다. 세상의 첫걸음이 좁디좁고 옴부로운 골목길이었음을 잊고 지내고들 있다. 때로는 물컹거리고 돌부리에 채이던 그 길을.

우리들 대부분은 골목길 출신들이 아닌가. 어깨들의 골목, 소매치기의 길목도 있긴 하지만 대부분은 햇발에 속삭이는 돌담장의 골목길에서 제비꽃 따고 각시놀음하고 구슬치기, 딱지치기 했던 기억들을 소담스레 간직하고 있지 않은가.

또 언제부터인가 우리는 골목길을 싫어하게 되었다. 수구초심을 잃었거나 배은망덕을 하게 된 것이다. 그러나 밀려오는 현실의 물결은 어쩔 수가 없지 않은가. 자동차들이 골목길을 점령하게 되는 현실, 골목길이 넓어져서 자동차길이 되고 그 넓어진 길의 크기만큼 인간의 욕망과 이기심으로 가득 차게 되었다. 그러면서 그 따뜻하고 정감 어리던 골목길이 비좁고 불편하고 짜증난 길이 되었다. 사람들은 정들었던 골목마저 기피하고 회피하고 멀리 멀리 가서는 다시는 골목길을 만들지 않는다. 자동차시대가 도래한 것이다.

도시의 건물들은 아무리 붙어 늘어서 있어도 외딴집이다. 골목길은 없고 아득한 절벽길만 있을 뿐이다. 절벽길의 모퉁이에서 한겨울의 귀를 때리고 아리고 스치는 모진 한파를 느껴 보아라. 그것이 도시의 현대판 골목길의 실정이고 심성이다. 그 길에는 인간이 없다. 기계들의 움직임과 그에 따른 소음과 모나고 각진 트랜스포머인 철면피들만 우글거린다.

우리들의 시대는 골목길시대라 할 수 있을 것이다. 할 수 없이 한길로 쫓겨나긴 했지만 마음은 항상 골목길에 가 있는 것이다. 골목길에서 꿈도 사랑도 키우고 열정도 발산하고, 어릴 때 숨고 찾기 놀이 하면서 자기 동네 골목밖에 모르다가 덩치도 커지고, 10

대 때는 이웃동네 골목의 밤을 누비던 이유 없는 방황의 그 시절이 엊그제 같다. 더 커서 20대 때는 멀리 타향 도시의 골목길을 누비게 되었다. 생계를 위한 아르바이트나 고뇌에 찬 청춘의 혈기를 카타르시스 하기 위해서 수캐처럼 골목길이나 밤거리를 헤매기도 했었다.

골목길 하면 시장 통에서 일 품삯으로 쌀 한 됫박, 새끼줄 끼운 연탄 한 장, 꽁치 한 마리 사 들고 한 잔의 막걸리에 비틀거리면서 화덕에 된장 오가리 끓는 오두막 찾아 오르던, 연탄재도 뿌리던 그 길이 제격이다. 달동네의 비탈진 골목길이 제격이었다.

하 많은 골목길과 꿈틀거림과 호구지책을 어떻게 하나, 이게 어떻게 되려고 대책 없이 커지고 몰려들고, 격에 안 맞는 걱정의 세월도 있었는데 어느새 골목길의 시대는 가고 지금은 이유 있는 골목길만 남았다. 우리 국민의 저력이 대단하다 하겠다.

여우가 사는 세상

여자 배우가 아니다. 귀엽고 사랑스런 아내나 애인의 상징인 여우도 아니다. 동물의 왕국에서 나오는 진짜 여우 말이다. 그 흔하던 여우가 다 어디로 갔을까? 흔하지 못하면 귀하기라도 해야 하는데 아예 씨가 말라버렸단다. 멸종되어버렸다고 한다. 근대화나 현대화 되면서 사람들이 잔인하고 몹쓸 짓을 한 일들이 상당히 있는데 그 중의 하나로 여우를 멸종케 한 것도 꼽을 수 있을 것이다. 우리가 자랄 때는 여우가 흔했다. 그 흔하던 여우가 우리가 고향을 떠나자마자 사라진 거나 마찬가지가 됐다.

우리가 시골을 떠나자마자 시골은 변하기 시작했다. 농촌의 근대화 운동이 본격적으로 시작된 것이다. 경운기가 통통거리고 전기가 들어오고 농약이 살포되기 시작했다. 농약의 살포로 주변의 수많은 생물들이 수난을 당했지만 그 중에 여우가 포함되리라고는 아무도 몰랐을 것이다. 왜냐하면 여우는 산에 사는 산짐승으로만 생각했기 때문이다.

알고 보니 여우는 우리가 생각했던 것보다 훨씬 인간 가까이 사는 야생이었던 것 같다.

먹이 활동을 사람들의 전답에서 구했던 것 같다. 산에서 먹이를 구했다면 그렇게 전멸까지 가지는 않았을 텐데 말이다. 논이나 밭에 있었던 수많은 곤충이나 벌레, 물고기, 갑각류 등의 생물들이 농약 살포로 사라지게 되었는데 산에 사는 여우까지 사라진다는 것은 아무리 해도 이해하기가 어려웠다. 여우의 먹이와 여우까지 한꺼번에 사라지게 된 것이다.

먹이가 없어서 멸종된 것이 아니라 먹이가 오염돼서 농약에 중독돼서 완전 씨가 마르게 된 것이라고 보는 것이 옳을 것이다. 인간들의 잔인함이 여실이 드러난 셈이다.

동네 안에서는 개, 동네 밖에서는 여우, 이런 구도였던 것 같다. 그런데 사람들은 가까이 있는 개한테만 관심을 가졌던 것 같다. 사실은 개는 사람 없이는 못살고 여우는 사람 없이도 잘만 사는데도 말이다. 여우는 그놈의 사팔뜨기 눈 때문에 인간들에게서 배척을 당했을 것이다. 전해 내려오는 온갖 이야기나 전설, 전래동화 등 무섭고 야비하고 간교하고 등 안 좋은 쪽으로만 점철된 것이 여우였다. 그것은 그만큼 인간과 가까이 있었고 인간의 주위를 맴돌았다는 증거가 된다. 그러다가 결국은 전멸당하고 말았다.

우리나라 여우는 영국의 붉은 여우와 크기나 모양은 같으나 몸 색깔만 우리나라 토종개인 황견과 같다. 퇴색한 노랑색이라고 하면 될 것이다.

여우는 주로 밤에 활동하나 그렇다고 완전 밤만은 아니고 낮에도 다니는 것을 많이 보았었다. 그놈들이 가다가 뒤돌아보는 눈매는 가히 기분 좋은 태도는 아니다. 그리고 밤길을 가면 무슨 인사라도 하듯 소리 신호를 보냈다. 여우는 열두 가지 소리를 낸다고 했다.

개가 동네에서 짖는다면 여우는 산에서 짖는다고 보면 된다. 여우가 밤에 동네 가까이 우리가 노는 옆에까지 와서 쫓은 일도 있었고 여우굴이 있다고 해서 가 보니까 굴은 무너지고 없었으며 여우만 보았다. 여우가 송장을 파먹는다고 했는데 실지로 무덤의 정면에 구멍이 있고 거기서 여우가 나오는 것을 확실히 보았었다. 그 뒤에 그 무덤은 큰 바위로 구멍을 막아버린 것을 본 일이 있었다.

민둥산 시절에는 여우가 많았었는데 산에 숲이 차니까 오히려 여우가 멸종되어버린 것이 이상하고 자연현상에 역행한 것이 아닌가 싶기도 하다. 여우 복원을 기다려 본다.

신화가 된 여우

전기도 없고 발통기도 없고 자동차도 없던 시절, 시골의 전통살이는 밤만 되면 어둡고 조용하고 무서웠었다. 그리고 심심하고 한가롭고 호젓했었다. 그러니 자연스레 모일 수밖에 없었다. 가족끼리 모이고, 형제끼리 모이고, 인척끼리, 또래끼리, 세대끼리 주로 모였다.

모이면 이야기 하게 되고 때로는 와자지껄하기도 하고 조용하기도 하고 어떤 때는 밤이 이슥하도록 이야기꽃을 피웠었다. 이야기 속에는 온갖 인생살이가 다 들어 있었다. 인류의 도리, 풍속, 예법, 농담, 풍자, 소식, 전래동화, 누구 흉보는 것까지 신식 학교가 없던 시대의 밤 생활문화의 모습이 고스란히 있었다. 몸으로 실천하고 행동할 수 없는 것은 구전되었다.

구전되는 것의 대표되는 것이 이야기이고 이야기 중에는 여우 이야기와 귀신 이야기가 으뜸이었다. 여우 이야기는 실제로 우리가 실물을 접하면서도 이야기 속의 여우는 화려한 상상의 날개옷을 입고 신의 존재가 되었었다. 그러니 오늘날은 완전히 신화가 될 수밖에.

여우는 사람의 간을 본다고 했다. 간을 본다는 것은 음식을 '간 본다' 할 때 음식의 맛을 보듯이 사람을 건드려 본다는 것이다. 대부분의 육식동물들은 먹이 대상을 꿰뚫어 본다.

'꿰뚫어 본다' 는 것은 먹이 대상의 무리 중에 약하거나 노쇠했거나 병들었거나 하는 놈들을 골라서 공격한다는 것을 의미한다. 여우가 산중이나 밤길에 사람을 만나면 특히 혼자인 사람을 만나면 다른 육식 대형동물들과 달리 무조건 도전해 본다는 것이다. 그놈들은 자기들 터전에 인간들이 들어왔다고 '밑져봐야 본전' 이라는 듯이.

옛날에는 사람들이 밤길을 많이 다녔다. 인가와 멀리 떨어진 어둡고 허허한 산길을 가노라면 여지없이 여우가 기척을 한다. 여우의 기척으로 사람들은 더욱 고혹감을 느끼게 된다.

'이렇게 난삽하고 을씨년스런 곳에 사는 저놈들은 도대체 무어란 말인가.' 라고 생각하면서 외롭고 허전하고 무서움을 여우의 탓으로 돌린다. 한겨울의 달 밝은 밤, 날은 춥고 달빛은 하염없이 늘어져 적막강산의 고요함이 극치를 이룰 때 어디서 들리는 여우의 울음.

여우는 근원적으로 인간의 고독성과 관련이 있는 것 같다. 괴괴한 산속에서 인가나 인간을 그리워하면서 산다고 생각하는 것이다. 여우 이야기를 통해서 사람들은 내면 깊숙이 잠재되어 있는 외로움을 카타르시스하고 인간애에 대한 통찰의 눈을 뜨게 하는 것 같다.

밤길의 여우는 자기 존재를 알리고는 어느새 사람 가까이 접근한다. 여우가 낮에는 사람을 피해 도망가지만 밤에는 결코 사람을 떠나지 않는다. 언덕 위나 비탈의 위에 있을 때는 "켁" 하고 신호를 하면서 흙이나 잔돌을 발로 아래 사람 쪽으로 찬다. 다음 단계는 적당한 간격을 두고 사람을 따라온다. 이유는 모른다. 돌과 따라오는 것은 실제 경험한 일이었다.

돌을 굴려 보내고 뒤를 따라오는 여우의 습성을 두고 사람들은 여우에 관한 옛날의 설화와 견주어 '사람을 간본다.'라고들 하는 것 같다. 어두운 밤길을 가는 것만도 긴장되고 조심스러운데 여우란 놈이 나타나서는 간교한 잔꾀를 부리는 것을 보면 대부분 사람들은 황당해 할 수밖에 없는 것이다. 그리고 그놈들이 날다람쥐같이 빠르기 때문에 밤길 가는 사람의 주변을 정신없이 어지럽히고 뒤숭숭하게 하는데 이럴 때는 몇 개의 잔돌로 나름대로 정조준하여 힘껏 내던지는 돌팔매질이 제격이라는 것을 몇 번의 경험으로 터득하는 것이다.

여우의 인간 사냥

구전으로 전해지는 이야기는 일종의 학습이었다. 여우에 관한 구전학습은 여우의 생리나 생태가 아니라 사람과 여우와의 관계에 관한 이야기였다. 현실의 여우는 별것 아니었으나 이야기에서 이야기로 이어지는 이야기 속의 여우는 정말 대단하고 맹랑한 놈이었다. 그리고 어린 날의 우리들의 관심과 흥미를 끌기에 충분했다. 호랑이, 늑대, 곰, 여우 지금은 사라지고 없지만 그 외에도 많은 야생동물이 있는데 유독 여우에 관한 이야기가 많고 전설이나 전래설화로 구전되었던 데에는 여우란 놈이 독특한 생태습성이 있고 그것이 우리 사람과의 관계가 매우 유별났기 때문일 것이다.

밤길의 여우가 사람을 따라오는 것은 경험으로 확실하다고 했다. 비탈진 곳이나 언덕 위에 있을 때는 흙이나 돌을 던진다고도 했다. 문제는 그놈들이 왜 그러느냐이다. 다른 동물들은 자기 생리에 충실하기 위해서 사람을 오히려 멀리 하는데 여우란 놈들은 사람에게 관심을 가진다는 것이다. 그것도 밝은 대낮은 아니고 어두운 밤에만 그러하니 바로 여기서 여우에 관한 무구한 억측이 난무했을 것이다. 그러한 여우의 행동이 과연 사람을 위한 것이고 인간에게 유익하고 도움을 주기 위한 것이라고 믿을 사람이 있었겠느냐 이다.

여우가 어디까지 따라오느냐 했을 때 동네 어귀까지 따라온다. 개 짖는 소리가 나야 제 갈길 간다. 따라오면서 계속 사람의 간담을 시험하는 것이다. 사람의 혼을 빼기 위해서란다.

간이 작은 사람은 무서움을 타고 무서움을 타면 기가 약해지고 기가 약해지면 혼이 나간다고 한다. 혼이 빠진 사람은 정신을 못 차리고 기력이 쇠잔해져서 주저앉고 마는데 이때가 여우가 노리는 때이고 여우가 계속 따라오는 이유란다.

암수 한 쌍의 여우가 작정을 하고 덤비면 웬만한 장골들도 감당이 어렵다고들 했다. 한 마리는 앞에 가면서 깔랑거리고 한 놈은 뒤에 오면서 사부작대면 견디기 힘든 밤길이 된다고 했다. 특히 술 취한 사람은 그리고 먼 산길의 밤길일 때는 문제가 아주 심각했단다.

술 취한 사람은 신경이 예민하기 때문에 여우의 깔짱거림과 얼씬거림을 견디지 못하고 대응하고 상대하다 보면 지치고 기력이 떨어져 주저앉거나 드러눕게 된다. 그리고는 잠이 들거나 맥이 풀려 축 늘어져 있으면 여우는 사람을 뛰어넘는다고 했다. 앞으로 넘고 뒤로 넘고 또 가위 자로 넘고, 사람을 뛰어 넘으면 조금이라도 남은 마지막 혼을 여우에게 완전히 빼앗기고 여우는 사람을 제압할 수 있다는 확신을 갖게 된다는 것이었다. 그래도 사람이 아무 반응이 없거나 무감각을 보이면 이번에는 마지막 수단을 강구한다고 했다. 확인 사살하듯 물구덩이로 가서는 꼬리에 해금 뻘을 가득 묻혀 와서는 사정없이 사람의 면상을 후려친다고 했다. '살려면 정신 차려라' 일 것이다. 그래도 아무 반응이 없으면 죽은 사람으로 취급하여 사람의 내장을 파먹는다는 것이다. 아마 간을 최우선으로 먹었을 것이다.

여우가 송장을 파먹는다는 사실에 기인하고 사팔뜨기 눈과 재빠른 움직임으로 사람들 주변에서 맴돌기만 했던 작은 동물에게 내려졌던 사람들의 평가는 너무 가혹했다고 본다.

여우와 에로티시즘

막 소년티를 벗은 한 새파란 총각이 있었다. 그 총각은 고개 너머에 있는 서당에 다녔다. 고개 정상의 후미진 오솔길에 다다르면 항상 새파란 각시가 나타났다. 갈 때도 나타나고 올 때도 나타났다. 나타나서는 그 총각의 입에 구슬을 물렸다. 구슬을 빨려고 하면 곧장 빼 나갔다. 그 색시는 구슬을 총각의 입에 완전히 넣어주는 것이 아니라 총각 입 속의 혀에만 닿게 하고는 바로 빼버렸다. 구슬은 색시의 손가락 끝에서 떠난 것은 아니었다. 그러니까 총각은 구슬의 맛도 느끼지 못하고 항상 감질났다. 감질나던 어느 날 귀찮아졌다. 이젠 색시가 안 나타나도 좋을 성 싶은데도 계속 나타났다. 귀찮은 짓을 반복하니까 정말 싫고 고민이 되었다. 고민을 하다 보니까 얼굴이 창백해지고 사람이 야위어 갔다.

이야기에서는 색시가 구슬을 한 번 입에 넣었다 뺄 때마다 점점 여위어 간다고 했다.

나날이 수척해가는 총각의 모습을 서당의 훈장이 보았다. 훈장이 물었다.

"무슨 일이나 고민이 있느냐?"

총각이 지금까지 겪은 일을 털어놓았다.

"그러면 입에 들어온 구슬을 눈 딱 감고 사정없이 깨물어버려라."

총각이 돌아오는 길에 그렇게 하리라 하고 고개에 다다르니까 여지없이 각시가 나타났다. 각시의 반복되는 행위에 총각은 큰 결심을 하고 눈 딱 감고 용감하게 물어버렸다.

눈을 떠 보니까 눈앞에는 대단히 큰 백여우 한 마리가 죽어 넘어져 있었다는 것이다. 여우가 각시로 둔갑해서 사람을 괴롭혔다는 얘기였었다.

이 이야기는 전래 동화나 전설에 없는 우리만이 알고 있는 여우와 관련된 이야기로 알고 있다. 여우가 사람으로 둔갑해서 요망한 짓을 한다는 이야기는 수천 년 전부터 우리 민족에게 구전되어 왔었다. 흔히들 알고 있고 드라마에서도 자주하는 '구미호'와 '여우골의 전설'이 있다. '여우골의 전설'은 아들만 셋 둔 노부부가 딸을 하나 갖고 싶어서 여우골에 가서 점지하여 얻게 되는데 이 딸이 커서는 가축을 잡아먹고 부모를 죽이고 위의 오빠 둘을 죽인다. 막내 오빠까지 죽이기 위해서 작전을 짜는데 눈치 챈 셋째 아들은 물길과 바늘 길을 만들어 막아보지만 역부족이라 마지막으로 불길을 만들어 간신히 물리친다는 이야기다.

어릴 때 이 이야기를 들으면서 물로도 헤엄쳐 따라오고 바늘 길도 피투성이가 되어 따라 오는 처녀 형상의 둔갑한 여우를 생각하면서 정말 막막하고 숨이 막히던 기억이 있었다.

이 세 이야기에서 둔갑한 여우의 공통점은 무엇인가? 모두 다 젊은 여자라는 것이다. '여우같은 아내'도 젊었을 때의 아내를 지칭하는 것이다. '젊은 여자!' 영원한 인간사회의 성 모델이다. 여성 남성을 구별해서 남성 쪽에서 보는 시각만은 아닐 것이다. 인간의 생리, 종의 번식과 관련이 있을 것이다. 배란이나 배태와의 연관성을 지어 볼 수 있을 것이다.

많은 동물 중에서 왜 여우였을까? 귀엽기로 따져도 여우는 아닐 것이다. 사람으로 둔갑한 여우는 인간들의 상상 속 세계다. 상상의 늪에서 가장 강렬하게 꿈틀거리고 작동하는 것이 인간의 성욕이다. 인간의 성욕을 여우의 둔갑 같은 이중 잣대로 보라는 것일 것이다. 낮에는 멀리 있다가 밤에 접근하는 여우의 근성과 바로 볼 수도 없고 바로 보여주지도 않는 사팔뜨기 눈, 결정적 순간에 매우 사악해지고 야비해지는 것이야말로 인간 성욕의 적나라한 면과 일치하는 그 무엇이 여우에게서 보여지는 것일 것이다. 둔갑한 여우 색시는 인간사회에서 영원한 선과 악일 것이다.

원시종교의 시대

가족의 안녕과 장수무병을 기원하는 관습이나 생활 속의 자세나 관념은 지금 시대보다 훨씬 처절했고 종교적이었다. 주술이나 토템사상, 샤머니즘이 사람들의 머릿속을 지배했었다.

들에 일하다가 곁두리(술참)를 먹을 때도 반드시 지신께 '고수레'를 해야 했다. 그렇게 하지 않으면 먹은 것이 체할 수도 있고 무언가 모르는 자연신께 도리가 아니라는 것이었다. '고수레' 라 하는 것은 먹는 것 중의 주요 음식의 일부를 조금 떼어서 사방 아무 방향이나 던지는 의식이었다. 왜 그렇게 하느냐고 물어보면 대답 대신 꾸지람만 들었다.

물에는 항상 물귀신이 있었다. 또한 용왕님도 있었다. 물귀신은 사람을 물로 끌고 들어갈려는 습성이 있고 그것을 막아주는 것은 용왕님이었다. 용왕님께 치성을 드리지 않으면 개념 없는 물귀신 한테 언제 당할지 모른다는 것이었다. 용왕님께 치성 드리는 날은 음력설, 대보름 새벽이었다. 보름날의 오곡밥 음식과 가족들 옷의 실밥을 뜯어다 작은 소반에 차려서는 물가에 앉아 두 손을 비비면서 주문을 외는 것이 용왕제의 전부였다. 때로는 짚불을 소제하기도 하였다. 우리 동네는 뒤돌아가는 큰대골 못이 가장 큰 물 덩어리였으므로 그곳이 용왕제 현장이었다. 동네 주부들의 새벽 정성은 동네 남자들이나 아이들은 감히 알지 못했다.

사월 초파일의 민물고기 방생 같은 행사는 하지 않았다. 민물고기는 잡거나 먹는 것이라는 생각을 아예 하지 않았다. 잡지 않으니까 방생할 필요성이 없었고 이런 일들이 다 용왕의 비위를 거스르면 안 되는 믿음 때문이었다. 하룻밤에 천리의 물길을 오른다는 잉어는 특히 용왕의 아들로서 절대 잡아서는 안 되는 신성물이었다.

집집마다 안방의 선반 위에는 안주인이 신봉하고 모시는 신을 위한 성소가 있었다. 집 모양인데 인형의 집 같았다. 안주인은 드나들면서 집안의 대소사를 신께 고하고 마음속이나 중얼거림으로 가족의 안녕과 일이 잘 되기를 빌었다. 그것을 누가 건드리면 그 집은 우환이 생기고 신의 벌을 받게 된다고 믿었다. 거기에 모셔지는 신은 정말 다신교 말 그대로 다신이었다. 칠성 제왕님과 삼신할미가 주였으나 하느님과 집 지킴이도 있었고, 산에는 산신령, 큰 나무에는 목신, 산 속의 샘물이나 바위 밑에도 촛불을 켜고 빌고 치성을 드렸다. 성황당이라고도 하는 서낭당은 일반 대중의 성소로 그곳을 지나가는 사람이나 찾아오는 사람들의 의식장소였다.

우리 동네는 서낭당이나 큰 느티나무가 없어서 목신은 없었으나 대신 돼지우리에 동티가 잘 붙었으므로 돼지를 키우는 집이 한 집도 없었다. 작은 생나무를 잘라서 돼지우리를 만들면 더 동티가 잘 붙는다고 했다. 그 보다 돌림병이 돌거나 그 집에 우환이 생기면 항상 돼지와 그 집 식구 중의 한 사람이 동시에 아파 눕는데 가족이 일어나면 돼지가 죽고 돼지가 병이 나으면 가족이 불행해진다고 믿기 때문에 돼지가 가뿐히 일어나는 꼴을 어떻게 보냐는 것이 돼지를 기르지 않는 근본 이유였었다.

원자력시대의 태두

    2011년은 일본의 북동부 후쿠시마에서 발생한 원자력 발전소의 사고로 일본 뿐 아니라 세계 인류에게 원자력의 부정적인 면을 여실히 보여준 해였다. 진도 9에 해당하는 강력한 지진이 인근 바다에서 일어남으로써 거대한 해일과 함께 발전소를 파괴시켜 인근 반경 백리에 해당하는 지역을 그야말로 아비규환으로 만들어버렸다. 해일을 일본 사람들은 '쓰나미' 라 한다고 했다. 러시아의 체르노빌 원전 사태도 수십만 명이 희생되었다고 했다.

    20세기에 등장한 원자력이 현대 문명생활과 국가를 이끌어 가는데 인류에게는 이처럼 필요악이 되고 있는 것이다. 원자력의 평화적 이용은 현대 국가산업의 근간임은 주지의 사실이다. 원자력은 과학발전의 정수로서 선의 방향으로 잘만 이용된다면 더할 나위 없을 것이다.

    그러나 모든 일에는 그늘진 부분이 있는 법, 이게 후쿠시마나 체르노빌처럼 사고라도 나거나 전쟁에라도 사용된다면 이건 인류가 만들고도 인류가 어쩌지 못하는 비극의 진원지가 된다는 것이 문제라는 것이다. 거대한 악마의 덩어리가 되는 것이다.

우리나라도 원자력시대에 와 있고 원자력의 혜택을 너무나 많이 받고 있는 터이므로 어떤 일이 있어도 악의 요소는 타파하고 긍정적인 면만 영원해야 할 것이다.

원자력은 아인슈타인, 폴란드의 퀴리 여사 등 위대한 천재적 과학자들에 의해 만들어졌는데 실제로 2차 세계 대전을 종식시키는 데 큰 역할을 하였다. 원자폭탄으로 먼저 만들어진 것이 좀 뭣하긴 하지만 어쨌든 그 덕분에 우리나라는 해방되고 나라의 독립도 하게 되었는지 모를 일이다. 원자폭탄도 맞을 놈은 맞아야 하는 것이다.

인본자원 외엔 정말 부존자원 없는 우리나라가 세계 선진국들과 어깨를 겨누는 시대에 돌입된 것도 다 이 원자력 덕분인지 모른다.

우리는 지금 원자력이라는 학문이 처음 우리나라에 도입되고 학교 교과서에 실리어져서 훗날 과학입국을 실현하고자 했을 때 저 먼 시골 학교의 그때의 교실 현장을 직접 경험했던 한 사람이 이야기 하려 한다. 우리나라 원자력시대의 태두일 것이다.

때는 1959년 우리들이 초등학교 6학년 여름방학 끝나고 개학했을 때의 일이다. 선생님은 교과서에도 없는 원자력에 관한 공부를 예정했다. 원자, 분자에 관한 공부를 할 것이라고 했다. 아마 여름방학 동안 연수를 받으신 모양이었다. 새로운 지식에 대한 선두주자로서의 자부심과 교육을 통한 국가 미래에 대한 공헌자로서의 긍지가 보였다. 그러고는 우리들에게 송홧가루를 준비하라 했다. 송홧가루를 못 구한다고 하니까 그러면 산길을 다니는 밤실 아이들에게 어떻게든 구해보라 했다. 연수 받을 때 송홧가루로 실험한 것은 아니었을 거고 예를 들어서 송홧가루를 인용했던 것 같다. 우리들은 준비물에 대한 걱정은 안했지만 집에 돌아오는 길에 어떤 아이가 말했다.

"요새 송홧가루가 어디 있나?"

듣고 보니까 그랬다. 아이들은 선생님이 매우 답답하다고 결론을 내렸다. 결국은 송홧가루를 못 구했을 거고—가을이니까—이론 수업으로 끝났을 것이다. 우리들은 그 이론으로 충분했다.

문제는 그 시절은 선생님이나 어른들이나 아이들이나 과학을 너무 몰랐고 송홧가루는 소나무에서 나온다는 아리스토텔레스 식의 사고방식만 있었던 것이다.

학교는 전인적 인격체를 만드는 곳이고 과학이나 경제적 관념은 별무관심일 때 원자력의 원대한 꿈은 못자리를 일구기 시작했었다.

천수답

지금은 아무것도 없는 그곳, 그곳이 우리들의 생명줄의 터전이었다. 인간이란 존재도 결국은 지기를 먹고 사는 생명체일진대 그래도 그 원천이 너무나 핍박되고 빈약할 때 그곳을 뒤돌아보는 소회는 허무를 느끼지 않을 수 없는 것이다. 산사태 난 듯 휩쓸려버린 흔적과 태어난 터전 그리고 그때 사람들, 다 어디로 가고 남아 있는 것이 없었다. 변하고 마모되고 이끼 끼어 있어야 할 것들이 송두리째 사라져버렸으니 인생사 남가일몽이런가.

천수답, 문자 그대로 하늘의 물로서 농사짓는 논이다. 더 엄격히 한다면 우리들의 터전 전부가 다 천수답이었겠지만 가무는 해에도 수확은 했으니까 그렇게까지 확대 해석하지 말고 진짜 천수답의 원형을 기억해 보는 것이다. 우리들의 부모가 살림날 때 제금 받은 논 한 마지기. 열두 도가리(논배미)에 계단식, 골짜기의 가장 안창 출발지로 빗면의 바위 도랑 옆 오르막길, 돌을 쌓아 만든 논두렁은 막아도 막아도 자꾸 구멍이 숭숭 뚫렸다. 지금 생각하니까 그곳을 터전으로 사는 땅강아지, 미꾸라지, 들쥐, 뱀 등의 야생들의 짓인데 그때는 그런 생각도 못했었다. 왜냐 그놈들이 눈에 띄지를 않았으니까. 천수답 논두렁 물 잡을 때는 땅강아지만은 정말 많이 바글거렸었다. 그놈들이 제들 나름대로 사부작거리면서 살듯이 우리 사람들도 나름대로 들과 산에 나가서 사부작거리면서 일만 했던 것 같다.

농작물이 해거리를 하듯이 천수답의 수확도 해거리를 했다. 삼년에 한 번 정도는 비를 충분히 내려주었고 그런 해는 풍년이 드는 해였다. 두 번은 헛일이고 헛농사였었다.

우리 부모들이 그런 것을 생명줄의 터전이랍시고 살림을 시작했던 심정은 어떠했고 그런 것을 제금이랍시고 내준 또 그 부모들의 아린 마음들은 얼마나 서글펐으며 허공의 어디쯤 떠돌다가 떠돌다가 옹골히 맺혀 슬픔의 비가 되어 내리는지도 모를 일이다.

일제의 잔악한 식민지 시대, 문전옥답이나 못 뚝 아래 상답들은 거의 다 빼앗기고 또는 소작으로 그것도 모자라 식량 공출도 대단했다고 수없이 들어서 알고들 있었다.

부엌의 부뚜막 납작돌 밑의 옹기 항아리의 홈 구멍은 일제의 잔인성을 단적으로 보여주었고 그런 것을 보면서 자란 우리들은 부모세대들의 운명적 슬픔을 익히 알고들 있었다.

우리들도 그 운명적 슬픔을 핏줄의 노끈으로 이어받아 천수답 세대가 되었고 지금은 사라지고 없는 그 천수답의 비애를 고스란히 간직하고 있는 것이다.

전답은 거기에 속한 가족들의 삶의 터전이고 주 활동 무대가 되지만 천수답은 주 활동 무대는 될 수 없어도 작은 골 전체를 가진 듯 그 가족만의 활동영역이 된다. 여름의 장마가 되어야 겨우 모내기를 할 수 있었고 도랑의 바위 바닥을 미끄러지듯 흘러내리는 물줄기와 그 물줄기를 모아 풀 물레방아를 돌리던 기억이 아련하다. 모내기를 위해서 논을 갈면 그렇게도 울어대던 맹꽁이 놈들의 타령도 음악이 없던 시대에 우리들의 음악이었다.

혼자서 하는 보싸움놀이도 재미있었다. 그것을 위해서 작은 바위 밑의 흙을 훔치다가 우리는 바다리라고 칭했던 쌍살벌한테 얼굴을 쏘여서 한 쪽 볼이 퉁퉁 부은 채로 학교 갔던 일도 있었다. 초등학교 3학년 때의 일이다. 골짜기 위의 이곳저곳에 있었던 산딸기는 해마다 먹이 찾아가는 들짐승처럼 우리의 방문을 반기는 듯했었다.

밥 잡수셨습니까?

우리가 말하는 언필칭 원시시대의 산물로 지금은 사라지고 없는 것 중에 인사 표현법이 있다. 끼니 식사를 물어보는 것이 만났을 때의 인사법이었다. 우리가 어렸을 때 분명히 일상 사용했으면서도 까맣게 잊은 지 오래 되었고 남의 일이었던 느낌이 든다. 이 인사법은 우리나라 특정 지역의 인사법이 아니라 전국적으로 공통이었다. 요새 사람들이 보면 정말 웃기는 표현법으로 고소를 금치 못할 것이다. 그러나 아무렇지 않게 우리가 늘상 사용했던 인사법이었다. 언제부터 그 인사법이 바뀌었는지 확실한 기억은 없지만 우리가 어릴 때 동네 할머니나 할아버지들께 분명히 지겹도록 인사했던 기억이 있다.

동네 한 골목 돌아갈 때마다 만나는 할머니들께 인사했던 기억은 분명히 있다. 만날 때마다 인사해야 하고 또 끼니가 바뀌면 또 인사해야 하는 것. 인사는 아이들이 자라면서 사람 됨됨이의 척도였었다. 만약 어떤 한 분에게라도 인사가 소홀해지면 그 분은 그 아이의 미래를 사정없이 진단하는 것이었다. '되먹지 못한 놈, 앞으로 싹수가 노랗다고, 호로 자식'이라고.

부모 입장에서도 자기 아이가 인사를 소홀히 해서 어떤 사람에게서 말을 듣게 된다면 그것만큼 부끄럽고 창피한 일이 없는 것이었다. 사실 아이들의 미래를 평했는지는 몰라도 그때는 아이들의 언행이나 행동거지가 그 집안의 품격을 나타내고 그 부모들의 인격을 나타내는 기준이 되었었다.

그래서 우리는 어떤 행동의 결단을 내릴 때도 자기 자신보다 부모나 집안을 먼저 생각하면서 자랐던 것 같다. 자기 언행의 잘못으로 부모가 세상 사람들에게 욕 얻어먹고 인격 무시당하는 것은 아무리 어린 나이 때라도 견딜 수 없는 치욕이고 모욕이었었다.

문제는 시간에 따라 표현법이 달라진다는 것이다. "아침 드셨습니까?" "점심 드셨습니까?" "저녁 드셨습니까?"였었다. 그러고 보면 서양 사람들도 '좋은 아침' '좋은 오후' '좋은 저녁'으로 구별되어 있는 것 보면 하루 시간에 따라 표현법이 달라지는 것은 인간사회의 인지상정으로 별 문제가 되지 않는 것 같다.

문제는 그것이 아니고 왜 하필 식사 걱정이 인사말이 되었느냐는 것이었다. 못 살고 굶주림의 표현이라고 지식인들 중에는 걱정하는 사람들이 많았다. 신문의 사설이나 칼럼에서 본격적으로 거론하기 시작했다. 그러더니 정부에서 공식적으로 '안녕' 쪽으로 확정지었다.

"안녕하십니까?"도 본래는 '밤새 안녕하십니까?'에서 유래된 것으로 난세에 벼슬아치들의 신변 걱정에서 유래된 것이라고 하지만 굶주리거나 병에 걸리거나 신변상의 사건 사고를 두루 걱정하는 표현으로 그래도 가장 무난하다고 일반적으로 인정하고들 있는 편이다.

지금은 '어떻게 잘 지내느냐'로 받아들이고 인식들 하고 있으니까 서양 사람들보다 인사말이 더 단순하고 간편하다는 면에서 더 좋은 인사말이 된 것 같기도 하다.

먹는 것에 관한 인사법은 국가가 발전하고 세상 교류가 넓어지니까 아마 서양 사람들이 흠을 잡고 흉을 보는 데서 더 좋은 공용어의 필요성이 절실했다고 유추되나 실은 수천 년의 우리 역사에서 우리 민족이 굶주리지 않고 먹는 것에 걱정 없이 지낸 시대가 얼마나 있었겠느냐 하는 것을 현세 풍요의 시대에 사는 국민이나 후진들은 명심해야 할 것이다.

나만 배부르게 살았다고 국가나 역사가 연속되고 이어지는 것이 아니니까.

육자배기

낙양성 십리허에 / 높고 낮은 저 무덤은 / 영웅호걸이 몇몇이며 / 절세가인이 그 누구냐 / 우리네 인생 한 번 가면 / 저기 저 모양이 될 터이니 / 에라 만수 에라 대신이야

저 건너 잔솔밭에 / 솔솔 기는 저 포수야 / 저 산비둘기 잡지 마라 / 저 비둘기 나와 같이 / 님을 잃고 밤새도록 / 님을 찾아 헤맸노라 / 에라 만수 에라 대신이야

이 육자배기의 가사 전달과 순서가 불확실하고 미진하다. 아무튼 우리들의 출발은 민요 시대였었다. 옛동산의 음악적 환경을 이야기해 보고자 하는 것이다.

우리 민족은 예부터 가무를 즐기는 민족이라 했다. 수천 년 동안 즐기면서 구전된 것이 민요다. 함께 즐기고 어울리다 보면 개중에는 뛰어난 재능을 보이는 사람들이 있기 마련인데 각 마을마다 그런 재주꾼들에 의해서 구전의 본류가 명맥을 이어 왔으리라

본다. 물론 보통 사람들도 민요의 몇 가락쯤은 다 노래할 수 있었다. 우리가 아는 몇 개의 민요도 누구한테 의도적으로 배운 것이 아니라 어울 마당에서 저절로 배워진 것이었다. 잔치집의 유희나 놀이마당에서는 어른, 아이, 남녀노소를 전연 구별하지 않았다. 어울 마당이야말로 우리 민족의 공동체 의식의 대표적 표본이라 해도 과언이 아닐 것이다.

유희마당의 주류는 민요였다. 북, 장구, 꽹과리, 징은 흥과 장단을 위한 보조 악기로 필수였다. 특히 장구는 아무나 못하고 잘 치는 재주꾼의 차지였다. 이 네 가지 악기는 사물이라 하여 요새 세계화에 성공한 사례로 세계를 한 바퀴 돌고 왔는데 열댓 호 되는 우리 동네에도 있었으니 이들 사물악기의 대중성과 보편성은 과히 대단했다고 할 수 있을 것이다.

민요는 혼자 부르는 노래가 아니었다. 항상 같이 부르고 같이 춤추었으며 악기도 같이 돌고 전체가 한 덩어리로 함께 움직였다. 춤은 주로 어깨, 팔, 무릎, 목을 이용한 춤이었다.

자유자재의 춤은 개성과 맵시가 그대로 드러나는 우리 민족 고유의 춤사위였을 것이다. 민요가 단순히 합창만 한다면 재미가 반감된다 할 것이다. 선창과 후렴창이라는 것이 있다. 1절 2절 정도 고정되고 정통 전래된 것을 합창하고 나면 그 다음부터는 그 마당의 재주꾼 한 사람이 앞소리를 친다. 나머지는 후렴창을 하면서 계속 이어 나간다. 선창하는 사람은 그 시대나 그 마을이나 자기 마음속의 화제꺼리나 사례나 생각들을 신통방통하게 엮어 나간다. 또는 릴레이식으로 이어가면서 하기도 한다. 앞소리의 묘미와 후렴창의 일체감이 조화를 이루어 가락의 멋과 춤사위의 흥과 노랫말의 감동으로 시간 가는 줄을 모르게 되는 것이었다. 대표적인 것이 '쾌지나 칭칭나네'이고 '아리랑'은 각 지역 아리랑으로 가지가 굵어져서 자리매김 한 것이라고 보면 되는 것이다.

대부분의 민요가 어울 마당에서 같이 어울리면서 불리어졌지 혼자서 부르는 것을 잘 보지 못했다. 그렇다고 혼자서 부르는 노래가 없는 것은 아니었다. 흥도 많지만 한이 많은 민족이라 해서 그런지 한을 읊조린다든지 신세타령 하는 노래들도 분명히 많았는데 잘 구전되지 않았고 그런 노래들은 주로 혼자 불러서 그런지는 몰라도 잘 전수되지 않은 것 같다.

'육자배기' 같은 것은 주로 혼자서 들이나 산에서 부르는 것을 많이 보았다.

육자배기나 타령이 아니어도 과거의 우리들도 들이나 산에서 혼자 노래 부르는 일이 예사였고 다반사였었다.

시집가는 날

지금 시대 다문화 가정의 색시들이 집을 떠나올 때 가족들과 이별의 모습들이 그 시절 우리 누이나 고모, 이모들의 시집갈 때의 모습들과 너무나 흡사하다는 것이다.

자식들이 자라면 민들레 홀씨 되어 흩어지듯 자기 짝 만나 흩어져 가는 면에서는 예나 지금이나 국제적이나 국내적이나 사람 사는 세상은 어디나 별반 차이가 없는 것 같다. 그런데 유독 동남아에서 오는 신부들의 이별 장면이 우리들의 심금을 자극하는 까닭은 무엇일까? 아마 우리들의 옛날과 너무나 흡사한 면이 많기 때문일 것이다.

가족들과 헤어져 살아야 하고 가서 고생하면서 살아야 하는 것과 자주 왕래하지 못한다는 점, 또 낯선 집안의 가풍이나 형편에 맞추어 살아야 하는 어려움 등이 공통의 면이라 할 수 있을 것이다.

그것들보다 가족 간의 우애와 끈끈한 정을 들지 않을 수 없다. 가족 간의 돈독함과 친밀성이 그 나라의 선진성과 후진성과의 관련성이 있는 것인가. 아무튼 그 시절 시집갈 때나 군대 갈 때의 이별 장면들이 너무나 떠들썩하고 눈물의 바다였으며 온 동네 사람들이 참여하는 거사였었다.

'회자정리'란 말도 있듯이 '헤어짐'을 사람들은 인생사의 당연한 귀결로 받아들이는 것이 아니라 운명론적으로 받아들여 약자만이 겪는 슬픔으로 받아들였던 것 같다.

오늘날에는 바다 건너 하늘 건너 지구 반대 수억만 리 멀리 가도 옛날의 이웃 동네 시집가는 것만큼도 슬퍼하거나 서러워하지 않는다.

시집가는 것도 군대 가는 것도 학교 졸업하고 헤어지는 것도 모두 다 내 마음대로 한 것이 아니고 내 의사대로 결정한 것이 아니고 어쩔 수 없는 타고난 팔자나 운명으로 무엇에 이끌려 떠내려가는 부평초와 같은 신세로 생각한 면도 많았던 것 같고 거기에는 자기 비하도 많이 포함되어 있었는지도 모를 일이었다.

이별의 선택권이 없음에 따라 한 번 헤어지면 또는 이 작은 이별이 영영 헤어지는 즉 영원으로 통한다는 것에도 관련이 있었을 것이다.

또 하나 생각할 수 있는 것은 정말 어렵고 가난하게 살았기 때문에 가족이나 집안이나 친인척, 고향, 향토에 대한 애착이 더 컸다고 말할 수 있을 것이다.

당시는 우리가 어려서 그런 것이 아니고 누구나 다 의·식·주의 기본 생존과 풍습과 사람의 도리라는 예의범절에 너무 얽매여 있었기 때문에 너무 작은 주변의 것에 몰두하게 되고 크고 멀고 높은 것은 생각하며 살 여지가 없어서일지도 모를 일이었다.

작고 쩨쩨하며 보잘것없는 것에 시달리고 얽매이며 살다가 그런 구질 자잘한 것의 종점이 이별인 만큼 있을 때 잘 해 주지 못한 것에 대한 후회나 한이 설움으로 북받쳐 올라오는 경우가 정상적인 이별의 아픔보다 더 컸었는지도 모를 일이었다.

시집가는 것만이 아니고 이웃이 도시로 이사 간다든지 동네에 정 붙이고 살려고 왔다가 정 못 붙이고 떠나가는 사람에게도 온 동네 사람들은 여지없이 동구 밖 밭둑이나 방천까지 나와 멀리 가 가물거릴 때까지 이별의 손을 흔들고 영원한 이별의 아픔을 돌아선 눈물 훔침으로 대신하곤 했던 것이다.

여름 나기

몹시 더운 여름이나 추위가 심한 겨울이면 우리들의 그 옛날을 생각하게 된다. 그러면서 냉, 난방기구나 시설, 장치, 자동차 등을 생각하면서 그때에 비하면 지금은 추위, 더위도 없고 비 오는 날의 질척거림도 없는 '행복한 세상에 사는 구나' 라고 하면서 위안을 삼기도 한다. 한여름에 선풍기 앞에 앉아서 불 때지 않았는데도 방바닥이 뜨끈한 느낌이 있을 때마다 그 시절의 초가집 마룻바닥의 뜨끈했던 느낌이 상기된다. 나중에는 집 식구대로 부채라도 있었지만 초기에는 한 집에 부채도 한두 개 밖에 없었다. 몸 붙일 곳이 없었다. 더워서 땀이 흘러내려도 그냥 견디면서 참고 살았다. TV에서 본 부시맨이 제격이었다. 우리들도 그때 부시맨들처럼 무조건 가만히 있었다.

한여름 낮의 점심 먹고 났을 때의 얘기다. 주로 낮잠을 잤다. 온종일 그늘에만 있는 마룻바닥이 낮잠을 자기 위해서 등을 대면 그렇게도 뜨거웠다는 말이다. 부채라도 한 개씩 들고 있는 때는 물자가 조금 넉넉해진 후의 시기였다.

땀띠! 요새 사람들에게는 사라진 용어다. 우리들이 자랄 때는 어른 아이 할 것 없이 땀띠를 여름이면 달고 살았다. 땀띠는 몹시 더운 것을 참고 견디면 생긴다. 신체가 더위를 이기고 살기 위한 돌파구다. 신체 표면적을 넓혀서 열을 발산하는 돌파구로 보면 될 것이다. 땀띠는 우리 시대의 여름나기의 상징적 용어로 남았다.

더위가 절정에 다다르면 밥맛도 없어지고 해서 주로 국수를 먹게 된다. 해가 져서 어두워졌는데도 후끈한 열기가 남아 있어서 처마 밑 마루는 덥다고 마당에 멍석을 깔고 평상이 있는 집은 평상에서 저녁 요기를 하게 된다. 밤에도 좀처럼 열이 식지 않는 요즘 말로는 '열대야'에 해당되는 날일 것이다. 배가 빵빵하게 국수를 먹고 부채 하나 들고 배를 두드리면서 동네 앞마당에 나가면 다른 아이들도 그렇게 해서 나오고 어른들은 맨 나중에 나오면서 부채 들고, 앉을 자리 들고, 담뱃대 물고 나온다. 앉을 자리는 주로 발이었고, 장소는 방천과 한길이 만나는 다릿발 위로 그곳이 바람이 가장 잘 통하는 곳이었고 그래서 가장 시원한 장소라고 여겼으며, 개똥벌레의 반딧불이 깜박거림과 담뱃불의 깜박거림으로 밤이 깊어갔다. 창연히 쏟아지는 별빛의 깜박거림과 함께 밤이 이슥하도록 이야기 소리가 도란거렸다.

반딧불이 지천이었다. 그 반딧불을 보고 가만히 있을 아이들은 없었다. 이리 저리 손으로 덮치느라고 난리였었다. 아이들은 더운 줄도 모르고 왁자지껄 떠들고 뛰고 하면서 놀다가 하나 둘씩 사라지면 또 한 부류의 사람들이 등목 준비를 갖추고 동네 앞산 밑의 우물가로 모여든다. 주로 남자들이고 물 끼얹는 소리가 동네까지 들리니까 여자들은 동구 밖 양달 방천 내로 갔다. 다른 때는 건천인 것이 보통이나 여름의 장마철이나 또한 비가 자주 내리면 물이 곧잘 흘렀으므로 한창 나이 때의 젊은 여자들 몇몇이 삼삼오오 모여 등목하기에는 안성맞춤이었다. 이 일련의 모든 사연들이 깜깜한 밤의 사연들이다. 달밤이라면 지금의 전깃불 못지않게 달빛의 혜택을 톡톡히 누렸었다. 시골의 밤도 결코 외롭지 않았었다.

한낮의 살인적 햇살에 만물은 풍성하게 자라고 왕매미와 쓰르라미는 줄기차게 울어 젖히고 방천의 미루나무 그늘에 부시맨들처럼 앉아 사방을 둘러볼 때 눈이 부시게 쏟아지는 햇빛과 찬란한 연초록 벼 잎이 바람 따라 파도가 되어 일렁거렸던 그 광경이 지금도 살아 있다. 그 초록의 바다가 시멘트로 덮여 있는 것을 보았다.

딸따리 귀신

우리가 어릴 때 들은 귀신 이야기는 일생을 두고 우리를 따라 다닌다. 그리고 어릴 때는 물론이고 성인이 되어서까지도 우리를 괴롭힌다. 자랄 때는 우리들의 밤을 지배하여 우리들의 행동을 제약시키고 간담 크기의 실험 대상이 되기도 한다. 그렇게 따지면 간은 콩알만 했고 담력은 제로인 상태로 자랐던 것 같다.

밤에 변소를 잘 가지 못했다. 변소는 고상한 표현이고 구싯간이라 했고 빠지는 통을 구시통이라 했다. 사립 밖의 변소를 갈 때는 조용히 잘 갔다. 돌아오는 길에는 항상 딸따리 귀신한테 쫓겼다. 마당에서 축담으로 들입다 허겁지겁 뛰니까 항상 식구들이나 방 안에 있던 사람들이 방문을 열면서 까닭을 알고는 고소를 금치 못했다. 결국은 양치기 소년이 되고 말았지만 새로 접하는 손님들은 씨가 잘 먹혔다.

그놈의 딸따리 귀신은 변소에 가서 볼일 보기 위해서 자리를 잡고 앉기만 하면 고개 너머 공동묘지의 어느 무덤에서 솟구쳐 오른다. 그리고는 한길을 따라 사뿐히 그리고 우아하게 걸어온다. 딸따리 귀신은 처녀귀신이다. 특별히 하얀 소복을 입은 것은 아니지만 적당히 고상하고 묘령의 여인이다. 앉아서 오는 거리를 헤아리고 있는 것이다. 그러다가 볼일 다 마치면 어느새 골목길에 접어들고 나오면 골목 모퉁이를 돌고 있는 것이다. 사립을 들어서면 금방 목덜미를 붙잡기 때문에 문을 닫기 위해서 뒤돌아서거나 뒤돌아볼 수가 없는 것이다. 후다닥 뛰어서 방에 들어가 이불을 뒤집어 써야 밖에서 귀신들이 무슨 짓을 하던 잠들 수 있었다. 왜 그때는 귀신들이 그렇게 많았고 밤만 되면 온통 귀신의 세상이었던지.

어느 마을에 부잣집이 있었다. 그 집에 딸이 있었는데 외지에 가서 신식 공부를 하고 왔으므로 집에 있을 때는 양장 차림에 항상 딸따리를 신고 집안에 왔다 갔다 한다 했다. 딸따리는 얇은 고무로 만든 슬리퍼로 신고 걸으면 뒷바닥이 바닥에 끌리면서 따르따르 하면서 소리가 난다. 일본의 게다에서 유래한 것으로 알고 있다. 해방 후 우리나라 관공서에는 그 딸따리 슬리퍼가 상용되던 것으로 학교 선생님들의 실내용 신발이었다.

어떤 연유였는지는 몰라도 그 집의 딸이 죽었는데 밤 12시만 되면 마당에 딸따리 소리가 나면서 그 처녀의 방문 열리는 소리, 책상의 서랍 열리는 소리까지 드르륵 난다는 것이었다. 실제로 아침이 되면 그 처녀가 쓰던 미닫이 방문과 서랍이 조금 열려 있다는 것이었다.

이렇게 간단한 처녀 귀신 이야기가 일생을 통해서 다른 어떤 귀신 이야기나 무서운 이야기를 밀어내고 자기 자리를 넘보지 못하게 확고히 자리를 차지하고 있는 것이었다.

처녀나 총각이 죽으면 산길이나 들길 길가에 묻는다. 한이 많아 그렇게 한단다. 우리가 볼 때는 지나가는 총각 처녀에게 따라 붙으라는 의미로 산길의 길가 무덤들은 무서움의 대상 중 으뜸이었다. 딸따리는 학교에서 보았고 묘령의 신식여성은 아마 영화에서 보았거나 도시에서 보았을 것이다. 유리창이 많은 신식 기와의 부잣집은 초등학교 3학년 교과서에 나왔던 '백의의 천사' 나이팅게일의 집을 연상했을 것이다.

문제는 그것이 아니고 우리 집이 그 처녀가 살았던 집으로 바뀐다는 것이다. 우리 형편없는 사립이 대문으로 바뀌고 오돔꽉 아래채의 거름 칸이나 마구간이 그 묘령의 아가씨 방으로 바뀌니 밤만 되면 방문 밖을 나갈 수가 없었던 것이다. 그 딸따리 귀신 때문에.

물귀신 이야기

옛날에는 헛것이 많았다. 그만큼 무서운 것도 많고 귀신도 많았다. 큰 못이나 강에는 당연히 물귀신이 있지마는 논귀에 있는 작은 웅덩이에도 물귀신이 출몰한다고 했다. 물귀신은 사람을 보면 물속으로 끌고 들어가고 싶어 하는 습성이 있다고 했다. 현대 사회생활의 한 수단으로 '물귀신 작전'이라는 것이 있다. 어떤 사건 사고에 같이 연루되게 하거나 끌려 들어가는 것을 말하는 것으로 위험을 공동 부담하여 최소화해 보자는 의미이다.

'물귀신 작전'에 말려들면 끼도 빼도 못하고 사람 환장하듯이 물귀신의 장난에 걸려들면 할 수 없이 물속으로 끌려 들어가 죽고 마는 것이다. 물에 빠져 죽는 모든 사람들은 물귀신의 장난이나 회유나 농간으로 물속으로 끌려 들어가 죽는 것으로 치부했었던 것이다.

우리 동네에서는 밤에는 절대로 빨래를 할 수 없었다. 해가 서산에 기울고 어둡지 않은 상태라도 여자들의 빨래방망이질은 금기였다. 밤에 어느 도랑이나 논귀 웅덩이 물고라든지 저수지 등에서 빨래방망이 소리가 난다든지 물장구치는 소리, 여자들의 물놀이 하는 소리가 들리면 백발백중 물귀신의 요망스런 농간이나 유혹으로 보고 빨리 그곳에서 멀어지는 것이 상책이라 하여 누구나 종종걸음 치기에 급급하였다.

동네 간담이 큰 어른들 중에는 요망스런 요괴의 짓이라 하여 호통으로 요괴의 기를 제압하기도 하였다. 강가나 큰 저수지 등에서 그런 경우 호통을 치면 "그래, 얼마나 잘 났느냐. 꼴이나 좀 보자." 하면서 물개 걸음으로 물을 치면서 물 위를 타박타박 걸어 나온다고 했다. 그쯤 되면 강가나 저수지 둑은 밤에는 절대로 우리들의 놀이터가 될 수가 없었다.

갓 시집 온 색시가 열심히 하느라고 해 저문데 빨래 통을 들고 나간다든지 가까운 우물가에라도 방망이질을 하다가는 영문도 모르고 동네 어른들한테 꾸지람 듣기 일쑤였다.

물귀신은 낮에는 물속에 있지만 밤에는 여러 모습으로 변신하거나 상황을 만들어 어떻게 하든지 사람을 물 가까이 가게 했다가 결정적일 때 물속으로 끌고 들어간다는 것이었다.

요새는 정말 아니다. 그런데 그때는 진주 지방에서 물귀신의 제왕은 논개였다. 논개 자체는 아니었을 것이다. 논개 밑의 졸때기 물귀신들이 논개에게 아부하느라 논개 제사상에 사람을 제물로 올린다는 것이었다. 사람이 안 되면 개라도 올려야 한다는 것이었다. 그래서 그런지는 몰라도 남강에는 아이들이 멱 감다가 자주 익사 사고가 발생했었다. 물이 별로 깊지도 않은데 사고가 자주 난다는 것은 순전히 물귀신의 행패라고 사람들은 믿고 있는 것이었다. 그러다가 논개 제삿날인 음력 유월 그믐날의 익사 사고는 제물로 바쳐지는 것이라고 사람들은 거의 확신에 가까울 만큼 얘기들도 하고 믿고들 있는 터였다. 그리고 그날은 누가 빠져 죽어도 꼭 빠져 죽게 되느니 만큼 강에 들어가서는 안 되고 아이들 단속도 잘 해야 되는 것이 그 시절의 불문율로 되어 있었다. 아무리 단속을 하고 관리를 해도 그날의 익사 사고는 어쩔 수 없는 것이라고 믿는 사람들이 많았다.

퇴마사들은 강둑에 앉아서 아이들이 멱 감고 노는 것을 보고 있노라면 물귀신들이 아이들 속에서 아이 한 명을 끌고 들어가기 위해서 수단을 부리는 것이 보인다고 했다. 그리고 물귀신에 썬 사람은 접시 물에도 빠져 죽고 정 그것이 안 될 때는 물 수자를 한자로 써 놓고 거기다가 코를 박고 죽는다고도 했다.

물속에는 항상 물귀신이 도사리고 있었다.

헛것다리들의 세상

　달에는 계수나무 아래 옥토끼가 절구에 절굿공이를 들고 떡방아를 찧는다고 했다. 이 이야기는 수천 년 동안 우리 민족에게 구전으로 전해지는 설화였다.

　보름달만 되면 혹시 토끼가 아니면 무엇이라도 움직이는 것이 있을까 싶어서 유심히 살펴본 것이 한두 번이 아니었다. 달에도 이 세상처럼 분명히 생물들이 살고 있을 것이라는 믿음을 갖고 있었기 때문이었다. 달에는 공기도 없고 물도 없어서 어떤 생물도 살지 못한다는 것을 책이나 학교에서 배우지만 그걸 믿기 싫었고 가보지도 않았는데 누가 아느냐는 것이었다. 그보다도 달에 아무런 생물이 못사는 삭막한 곳이라고 생각하면 얼마나 무미건조하고 재미없는 상상이고 세상이냐는 것이었다. 그런데 세상을 재미없게 만드는 일이 일어났다.

　1969년 7월 미국의 아폴로 11호 달 착륙 실험의 성공으로 달에는 어떤 생물도 살지 못한다는 것이 확인되었다. 그 이후로 사람

들은 달을 보고 계수나무니 옥토끼니 떡방아이니 하는 것을 아무
도 상상하지도 않고 또 달도 잘 쳐다보지 않는 세상이 되었다. 달
을 잘 쳐다보지도 않는 세상에 사는 사람들의 심성도 한 번쯤은
헤아려 볼 필요가 있을 것이다.

달을 잘 쳐다보지 않게 된 것과 연관된 것으로 전깃불이 있다.
전깃불이나 자동차 불빛의 위용 앞에 하늘의 달은 연약하고 잘 보
이지도 않는다.

전깃불의 등장으로 또 한 가지 사라진 것이 있다. 우리들의 밤
을 지배하고 상상의 제왕이며 두려움의 화신인 헛것다리가 있다.

각 마을마다 고을마다 헛것에 관한 이야기가 난무했었다. 헛것
다리들은 때는 확실히 밤이고 장소와 현영의 당사자는 불문이었
다. 정작 참새나 야생 짐승들을 쫓기 위한 허수아비는 험상궂게
생겼어도 따뜻한 느낌이 나고 어둠의 저편에 희미하게 보이기만
해도 친근감이 있고 사람의 흔적을 느껴서 그런지 절대로 무섭지
않았다. 귀신도 헛것 중의 하나인데 헛것들이 나타나면 찬기가 스
치고 섬뜩해지며 소름이 돋는다고 했다. 헛것의 형태는 헛것 불부
터 시작해서 파란 인불, 혼불, 여러 가지 모습의 귀신, 도깨비, 괴
물, 산신령이나 조상신 등으로 나타난다고 했다. 헛것을 보거나
만나는 사람은 밤길을 자주 다니는 사람이나 주로 술주정뱅이들
이었다.

헛것의 대표적인 이야기는 이것이다. 술주정뱅이가 밤길을 건
들거리고 중얼거리면서 걷노라면 어느 후미지고 외딴 곳에 이르
렀을 때 괴상하고 맹랑하고 덩치 큰 건방진 놈이 나타나서 시비

를 건다고 했다. 술주정꾼이 그런 놈을 가만 둘리 없지. 밤새 엉겨 붙어 싸우다가 겨우 제압하여 큰 돌을 눌러놓고 왔다고 한다. 이럴 때 불문율의 하나는 엉겨 붙어 싸울 때 절대로 위로 쳐다보아서는 안 된다고 했다. 위로 쳐다볼수록 그놈의 덩치가 거대해지기 때문에 아래로 내려다보면서 힘을 써야 한다는 것이 필수라는 것이었다.

다음 날 명일에 어떻게 된 일인가 해서 그곳에 가 보면 큰 돌 밑에 다 닳아빠진 빗자루 몽당이나 병 대가리 같은 것이 있다고 했다. 밤새 빗자루 뭉치와 싸운 셈이라는 것이었다.

닳은 빗자루 뭉치와 깨진 병의 대가리에 피가 묻으면 확실히 헛것이 된다고 했다. 그런고로 우리들의 그때는 빗자루가 다 닳았을 때는 그 묶음을 풀어서 꼭 불에다 태웠고 병이 깨져서 울타리 밑에 버릴 때는 병 주둥이는 일부러 잘게 부수어 버림으로써 피가 묻은 원천을 없애고 헛것이 생기지 못하게 하는 것이 상식이고 생활의 지혜였다.

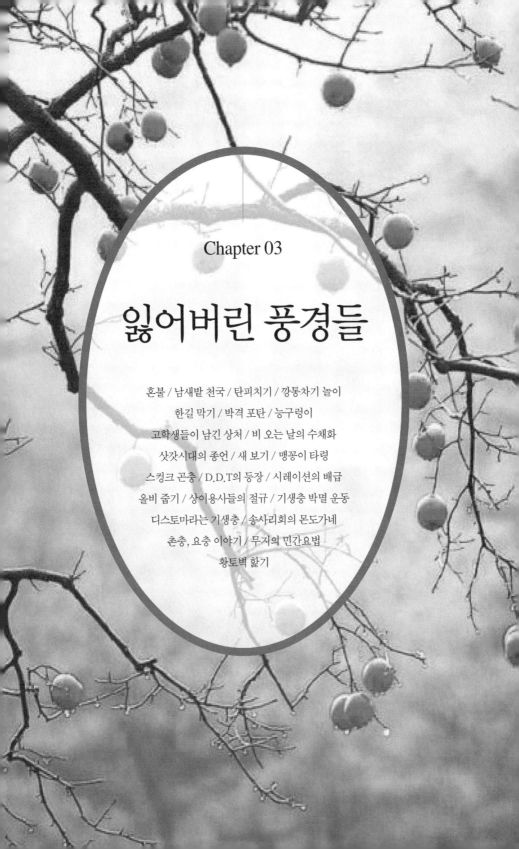

Chapter 03

잃어버린 풍경들

혼불

'혼 줄이 났다.' '혼났다.' '혼비백산 했다.' 등의 혼에 관한 말이 있다.

'넋이 나갔다.' '넋 빠진 사람' 등의 넋에 관한 말이 있다.

'정신이 나갔다.' '정신 줄 놓은' 등의 정신에 관한 말이 있다.

여기서 혼, 넋, 정신은 몸체에 대응되는 말로 넋은 순 우리말이고 혼은 순 우리말에 한자가 붙은 것 같고 정신은 완전 한자어다. 예부터 사람들은 인간 자체를 신체와 정신으로 나누었고 신체를 정신이 깃드는 집이라고 생각하였던 것 같다. 그러면서 사람들이 집을 드나들듯이 정신이 신체를 드나드는 것이라고 생각했고 신체에 이상이 있을 때는 정신이 잠시 마실 가듯 나갈 수 있는 것이라고 여겼던 것 같다. 그리고는 정신은 어디까지나 두꺼비 알처럼 연속으로 이어진 상태로 줄로 되어 있고 하나의 덩어리로 되어 있으며 아무리 정신이 나갔다 해도 정신을 차리면 스프링처럼 다시 제자리로 돌아갈 수 있는 것이라고 이해했던 것 같다. 살아 있는 사람에게는 정신이 끊어진 상태로 나갈 수는 없다는 것이었다.

그러니까 사람이 죽는다고 하는 것은 육체에서 정신 줄이 끊어져 혼이 육체에서 이탈되는 현상이라고 믿었다. 사람이 죽어서 혼이 몸 밖으로 빠져 나가 공중으로 날아갈 때 훤히 밝게 보이는데 이것을 사람들은 혼불이라 하였다.

사람은 영적 존재라 하여 영혼이 있다는 것을 믿지 않는 사람은 없다. 영혼이 확실히 있듯이 우리들은 혼불도 확실히 있다고 믿었고 또 이야기를 듣거나 실제로 경험이나 눈으로 확인까지 하기도 했었다. 경험한 바에 의하면 남자의 혼불은 대체로 둥글 몽실 둥글고 여자의 혼불은 마당비처럼 길다고 했고 실제로 그랬다.

가을의 새벽은 싸늘하고 춥다. 날이 새려면 두세 시간은 남았는데 그 시점에 전 가족이 일어나 나락 타작을 시작하는 것이었다. 홀깨('벼훑이'의 방언)를 발로 밟아 돌려서 볏단을 돌아가는 홀깨에 대고 훑는 방법의 타작이었다. 동네 뒷산의 가장 높은 쪽 하늘과 맞닿은 곳에서 붉은 불꽃이 훅훅 하면서 몽실몽실 두세 번 피어오르더니 이내 사라졌다. 남자의 혼불이라 했다.

우리들은 동네 앞 방천에서 초저녁 밤의 시간을 하늘의 총총한 별과 은하수를 천정 삼아 이야기들을 하고 있었다. 십대 중후반의 인생에서 가장 현란한 나이 때였다. 갑자기 아래쪽 큰 동네 쪽에서 밝게 빛나는 하얀 색의 불이 오더니 우리 동네 옆의 큰대골 쪽으로 사라졌다. 만약 유성이었다 해도 매우 독특하다. 낮은 곳에서 생겨서 수평으로 날아가는 것. 그 모양이 진짜 마당 빗자루 같았다는 것. 골의 산 높이 반 이하로 날아가는데 후우우우욱 하는 소리가 5초 정도나 될 정도로 길었고 누구나 "저 것 봐라" 하면서 같이 공시할 수 있을 정도의 여유로운 관찰이었다는 것. 여자의 혼불이라는 것이었다. 그 혼불의 지나감과 동시에 무서움이 엄습하여 서로 아무 말도 없이 각자 집으로 가버리고 말았다.

초등 3학년 때 할아버지의 임종을 지켜본 격이 되었다. 마지막 숨의 확인으로 큰아버지는 할아버지의 두 눈을 쓸어내리시고 두 팔과 온 몸을 가다듬어 정리하시고는 흰 천을 덮었다.

다음으로 마당에서 할아버지의 흰 적삼을 장롱에서 꺼내어 본 채 지붕 위에 던졌다. 그러시면서 큰 소리로 외쳤다. 초혼이었다. 유체이탈한 조부의 혼을 하늘에 알리는 것인지 금방 나가 떠돌고 있는 혼백을 부르는 것인지 확실히는 모르지만 할아버지의 운명을 세상에 알리는 한 방법이며 사람의 영혼과 관련된 것으로 알고 있었다.

남새밭 천국

우리 어머니를 비롯한 안방 주인들이 오줌동이를 이고 동네를 나선다. 가까이 있는 남새밭의 남새에 오줌을 주기 위해서다. 여기서 남새는 남기와 대조되는 말로서 주로 먹거리가 되는 풀 종류로서 반찬거리가 되는 채소를 뜻한다. 남기는 나무의 전래 표현이다.

오줌동이는 마당가의 담장 밑이나 울타리 가에 두면 그 집 남자들의 소변용이었고 여자들은 요강을 이용했던 것 같다. 물론 남녀 공히 구시통도 이용하지만 그 오줌동이를 직접 이고 가서 남새밭의 채소를 키우는데 비료로 이용하고 남새에 퍼붓는 일이 안주인들의 몫이었다. 남자들은 똥장군을 졌고 여자들은 오줌동이를 이었다.

오줌동이는 물동이와 대조되는데 둘 다 질그릇 독아리이다. 마당가에 두고 소변용으로 쓰면 오줌동이이고 부엌이나 장독대에 두고 우물 길어 여다 나르는데 쓰면 물동이이다. 둘 다 똬리를 받치고 이는 것은 같다. 둘의 모양이 같을 수도 다를 수도 있지만 위치나 용도가 뒤바뀌거나 혼용되는 일은 있었어도 안 되겠지만 그런 일은 절대 없었다.

물동이는 그 뒤에 전부 양철동이로 바뀌었지만 오줌동이는 여전했다. 양철동이가 생기면서부터 집집마다 부엌에 따로 큰 물독이 있었다. 양철동이는 가벼워서 물 여다 나르는 데는 편리했지만 물을 보관할 수는 없는 용기였다.

요새 사람들이 알기로는 반찬용 남새밭에 오줌을 준다는 것을 잘 이해도 못할 것이고 더럽다고 생각하겠지만 오줌이 생활의 위생 면에서는 좀 그렇다 쳐도 비료로 쓰일 때는 매우 깨끗한 것임을 강조하고 싶다. 그러므로 남새밭에는 인분 거름은 절대 쓰지 않고 아궁이에서 나오는 재와 오줌을 주로 거름으로 썼다. 인분은 밭의 작물 재배에 썼다. 사실 그 시절 농촌의 냄새로 상징되는 똥거름 냄새는 이집 저집에서 중구난방으로 퍼내기 때문에 퍼낼 때는 동네에서 들이붓기 때문에 들에서 사시사철 날이면 날마다 그 냄새가 떠날 날이 없었다 해도 과언이 아니었다. 오줌의 청결성을 하나 더 이야기 하자면 사람들이 공동목욕탕에 들어갈 때 정작 씻어야 할 뒤는 잘 씻지 않고 안 씻어도 되는 앞만 씻고 들어가는 경우가 많다는 것이다. 오줌은 신장의 생리작용으로 깨끗할 수밖에 없다는 것이다. 그렇다고 오줌동이가 그렇게 깨끗하다는 것은 결코 아니고 거름용으로는 깨끗한 비료임을 강조하는 것이다.

남새밭은 집 주변에 있는 것이 첫째고 두 번째는 자기 집 전답 주변의 방천이나 산기슭을 이용한 것이고 조금 멀더라도 자기 밭의 구석을 이용한 것이 세 번째고 생지부지 집 근처 남의 산을 일구어서 남새를 갈아 먹는 방법이 마지막 방법으로 남새밭은 알곡을 키워 먹는 주 전답 이외에 집집마다 있어야 했고 집집마다 부식의 원천이었다.

남새밭에 심는 부식용 작물로는 쪽파, 소풀이라고 하는 부추, 가랑파라고 하는 대파, 시금치, 당근, 우봉이라고 했던 우엉, 얼갈이배추, 무시라고 했던 무, 가지, 호박, 들깨, 고추, 근대, 쑥갓, 상추, 도사리라고 했던 장다리, 그 외 각종 나물 종류가 있었다. 남새밭은 우리들의 비타민, 칼슘, 각종 미네랄의 보급처였었다. 요즘 이른 봄에 나오는 봄동이 도사리인 것 같고 그것은 동살이이고 동이 올라 꽃이 피면 장다리꽃이 된다. 제주도에서 유명한 유채꽃은 무의 한 종류인 봄동이 동이 올라 피운 꽃이고, 배추 봄동이 꽃을 피우면 장다리꽃이 된다. 일반적인 무꽃은 연보라색이다. 유채꽃이나 장다리꽃은 동네 주변 이곳저곳의 남새밭에서 오목조목 한 움큼씩의 노란 꽃 더미로서 눈을 현혹시키며 봄을 무르익게 했던 우리들의 봄 향기와 봄 풍경의 주된 임자들이었었다.

탄피치기

아이들 놀이는 시대를 반영한다. '맹모삼천'에서는 아이들 놀이는 환경을 반영한다고 되어 있다. 그것은 생활 터전의 유동성을 의미하는 것이고 붙박이 삶의 생활에서는 아이들 놀이는 주변 환경의 변화에 즉각 반응하고 반응은 세상의 흐름을 반영하고 동시에 시대상의 변화를 들여다보는 거울이라 할 수 있을 것이다.

탄피치기는 6·25전쟁 때문에 생겨난 일시적인 놀이였다고 할 수 있다. 6·25전쟁이 우리들의 성장과 맞물려 있기 때문에 탄피치기도 당연히 우리들의 세상 보기의 가장 밑바닥에 자리 잡고 있음이다.

골목길이나 돌담장 아래에서 제비꽃, 각시풀 뜯어다 수수깡에 머리 땋고 뱀딸기까지 이어지는 소꿉놀이가 우리들 기억의 시작으로 출발한다.

물고기 떼가 회유하듯 우리들도 동네 주변을 돌아다녔던 것 같다. 지형지물이 험난하고 난삽하고 뒤숭숭하고 을씨년스런 그 아카시아 베어 낸 그루터기가 칼날처럼 하얀 이빨을 드러낸 언덕을 뒤따라 내려오다가 사타구니 가랑이의 안쪽이 사정없이 흰 살점을 드러냈다. 지금도 정말로 아무도 모르는 은밀한 곳에 흉터는 남아 있다. 집 마당이나 골목을 벗어난 첫 훈장이었다.

다음으로 이어지는 것이 탄피 따 먹기 놀이였다. 탄피치기는 동네 마당, 놀이의 일원으로 입문하는 과정에서 첫 대면의 놀이라고 할 수 있을 것이다. 전쟁이 휩쓸고 지나간 흔적의 잔재가 아이들 놀이에서 여실이 드러나고 있는 셈이었다. 탄피치기는 우리가 동네 마당에 입문할 즈음은 놀이의 절정기가 지났는지 그렇게 많이 했던 기억은 나지 않고 금방 돌알치기나 구슬치기로 전환했던 것 같다.

탄피는 총알 껍데기를 말하는데 총알을 탄환이라 하고 탄환은 탄피와 탄두로 되어 있어 탄피 속 화약의 매개로 탄두가 날아가는 것이다. 사용하지 않은 탄알을 앞의 쭈빗한 탄두 부분을 흔들어서 빼면 참깨 같이 생긴 화약 알갱이들이 쏟아져 나오는데 그것들이 총을 쏘면 방아쇠가 탄피의 꽁무니를 때리고 그 충격에 의해서 탄피 속의 화약들이 폭발해서 탄두가 빠져 날아가는 것이 총의 원리이다.

탄피치기 할 때는 탄두 탄피 따로 사용하고 탄피는 찢어진 것도 많이 있었다. 탄피치기를 하게 된 동기는 아마 주변에 탄피들이 많이 있었기 때문일 것이다.

전쟁이 끝난 뒤의 산과 들에는 탄피들이 많이 흩어져 있었다. 그것들의 종류로는 카빈총, 따발총, 엠원총, 장총, 기관총, 심지어 박격포탄의 파편도 등장했다. 탄피치기 놀이는 너무나 간단하고 단순하다. 마당 가운데 삼각형 금을 그어 놓고 그 안에 자기가 가진 탄피 한 개씩을 놓고 양쪽으로 약 3미터쯤 떨어지게 발 금을 그어 놓고 순서대로 삼각형 안의 탄피를 쳐서 나가는 것을 따 먹는 방법이었다. 순서는 구슬치기나 마찬가지로 삼각형에서 자기가 가진 오야 탄피를 한쪽 라인 쪽으로 던져서 금에 가장 가까운 사람이 먼저 하는 방법이었다. '오야'는 일본말로 우리들이 맹목적으로 사용하던 말이고 아마 주가 되고 우두머리이고 으뜸이 되는 뭐 그런 뜻일 것이다. 구슬치기도 오야 다마가 있었다.

사용하지 않은 탄피는 빼서 화약은 따로 보관했었고 탄피 꽁지에 둥근 바탕이 있는데 가운데 찍힌 점이 없었고 그 점은 방아쇠가 작동하여 사용된 탄피임을 보여주는 증거였다.

생 탄환에서 뺀 깨알 같은 화약은 민간요법에서 배앓이에도 간혹 사용되었음을 일러둔다.

깡통 차기 놀이

깡통을 허리에 차고 놀면 거지 놀이가 되고 그리고 우리의 일상 대화에서 깡통을 찼다면 재물을 다 잃고 망했다는 뜻이 되며 드라마 같은 데서 등장인물이 어이없거나 멋쩍거나 할 때 이유 없이 길거리에 나뒹구는 깡통을 발로 힘껏 내지르는데 바로 그 발로 힘차게 차는 그것이 우리들의 놀이였었다. 깡통을 차면 소리가 난다. 깡통이 구르면서 소리가 난다. 바로 그 소리 때문에 우리들의 장난감이 되었던 것이다. 찌그러진 깡통이 축구공 역할도 했기에 재미있는 슛 놀이도 했지만 원래는 밤의 어둠 속에 그 소리를 이용하는 것이 그 본 취지의 소명이었다.

전통놀이의 대부분은 낮에 하는 놀이지만 밤에 할 수 있는 유일한 놀이가 깡통 차기를 이용한 술래잡기놀이였다. 낮에는 보이니까 일반적인 술래잡기놀이를 하다가 밤에는 보이지 않으니까 마당 가운데 둔 깡통을 참으로써 술래의 행방을 순라에게 알리는 역할을 하는 것이 깡통소리였다. 아이들은 밤에도 놀아야 했다. 어둡다고 뛰놀지 않는다면 아이들이 아니었다. 낮의 술래잡기를 깡통을 이용하여 밤에도 하게 되다가 깡통 차는 소리의 마력에 이끌려 낮에도 깡통 차기를 하게 되었던 것이다.

전깃불이 없던 등잔불 시절의 깜깜한 밤만큼이나 문명과 거리가 먼 농촌의 밤의 문화를 대변하는 것이 깡통차기놀이가 아니었을까 싶다. 밤이라고 해서 아이들의 노는 소리가 나지 않는다거나 사람들이 모이지 않는 시골 동네의 풍경은 있을 수 없었다. 어둠 속에서의 사람 두런거림이나 아이들의 왁자지껄 떠들면서 노는 소리는 낮의 아이들 끼니를 위해 부르는 소리와 때 되면 굴뚝에서 피어오르던 연기만큼이나 인간의 마을임을 상징했었다.

찌그러진 깡통에서 나는 소리의 마력은 아마 금속음이었을 것이다. 유일하게 인위적이고 파괴적이고 불규칙하고 맹목적의 자유분방하고 난삽한 소리가 깡통소리였을 것이다. 전통 금속악기의 우아한 소리를 제외한다면 깡통 소리만이 금속성의 소리로 청각을 자극했고 자연적이지 못하고 인위적인 물질에서 나는 소리의 오묘함을 느꼈을 것이다.

당시는 인간의 마을에서 나는 생활 속에서의 모든 소리는 방아 찧는 소리나 다듬이소리를 포함하여 다 자연의 소리의 일부라고 봐야 할 것이었다. 너무나 자연성의 소리에 익숙해진 사람들은 낯선 인위적인 소리가 그리운 법이었다.

산 너머 기차의 기적소리는 우리들에게 시간을 알려주었고 화물차 소리의 골짜기의 울림은 우리들의 심장의 고동을 울렸었다. 공장의 기계소리는 고혹의 세계로 이끌었다. 모두가 다 금속성의 소리였다. 우리들은 금속성의 소리는 다 좋았다. 먼 이국의 꿈의 세계였었다. 도시 문명은 금속성의 소리로 이루어진 것이다. 산업 혁명의 근간도 금속성의 소리였다. 우리들은 은연중에 금속성의 소리와 어울리기를 좋아하게 되고 금속성의 소리를 향해 가고 있었다. 도시 문화를 그리워하고 도시문명을 향해 가고 있었다. 깜깜한 밤에도 어울려 놀 수 있는 찌그러진 깡통소리야말로 부시맨이 비행기에서 떨어진 콜라병을 주워 신비하고 생경한 물건에 대한 외경심과 함께 즐기면서 가지고 놀듯이 우리들도 부시맨 못지 않게 찌그러진 깡통에 대한 외경심까지는 아니었다 해도 예사로 보지 않고 그것을 이용한 생활의 지혜를 발견하는 단계까지 가는 귀중한 소재임이 틀림없었고 미래에 대한 막연하나마 꿈의 희미한 한 줄기 빛이었던 것이다.

한길 막기

정부에서 지시가 내려왔다. 밤에 지프차가 지나갈 터이니 수단 껏 차가 지나가지 못하도록 방해를 하라는 지시였다. 정 뭣하면 자정까지이니까 가능한 시간이 지체되도록 여러 가지 방법을 강구해 보라는 것이었다. 일 년에 한두 번하는 부역 명령하듯이 너무나 단순 명료한 일방적 행정행위였다. 그 차가 어디서 어떤 연유로 오는지는 몰라도 밤 열두 시까지 오리쯤 떨어진 면사무소에 도착하지 못하면 목적이 달성되고 또한 그 차가 동네 앞을 지날 때마다 주민들과 승강이하다가 시간이 지연되면 되는 일이었다.

1960년 3월 15일 그 유명한 4·19의 발단이 된 3·15 부정선거를 며칠 앞두고 서울에서 천리나 멀리 떨어진 남도의 한 빈약한 촌락에서 실제 실시된 일이었다. 우리 동네 사람들은 궁리 끝에 한길 가운데다 불을 피우기로 했었다. 불을 핑계로 사람들이 무슨 차냐고 묻고 불을 끄고 치우는 척하면서 시간을 끌어보자는 심사였었다. 각 동네 앞을 지날 때마다 조금 씩 지연시키면 국민의 의무를 다하는 것이 되고 그렇게 행정명령을 잘 들어주는 것이 그 시절에는 그것이 애국의 길이기도 했었다. 그날 밤, 차는 결코 오지 않았지만 짐작해보면 야당의 당원들이 면사무소에 선거인 명부 확인하는 절차가 아니었던가 싶다. 선거인 수를 확실히 알지 못하게 함으로써 여당에게 무언가 이익이 될 무엇이 있지 않았을까 지금까지 억측 중이다. 어렸으니까 사안에 관해서 꼬치꼬치 물어볼 수도 없었고.

솔직히 말해서 그런 일련의 사태에 관해서 어떻게 돌아가고 있는지 제대로 알기는 어려웠겠지만 대충이라도 알고 있었던 사람이 별로 없었다는 것이다. 국가의 대통령을 뽑는 거국적 선거 판국에 여당의 지역 선거작전을 통상의 면장, 이장에게 내려오는 행정명령쯤으로 생각하고 한길 막기를 열심히 수행했다는 점이다. 이것이 그 당시 전체 인구의 85%나 되는 시골 사람들의 정치인식에 관한 통렬한 현실이었다. 국민들이야 무지몽매한 사람들이 많아서 그렇다 치더라도 나라를 다스리는 관료들의 의식이나 인식이 그런 판국에는 어쩔 도리가 없는 것이 그 당시 선각자들의 충심어린 애국의 길에 걱정거리였다.

국민들의 대다수가 부정선거를 인식하지 못하는 수준에서 해방되고 정부 수립하여 이승만 대통령이 네 번째 대통령에 당선되는 세월이 흘렀어도 국민들의 정치의식이나 선거 인식, 민주주의의 정신은 전연 형성되거나 성숙지 못했었다. 그 이유야 가난, 민도의 낮음, 해방 직후였으므로 식민지 근성 등을 들 수 있겠으나 무엇보다도 지도자들의 자각이나 자성이 부족하고 미래 지향적이지 못하고 과거 지향적 사고로 연유한 것으로 그 뒤 30년 동안 계속 민족의 시련이 있었다고 유추해 보는 것이다.

　일제 지배하에 있을 때부터 있었던 사고방식이라고 생각되는 것인데 우리들의 시대까지 있었던 의식으로 우리 국민들이 하늘에서 구세주가 뚝 떨어지기를 기다렸다는 점이다. 미국, 이승만, 박정희, 북한에서는 김일성, 이런 사람들을 하늘이 내려준 인물이라고 여기고 거의 신격화하다시피 우러러보면서 우리들의 모든 것을 거의 위탁하다시피 했었다. 바위 거인이라는 말은 없었어도 의인이라는 말은 있었다. 의인은 도인이 되고 도인은 천하를 꿰뚫어 보는 안목이 있어 인간 세상을 잘 다스릴 거라는 생각으로 그 사람들의 출현을 기다렸다는 듯이 덥석 안겨버리는 사고방식이 있었다는 것이다. 한길 막기도 북한 사람들의 현재도 지도자 아닌 구세주 사고방식 때문에 시련도 많았고 고생도 하고 있는 것이라고 본다.

박격 포탄

6·25가 터지고 휴전이 된 지 10여 년이 지났어도 참혹한 전쟁의 잔상과 실물이 남아 있었다. 박격 포탄이었다. 우리는 그때 정종 병 같다고 생각했다. 쇠로 된 병이라고 생각하면 되는데 사실은 정종 병보다는 한 뼘은 더 길고 조금 굵었으며 병의 주둥아리에 톱니바퀴 같은 프로펠러가 달려 있었다. 쇠로 된 큰 병이니까 한 손으로 들면 묵직했고 주둥이의 톱니 부분을 손으로 잡고 팔을 늘 어뜨려 들면 들기가 쉬웠다. 묵직한 그것 안에 화약이 가득 들어 있어 터지면 병이 깨져 유리가 산산 조각 나듯 쇠가 깨져 산산조 각 파편이 되어 흩어지면서 큰 폭음과 함께 큰 구덩이가 파인다. 실제로 그럴 것이라고 짐작만 했지 보지는 못했다.

영화나 화면에서 보면 B29라는 거대한 비행기가 선단을 이루어 지나가면서 파리가 알 낳듯 줄줄이 떨어뜨리는데 그것이 박격 포 탄이라고 했다. B29와 박격포는 항상 같이 연결된다. 그 무거운 포탄을 공중에서 투하하려면 그만큼 거대한 비행기가 필요하기 때문이다. B29와 박격포는 세계 2차 대전 이후 미국과 미군의 힘의 상징이었으며 어쩌면 우리도 B29와 박격포의 위력으로 나라를 구하고 지켜냈는지도 모를 일이었다.

그 박격 포탄이 우리 집 고유의 아버지의 유일한 제금 재산인 한 마지기 천수답 막다른 골짜기 저 위쪽에 동그마니 오롯이 떨어져 있었다. 그 골짜기에 가족들이 일하러 갈 때마다 몰래 그곳에 올라가 그 가공할 위력의 포탄을 살그머니 보고는 우주 괴물의 출현이나 불가사의한 물건을 보듯이 대담함과 공포심을 남몰래 느껴야만 직성이 풀리곤 했었다. 그리고 천수답의 골짜기 아래 바닥에는 밭이 있었는데 그 어느 부분은 보리가 자라지 못했다. 키 작은 보리나 밀이 자라 패어도 알이 여물지 못하고 이삭이 꼿꼿이 서 있었다. 풀도 자라지 않았다. 바로 박격 포탄이 떨어져 터진 자리라고 했다. 그 포탄의 화약의 공해가 그렇게 대단하다고 했다. 그런데도 그 흙을 파내고 다른 흙을 채우는 생각은 전연 하지 못하고 한결같이 안 되는 줄 알면서 꿋꿋이 농작물을 심었던 우직하고 맹탕의 기억이 계면쩍다.

문제는 산 위에 있던 그 박격 포탄이 점차 산 아래로 내려온 이야기다. 우리가 커지면서 그 놈의 포탄이 그렇게 대단하기로서니 한 번 건드려나 보자는 것이었다. 살며시 건드렸다가 함부로 다루다가 던지면서 하다가 아래쪽으로 내려 왔었는데 그때까지만 해도 감히 바위나 돌로 된 도랑 바닥에는 던지지 못했다. 진짜 터질까 봐서 감히 엄두를 내지 못했던 것이었다. 그런고로 이번에는 진짜 터지게 해 볼 심산이었었다. 물론 나 혼자의 일이었었다.

암반으로 된 바다 위의 10미터나 되는 절벽 위에서 던지는 실험이었다. 진짜 터질 것이라고 믿고 위쪽에서 조금 안으로 들어간 곳에 움푹 파인 구덩이가 있어 던지고는 그곳에 몸을 낮은 포복으로 숨기기로 했다. 실제로 바위 바닥에 던지고는 재빨리 몸을 숨겼다. 터져도 파편이 수직으로 꺾여 날아오지는 않을 것이라고 생각했다. 터지지 않았다. 또 빙 둘러 내려가 낑낑거리면서 들고 올라와 다시 던졌다. 이번에도 터지지 않았다. 모든 일은 삼 세 번. 다시 시행했으나 여전히 터지지 않았었다.

결론은 터지지 않는 폭탄이라고 명명하고는 정말 시시하고 보잘것없는 것이 우리를 우롱하고 무슨 대단한 것인 양 버티고 있었다는 생각이 들고 해서 내팽개치고는 일상으로 돌아갔었다. 그 뒤에는 길가에 누군가가 돌로 받쳐 세워둔 것까지는 봤었는데 그 다음부터는 영영 보지 못했다. 아마 고물 엿장수가 주워갔을 거라고 확신하고 있다.

능구렁이

구렁이란 말이 들어가니까 구렁이처럼 큰 뱀일 것이라고 예측할 것 같은데 결코 그렇게 큰 뱀이 아니다. 또한 큰 구렁이가 길가나 울타리에 턱 걸쳐서는 빨리 지나가지도 않고 있으면 사람들이 어쩌지도 못하고 뱀의 눈치만 보고 있어야만 되면 능청스런 구렁이라 하여 능구렁이가 되고 그런 구렁이처럼 배포 좋게 버티면서 간교한 계략으로 능글거리는 주로 남자를 지칭하여 능구렁이 같은 사람 혹은 능구렁이라고 하기도 한다. 그래서 흔히들 말하는 능구렁이는 큰 뱀 황구렁이를 말하고 여기서의 능구렁이는 종류가 전연 다름을 강조한다.

우리가 흔히 보면서 자랐던 능구렁이는 빨간 뱀이고 크기는 논두렁에 흔했던 물뱀만 하였다. 그리고 야생에 흔히 있는 종류가 아니고 항상 인가의 골목길에서 발견된다는 것이 매우 특이하고 이색적인 점이라 할 수 있었는데 오늘날은 아마 멸종된 것으로 알고 있다.

왜 그 빨간 뱀을 능구렁이라 했는지는 모른다. 그냥 뱀의 한 종류로 불리어지는 이름이라고 생각했었다. 한 여름 아침에 날이 새면 골목길에 큰 개구리를 칭칭 감고 삼키고 있는 광경만 본 것이 전부다. 다 먹을 때까지 지켜보면서 기다릴 수도 없고 건드리거나 때리거나 죽이는 것은 금기로 되어 있었다. '능구렁이한테 물리면 약도 없다'는 말만 있었고 어디로 가거나 어디서 온다는 말도 없었다.

우리가 클 때는 뱀은 기분 나쁜 존재이고 보이면 죽이는 것이 사람으로서의 도리이고 아이들로서의 용맹한 기개를 나타내는 것이라고 의식화되어 있었다. 그런데도 큰 뱀 구렁이는 마을에 있으면 집지킴이고 들에 있으면 지신의 현신이라 하여 함부로 건드리거나 죽이는 것은 금기로 되어 있었다.

능구렁이에 관하여는 어떤 금기 사항도 없었지만 능구렁이를 함부로 다루거나 죽이는 일은 절대 없었다. 분명히 밤에 골목길에서 개구리를 노리고 있다가 사람이 지나가면 밟히기도 하고 사람의 발등을 물기도 할 터인데 그런 사례가 없으니까 사람들이 두려워하거나 기분 나쁜 뱀이 아니었던 것이라고 보는 것이다. 논두렁에 똬리를 틀고 있다가 사람이 가면 논 안으로 도망가는 물뱀은 발등을 잘 물고 또 물려본 경험을 가진 사람이 많은 데 비하면 능구렁이는 귀하기도 하지만 순하고 착하고 사람과 친화력이 있는 뱀이 아니었던가 싶었다. '능구렁이한테 물리면 약도 없다'는 말은 능구렁이는 '절대로 사람을 물지 않는다'는 말로도 해석될 수 있는 것이다.

우리나라에서 유일하고 귀한 빨간 뱀 능구렁이는 인가의 골목 길에서 사람들의 발자국 소리를 들으면서 살며 분신과 재생을 위해서 두꺼비를 잡아먹고 그 독성으로 자기는 죽고 거기서 분신이 되어 새 생명으로 태어나 영생을 이어간다는 말이 있기도 했었다.

농약이나 시멘트, 벽돌 등이 없던 시절의 농촌 시골 마을에서 볼 수 있었던 일이었으니까 시멘트 골목길 이전에 이미 농약이 보급되면서 사라진 풍경이며 생명체였을 거라고 가정은 하지만 사라진 붉은 뱀에 관한 아쉬움은 다시 보고픈 그리움으로 남는 것 같다.

그 시절 능구렁이가 출몰하는 골목길은 한 쪽으로는 사람들이 다니고 한 쪽으로는 붉은 실지렁이 몽실대며 버벅거리는 개흙 위로 가스 구멍이 총총히 맺혀 있고 그 위로 나무 그늘이 어른거리고 독사풀 꽃가루가 처연히 흩어져 떠 있는 낙엽에 매달려 송알거리고 있었다.

고학생들이 남긴 상처

우리들은 초등학교 저학년 때부터 고학생이란 말은 알았다. 지금도 확실한 개념은 잘 모른다. 고아 학생이란 말인지, 고생하는 학생이란 말인지, 고독하고 외로운 학생이란 말인지, 아마 고생하는 학생이 맞을 것이고 요새 말로는 아르바이트 하는 학생을 뜻하는 말일 것이다. 아르바이트 하는 중고등학생을 일컫는 것으로 하면 될 것이다.

우리들의 맨바닥 교실까지 그들이 부득부득 찾아오기 때문이었다. 선생님의 소개로 주로 연필 판매가 제일 많았다. 어떤 때는 외상으로 쌀, 보리나 심지어 나락, 보리도 된다고 했다. 요즘 생각해도 우리가 그들에게 별 도움이 못된 것이 미안한 것이 아니라 그 사람들이 상당히 뻔뻔했음과 용기가 가상했음을 지울 수가 없다. 우리들도 입치레만 겨우 하고 학교 다니는 처지이다 보니까 독립된 용돈이 있었던 그런 처지도 아니고 몰골이 초췌한 어린 아이들인데다가 매달 내는 월납금은 우리들이나 우리들 부모들의 가슴

속이나 등, 허리에 들어 있거나 얹혀 있는 커다란 걱정덩어리로 항상 있었기 때문에 언제 고학생 생각할 입장이 전연 되지 못하는 처지였었다. 형편도 형편이지만 무엇보다 우리들에겐 무엇을 결정할 의사 결정권이 없었기 때문에 고학생 돕는다고 외상 연필이라도 들고 집에 가는 날에는 그걸 감당할만한 아이도 별로 없었고 그걸 이해할 부모도 거의 없었다고 보면 될 것이다.

그런 아이들 앞에서 아무리 정든 담임교사이기로서니 씨가 잘 먹힐 리 없었다. 씨가 안 먹히는 아이들을 억지로 설득하다 보니까 교사 자신도 스스로 화가 났을 것이고 그러므로 조금 과한 언사는 꾸지람이 되고 꾸지람은 상처로 남아 다음의 사건으로 연결되었는지 모를 일이다. 한 반이 한 학년인 시골 맨바닥 학교로 우리가 저학년 때도 종종 고학생들이 왔었다. 2학년 3학년을 한 담임이 연속으로 맡았었는데 3학년 가을쯤의 일이었을 것이다. 그 전에도 별로 호응하는 아이가 없었지만 그때도 반응을 보이는 아이가 하나도 없으니까 교사는 꾸지람 비슷하게 훈육을 심하게 했던 것이다.

사건은 그로부터 2년이 지난 5학년 가을쯤 선생님이 전근 간 다음에 학교에 다니러 왔을 때였다. 그 앞에도 그 선생님은 한두 번 다녀 간 일도 있었다. 우리 반 아이들이 그 그리운 담임을 반기는 것이 아니라 학교 안에서만 아니라 학교 뒤 면사무소까지 따라 다니면서 그때 그 고학생 물건 강압 판매에 관한 것을 상기시켰던 것이다. 그 옛날의 경우에도 우리들은 물건을 사지는 않았던 것으로 알고 있다. 그 뒤부터 그 선생님은 다시는 옛 근무지 우리들의 학교에 민망해서 오지는 못했겠지만 그때 우르르 몰려간 아이들은 집단 엎드려 엉덩이 맞기를 했었다.

지나간 일이고 물건을 사지 않았으면 됐지 아이들이란 판단력이 부족하니까 그런 몰염치한 짓을 한 아이의 군중심리를 이용한 제안으로 하게 된 것이었다. 우리들 자신만 해도 앞서서 막고 말렸어야 했었는데 어정쩡 뒤따라 다니다가 일생의 상처로 일을 그르친 것을 상기하면 부끄럽고 한이 된다.

일생을 두고 미래에 관한 판단력 미숙으로 지나고 보면 보이는 그런 일도 많았으며 앞서지도 못하고 마지못해 어정쩡 뒤따라가는 그런 삶의 태도가 이미 그때 그 시절 그런 형태로 우리들의 미래를 점지하고 현상되어졌던 것 같다.

비 오는 날의 수채화

초가지붕의 마을에 비가 내린다. 농약도 없고 시멘트, 플라스틱도 없던 시절, 어떤 공해 물질이나 오염원도 없던 순수 자연 순환과 모든 것이 자연 정화되는 그러한 세상이 분명히 있었던 시절, 사방은 민둥산, 초췌한 모습의 마을이 비를 맞고 있었다.

계절에 따라 시기나 일기에 따라 느낌과 생각이 다 다르겠지만 그 시절 사람들이 대체로 공통적으로 부딪히는 문제는 심심함이었다. 사실 심심함을 느끼는 사람은 많지 않았으리라 여기지만, 처마 끝에서 마당에 떨어지는 낙숫물 떨어지는 소리가 유일한 음악이었고 생겼다가 꺼지는 거품의 움직임이 사람들의 시선을 끄는 유일한 대상이었다. 평소에 있던 새소리, 바람소리, 가축들의 소리, 곤충들의 울음소리, 심지어 이웃집 아이들의 소리도 떨어지는 낙숫물 소리가 다 빨아들여 고요와 침잠의 세계로 빠져들게 하였고 낙숫물 소리는 심심 절간의 목탁소리처럼 사람의 정신을 한 곳으로 몰아 한없는 외로움의 늪으로 빠뜨리는 것이었다.

그러한 날에 라디오라도 있었으면 한없이 음악을 들었을 것이고 책이라도 있었으면 책속에 정말 깊이 함몰했을 것이다. 누가 이야기라도 들려준다면 시간 가는 줄 모르고 들었을 것이고 무슨 구경거리라도 있었으면 쪼르르 달려갔을 것이다. 아무 것도 없었다. 동네에 유성기 있는 집도 없었고, 책도 없었고, 선비도 없었다. 큰집에는 사랑방이 있었으나 할아버지도 안 계셨고 이야기꾼인 가객도 오지 않았다.

비 오는 날에는 비가 오니 어디 나갈 수도 없고 가만히 집안에 있을 수밖에 없었다. 분명히 비가 오지 않는다면 일하러 밖으로 나갔을 것이다. 일요일도 없는 세상에 우리들은 일만 하고 살고 자랐다. 학교의 공휴일은 일하는 날이고 방과 후의 시간도 일하는 시간이었다. 그러다가 비오는 날은 분명히 쉬는 시간인데도 마냥 심심한 것이 탈이었다. 외로움이나 고독이란 말은 사치스럽거나 유식한 표현이고 그냥 막연하고 무미건조하게 심심했다. 요새 표현대로 하자면 그냥 멍 때리는 시간일 수밖에 없었다. 요새처럼 산에 나무라도 많았으면 무슨 목공예품이나 공작품을 만들었을 것이다. 비 오는 날이 아니었어도 그런 무엇을 만들면서 정신을 집중해 보려고 무던히 애썼던 기억이 새롭다. 왜 이렇게 아무것도 없을까. 이게 무어란 말인가. 하면서 자성과 탄식을 했던 때가 더러 있었던 것도 사실이었다.

못 견디게 심심하면 우장을 걸치고 동구 밖으로 나간다. '우장'이란 우비를 말하는데 짚을 촘촘히 엮어 안은 매끈하고 겉은 역계단식으로 걸쳐지게 엮어 물이 잘 흘러내리게 하는 짚 치장으로 어깨에 걸쳐 휘감고 밀짚모자를 쓰면 훌륭한 비 막이가 되는데 당시 농민들의 우비였었다. 모내기는 두레로 하기 때문에 비가 내려도 일을 해야 했다. 우장이 꼭 필요했다.

동구 밖에는 일 년 내내 물꼬에 발을 대 놓은 아저씨가 있었다. 물고기 잡는 구경 가는 것이었다. 구릉의 위쪽 안창에 작은 소류지라 할 수 있는 못이 있어서 특별히 가뭄이 없는 보통의 해에는 항상 물이 흘렀다. 벼가 자라는 시기에는 논바닥 어디서나 송사리, 메기 등의 치어들이 살며 자랐고 다른 철에는 도고도랑을 따라서 물이 흘렀다. 비가 조금만 많이 오면 오리 밖 강에서 물고기들이 물길을 따라 거슬러 올라 왔었다. 봄철의 비가 흠뻑 내린 동구 밖은 물 따라 산란하러 올라온 붕어, 잉어들을 잡기 위해서 우리 동네 사람들은 꿈적도 않는데 아래 큰 동네 사람들이 '가래' 라고 하는 통발을 들고 짚으면서 뛰면서 야단법석을 하던 때가 있었음을 상기하는 바이다.

삿갓 시대의 종언

우리시대는 변화가 너무 무쌍해서 원시에서 첨단까지라고 그 범위가 극과 극이어서 걷잡을 수나 종잡을 수가 없었다. 그러므로 우리들에게 접해지는 것은 원시의 마지막 모습과 첨단의 시초들이었고 직접 경험하고 익숙한 것들을 슬프게 떠나보내고 억지로 떠밀려서 새로운 것들을 맞이한 것도 많았다. 그 중의 하나가 삿갓 시대의 마지막 모습이라고 할 수 있겠다. 조금 경험하고 이내 떠나보내기에 바빴던 것이 비 오는 날의 삿갓 풍경이었던 것 같다.

삿갓하면 김삿갓이 떠오르는데 풍운아 김병연은 늘 삿갓을 쓰고 천하를 유랑한다 하여 붙여진 별명이지만 그가 쓴 삿갓은 용도가 다양하였다. 우선은 얼굴 가리개로 이용되었고 볕이 뜨거운 때는 햇빛 가리개로, 비 오는 날에는 비 막이로 쓰였고 더울 때는 부채로도 사용했을 것이다. 그러나 우리들의 삿갓은 비 올 때만 사용하였고 아동 시절에 학교 교실에 쭉 겹쳐 포개 놓았던 기억만 조금 남아 있고 동네에서는 더 어렸을 적에 더러 많이 사용하였을

터인데 딱히 남는 풍경의 기억이 별로 없다. 분명히 집에도 삿갓
이 있었고 삿갓을 쓰고 빗길을 걸었을 터인데 학교 길에서의 삿갓
의 풍경이라든지 맨바닥 교실에서의 뒤편에 포개 놓은 모습, 날이
개면 거꾸로 뒤집어서 겨드랑이에 차고 머리 토시 부분을 손으로
잡고 장난치면서 집으로 오는 학교길만 어렴풋하다.

삿갓은 대의 속살을 얇게 쪼개서 엮어 만드는데 모양은 둥글고
속이 빈 피라밋이고 빗면의 길이가 아이들 팔 길이 정도 된다. 빗
물이 새면 안 되니까 정교하게 밀착시켜서 만들어야겠지. 피라밋
정상 안쪽에 머리가 안착되어야 하니까 그 부분은 향나무 가지를
휘어서 둥글게 사람 머리가 들어가게 하는데 2단으로 하여 아래쪽
은 조금 크게 하고 안쪽은 조금 작게 하여 어른도 쓰고 아이들도
쓰게 만들었다.

그 당시도 도시에서는 삿갓 쓰는 사람이 많지 않았다고 보면 된
다. 지우산이란 것이 있어서 대부분 지우산을 썼지 삿갓을 쓰면
한 단계 낮은 사람으로 평가되는 시대적 배경이었다.

지우산은 지금의 우산과 같으나 살을 대나무로 만들었고 개수
가 많아서 정교하게 만들어야 했으며 기름 먹음은 종이를 씌웠으
므로 요즘에 보면 완전 예술품이라고 해야 할 것이다.

당시에도 지금의 비양산은 분명히 있었으나 서양의 산물이고
지체 높은 사람들만 이용하는 물건으로 시골에서는 큰 마을의 유
지들에게서나 볼 수 있었던 아주 귀한 물건이었었다.

삿갓은 천시되기도 했지만 우선 불편한 점이 많고 해서 지우산
이 많이 공급되려고 하는 판국에 비닐우산이 나오기 시작했다. 파

란 하늘색 비닐우산을 쓴 사람을 처음 보았을 때는 비닐이라는 소재도 생소했지만 파란 비닐에 비친 파리한 사람의 얼굴이 너무나도 신기하고 고상하고 멋져 보였었다. 그런 면이 비닐우산이 널리 일반화 되는데 값이 싼 것과 함께 큰 역할을 하였다고 본다. 가벼운 것도 한 역할 했을 것이다.

이슬비 내리는 이른 아침에/ 우산 셋이 나란히 걸어갑니다/ 파란 우산 깜장 우산 찢어진 우산/ 좁다란 학교 길에 우산 세 개가/ 이마를 마주 대고 걸어갑니다.

아마 2학년 때의 교과서에 실린 동요이다. 그리고 많이 불렀던 경험으로 비추어 봐서 우리들의 원시 문화 중의 중요한 삿갓을 몰아내는데 이 동요도 상당한 몫을 했으리라고 본다.

비닐이 나오면서 많은 전통 물건들이 사라졌는데 물건과 함께 문화와 풍습, 풍물이 가장 먼저 몽땅 그리고 급격하게 사라진 것이 이 삿갓이 아니었나 싶다.

새 보기

어떤 때는 한여름이 끝나고 9월 초 가을장마 때부터 새 보기가 시작되는 때도 있었다. 여기서의 새는 참새를 말하고, 본다는 것은 쫓는 것을 의미한다. 어떤 부모가 아이한테 "너 가서 새 봐라." 한다면 '너 가서 참새 쫓기를 하여라.' 이다.

해마다 이맘때면 참새가 가장 성가신 존재가 된다. 모든 식물이 그렇듯 여름이 끝나갈 무렵이면 들판의 벼도 다 자라서 알을 밴다. 밴 씨알이 다 자라면 이삭이 팬다. 팬 이삭에 물이 오르면 고개를 숙인다. 금방 고개 숙인 이삭에는 하얀 쌀뜨물 같은 것이 들어 있다. 이것이 익으면 쌀이 되는데 그때의 벼는 누렇게 익은 때이다. 낟알이 여문 때는 새가 먹기는 해도 일일이 한 개씩의 낟알을 까먹어야 하기 때문에 먹는데 시간도 걸리고 얼마 먹지도 못한다.

문제는 낟알이 쌀뜨물 상태에서 고개 숙이고 있을 때이다. 참새가 떼를 지어서 덤벼들어 낟알을 빨아먹기 때문에 까먹는 속도 보다는 백배는 빠르다고 볼 때 순식간에 벼농사를 설농하게 되고 나

중에 쭉정이만 남게 되며 농사를 망치게 되는 것이다. 새 보기는 벼가 빨리 익기를 기다리면서 참새를 쫓는 일을 하는 시간과의 싸움이다. 별로 큰 힘을 필요로 하지 않는다하여 아이들과 노인들의 담당이 되는 경우가 보통이었다.

참새 떼를 쫓기 위한 방법에는 우선 "후여" 하고 직접 고함을 지르는 방법이 있고 허수아비를 세우는 법, 장대를 전봇대처럼 세워 길게 연결하고 깡통을 중간 중간 매달아 이쪽 끝에서 흔들면 저쪽 끝까지 깡통 딸랑이는 소리로 하는 방법도 있었다. 큰 깡통이나 드럼통을 방망이로 두드리는 방법, 돌팔매질, 노끈을 이용하여 돌을 멀리 던지는 보조기구도 있었다.

이색적인 것으로 '챙' 이라는 것이 있었다. 짚을 가지런히 추려지게 어깨받이처럼 처음에는 굵게 땋다가 차츰 가늘게 땋아 끝에는 닥나무 껍질을 가늘게 해서 한 30센티 정도 연결한다. 그 굵은 쪽의 끝을 잘 드는 한 손으로 잡고 머리 위로 휘돌리다가 순간적으로 빠르게 휘접어서 내려 당기면 '땅' 하고 총소리만큼이나 큰 소리가 난다. 참새들이 놀라서 날아가는 것이다. 가장 확실한 방법은 사람이 직접 전답 옆에 지키고 있는 것이었다.

참새가 오는 것을 지키기 위해서는 그늘도 되고 비를 피할 수 있는 '새막' 이 있어야 하는 것이다. 아이들을 위해서 새막을 지어주는 어른들은 없었던 것 같다. 논두렁의 로터리 부분에 나뭇가지를 잘라다가 얼기설기 만들어서 지붕에는 풀을 덮고 앉을 자리에 풀을 깔면 훌륭한 새막이 되는 것이었다. 언덕 밑에 만들 때는 비스듬히 누울 수도 있었다.

가을비가 을씨년스럽게 내리는 날 같은 경우 밥을 가족보다 먼저 먹고 고구마 한 개 손에 들고 새보기 위해서 사방이 축축하고 풀에 맺힌 이슬이 발목을 적시는 논두렁길을 지나서 새막에 갔을 때 그 옴삭하고 따스하고 아늑한 느낌의 마르고 뽀송한 자리. 그 맛에 새막을 짓는 것이었다. 사방 천지에 오직 그 한 자리만 비를 맞지 않았다는 것. 그것이 너무나 신기하고 우리들의 노고가 대견했었다.

젖어 축축한 논두렁길을 걷노라면 풀들은 뒤숭숭하게 이슬이 맺혀 있고 물뱀인 무재수가 똬리를 틀었다가 도망가고 올해 올챙이에서 개구리가 된 수많은 햇개구리들이 펄쩍 뛰어서들 달아나고 메뚜기들은 물보라 튀듯 벼 이삭 위로 튀면서 걷는 길을 갈라주던 모습이 멀리서 새떼가 징검다리 건너듯 벼논 위로 움직이며 나는 들판의 풍경과 겹친다.

진정한 무공해 친환경 순수 자연 그대로의 농촌 들녘 풍경이었다.

맹꽁이 타령

　개구리의 일종인 맹꽁이는 울음소리가 너무나 독특하여 민요에도 등장하는 것이 아닌가 싶었다. 청개구리나 일반 개구리들은 다소 시끄러운 울음소리인가 싶은데 비하면 맹꽁이의 울음소리는 사람들의 심금을 울리는 면이 있다고 할 수 있다. 심금을 울리는 새들도 있다.

　옥구슬 구르듯 청아한 목소리로 노래하는 꾀꼬리, 청승스럽게 울부짖듯 하소하는 뻐꾸기, 애타게 흐느끼며 울어예는 소쩍새. 소쩍새는 두견새 또는 귀촉도라 하여 옛 선비들의 시문에 등장하는 그리움의 상징으로 많이 인용된 것에 비하여 맹꽁이는 민요에도 나올 만큼 서민들의 애환과 그리움을 대변하는 울음소리가 아니었을까.

　맹꽁이가 울 때면 농촌에서는 가장 바쁘고 힘들 때이다. 일반 참개구리와 달리 아무 곳이나 서식하는 것이 아니고 마을 근처의 논이나 멀리 떨어져 있을 때도 2모작 하는 천수답에 물을 대서 모내기 할 무렵에 꼭 운다는 것이다. 넓은 들의 물 대기 좋은 상답에서는 맹꽁이의 울음소리를 들을 수 없었고 그것은 저수지나 너무 젖은 곳은 맹꽁이가 사는 데가 아니라는 것을 일러주는 것일 것이다. 천수답이나 집 근처의 논에는 이모작으로 보리나 밀을 심는데 그것들을 수확하고 모내기 할 무렵은 여름 장마가 시작할 때쯤으로 농촌에서는 가을에 수확할 작물로 가장 마지막 씨앗을 심는 시기가 되는 것이고 그리고 장마가 와서 비가 흠씬 내려야 천수답은 모내기를 할 수 있는 것이다.

사방에 물이 철철 넘치고 마지막 모내기를 서두르는 때에 맹꽁이란 놈들도 저네들의 세상이 되었다는 듯이 여기저기 울음소리가 밤낮을 이어가는 것이다. 물이 넘치고 천지가 축축이 젖어야 맹꽁이가 울고 맹꽁이가 울 때는 사람들의 마음도 물 따라 풍성해지고 맹꽁이 소리로 축축해지는 것이다.

장마가 시작되면 그동안 메마른듯하던 농촌은 생기와 활력이 넘친다. 마른 도랑에도 물이 흐르고 물꼬나 도랑의 폭포 지점 이곳저곳에 물 떨어지는 소리가 사방에서 진동을 한다. 특히 천수답은 이 기회를 놓칠 수가 없다. 도랑의 물을 전담으로 끌어들이고 마지막 모내기를 위해서 여기저기, 이골 저골에서 소 몰고 쟁기질 하는 소리가 요란하다. 가족들은 아이들까지 동원되어 일손 돕기에 바쁘다. 새참이나 점심은 일하는 현장에서 진짜 외식을 해야 할 만큼 바쁘고 집집마다 기르던 개들마저 따라 나와 꼬리를 치면서 종종걸음을 친다.

모처럼 장마 사이에 갠 하루는 물도 잡아야 하고 시간도 잡아야 하는 아주 중요한 시기인 것이다. '오뉴월 하루 볕' 이란 말도 이 때만 통할 수 있는 말로써 요긴하고 긴요한 하루가 맹꽁이들의 합창과 함께 지나가는 것이다.

참개구리들은 이른 봄에 산란을 위해서 울고 청개구리들은 산란과는 연관이 없는 날씨와 관련된 것으로 여름 내내 우는데 청개구리가 울면 비가 온다는 민간 속설이 거의 확정적으로 있었다. 맹꽁이도 아마 산란을 위해서 우는 것으로 아는데 그 기간이 너무 짧고 또 맹꽁이는 보통 개구리들처럼 자라며 먹이 활동을 하는 것을 목격한 일이 없으니까 도대체 어떻게 살다가 어떻게 죽는지 불가사의로 되어 있다. 다만 밤낮을 가리지 않고 울어대며 무엇을 갈구하는 듯한 한 많은 울음소리만이 밤중에 잠 못 드는 영혼들에게 조금이나마 위안이 되는 노래로 들렸을 것이다.

스컹크 곤충

세상에 스컹크 곤충이란 존재하지 않는다. 그 말은 방귀 끼는 곤충이란 없다는 말이다. 그러나 곤충이 많고 흔하다 보면 눈앞에 많이 걸쩍거리고 몸을 집적거리고 발에 밟히기도 하는 것이다. 발에 밟히는 곤충 중에 몸이 으스러지면서 '푸우푸우' 소리를 내는 곤충을 일러서 '방귀 끼는 곤충', 또는 '스컹크 곤충'이라고 옛동산에서 억지로 명명하는 것이다.

우리들의 여름은 더웠었다. 백 미터 남짓 되는 똑 바로 뻗은 한 길, 양쪽으로 주로 잔디 풀밭이고 차 한 대 폭으로 마침 흙길로 되어 있었다. 우리 동네는 그 길로 시외버스가 다니지 않았기 때문에 자갈이 깔리지 않았고 또한 동네가 먼지를 둘러쓰지 않고도 살았다.

그 길에 강력한 여름 햇볕은 쪼이고 크고 작은 검은 산개미들은 부지런히 왔다 갔다 하고 있었다. 어떤 생명체이든 천적은 있는 법, 그 개미들을 노리는 천적이 있을 것이렷다. 그 딱딱하고 메마른 길을 걷다 보면 못을 땅에 박았다가 뺀 듯한 둥글고 반듯한 작은 구멍들이 뚫려 있었다. 개미귀신들의 집이었다. 개미가 구멍 옆으로 지나가면 잽싸게 어떤 놈들이 튀어나와 개미를 물고 구멍 속으로 끌고 들어가 버리는 것이었다. 그 많은 구멍마다에는 다 개미귀신들이 들어 있었다. 우리들의 호기심이 그냥 지나칠 리 없었다. 가늘고 긴 풀의 줄기를 꺾어 끝에 침을 조금 묻혀 살짝 구멍에 넣었다 빼면 얄궂고 험상궂게 생긴 작은 벌레가 끝을 문채 딸려 나오는 것이었다. 다른 일반 벌레들은 조금은 둔하고 느리고 여리고 어리석은 데가 있는 듯이 보이나 그놈들은 생긴 것 답게 작아도 교활하고 맹랑하고 악독한 데가 깃들어 있는 느낌이 팍팍 오는 것이 그 개미귀신의 인상이었다는 것.

오늘날 알고 보니까 그놈들이 명주잠자리의 애벌레라고 하였다. 그 구멍의 일정 주변을 거미줄로 신호가 되는 줄을 쳐 놓고 있다가 개미가 지나가면 나와서 덮친다는 것이었다.

물속에서도 잠자리 애벌레란 놈들은 악독성이나 빠릿함이 날아다니는 잠자리만큼이나 잽싸고 약삭빠른 것이 특징인데 땅 구멍속에 있는 개미귀신도 잠자리 과에 속한다고 그 생김이나 생태가 작아도 정 떨어지게 흉물스럽고 괴팍했다는 것을 꼭 피력하고 싶은 것이다.

그 시절은 곤충이나 기타 생명체들의 종류도 많았던 것 같고 숫자도 많아서 항상 그런 세상일 줄 알았었는데 개구리, 개미, 메뚜기 등이 귀하고 흔히 볼 수 없을 줄 짐작이나 했으랴. 때까치란 놈들이 있었는데 길을 가면 '때때때' 하면서 날아가 앉고 또 반복하

는 그 때때거림이 여간이 아니었었지. 그 때까치는 방아깨비라고
도 하고 여치라고도 하는 것의 수놈인데 암컷은 덩치도 크고 순하
게 움직이는데 수놈은 크기도 암놈에 비하여 매우 작으면서 노는
맵시는 경망스럽기 이를 데 없었다. 그래도 그놈들이 사람이 지나
는 길에 관심을 갖고 환심을 사기 위해서 그랬다고 생각하면 얼마
나 흥미로운가. 때까치는 사람이 가면 날아가는데 사람이 걷는 발
자국 앞에 날아와 앉는 놈들이 있었다. 날개 무늬가 진한 청록색
에 노란 점이 콕콕 박혀 있어 아름답다.

   신라 황실을 상징하는 무늬로 천연기념물로 지정된 하늘소 날
개 무늬와 아마 비슷하지 않나 가정해 보는 것이다. 크기는 손가
락만 하고 배는 불룩하고 노란 색이며 머리와 가슴은 작아 약간의
역삼각형의 곤충이었다. 그놈들이 짐을 지고 가는 발자국 앞에 쏜
살같이 날아와 줄줄이 앉으니 자연적으로 발에 밟히는 것이다. 밟
히면서 '푹푹' 소리를 내니 스컹크 곤충이라 했다. 그놈들이 밟히
기 위해서 날아와 앉는 것 같았고 그렇게 죽는 것과 번식과 상관
관계가 있지 않나 상상하기도 했었다.

D.D.T의 등장

　우리들의 옛동산에서는 각종 생명체들의 개체수가 무수히 많았다고 했다. 쥐, 이, 파리, 모기 등 사람들이 한 마리도 없으면 좋겠다 싶은 해충들의 수도 너무나 많이 들끓었었다.

　파리는 파리채로 잡고 모기는 모깃불을 피워 쫓았고 쥐는 쥐약이란 것이 있었다. 그러나 이는 마땅한 약이 없었다. 머리에 있는 이는 참빗으로 빗어서 잡고 몸에 있는 이는 옷을 벗어서 옷을 뒤집어서 양손의 두 손톱으로 짓눌러 터뜨려서 잡았다. 원숭이들이 삼삼오오 모여 앉아서 이 잡기 하듯이 그 당시는 부모들이 아이들이 잡기 해 주는 것이 부모로서의 도리이고 가족으로서의 일과이고 풍경이었다.

　이가 몸에 있고 그것을 잡는 모습은 가족들 간에는 부끄러운 짓이 아니었으나 이웃집이나 외부인들에게 보이는 것은 부끄럽고 창피한 일이었다. 집 밖에 나가면 몸에 이가 없는 것이 원칙이었다. 몸에 이가 있고 때가 많아도 없는 척 하면서 활동해야 하는 것이 당시의 사회생활이었다. 사회에서 활동하는 사람들은 이들 이 때문에 이중인격체가 되어야 했고 체면치레 하는데 많은 장애가 되기도 했다.

지금은 이들 주요 해충들이 없는 세상에서 사는 것처럼 우리들이 살고 있지만 당시는 가축이 야생에서 홀로 살 수 없고 인간의 손길로 살아가듯이 해충들도 가축처럼 사람과 더불어 부대끼면서 살아가는 악연의 생명들로 여겨졌다.

드디어 디디티라는 이 약이 나왔다. 네모난 깡통 속에 든 하얀 가루약으로 몸에도 뿌리고 머리에도 하얗게 뿌렸다. 군대에서 병사들이 그 디디티로 이를 없애는데 쓴다고 했다. 군대에도 사회에도 그 밀가루 같은 약은 이 약으로 만능이 되었다. 그런데도 군대에도 세상에도 각 가정에도 사람들 마다에도 이는 없어지지 않았다. 이번에는 이 퇴치용으로 쓰이던 가정용의 약이 들로 나갔다. 농사에서 해충 박멸용으로 쓰이기 시작했다. 진딧물 없애는데도 쓰였지만 제일 많이 쓰인 곳이 가을 김장 배추 어린잎을 갉아 먹는 메뚜기를 퇴치하는 것이었다. 그러면서 농민들은 차츰 농사에 만능 농약으로 사용하게 되었다.

백과사전에 디디티는 '유기 염소 화합물의 무색 결정성의 방역용, 농업용, 살충제로 곤충의 신경계에 이상을 일으키므로 제2차 세계 대전 후부터 해충 구제에 널리 썼으나 인체의 지방 조직에 축적되어 잔류 독성을 나타내므로 제조와 판매, 사용이 금지되었다.'로 되어 있다. 그러니까 환경을 해치는 독성 물질이고 미군으로부터 유입되었다는 것이다.

문제는 그것을 만든 선진국도 우리나라 정부도 농민을 포함한 모든 사람들도 그것이 공해 물질이라는 것을 전연 모르고 사용이 급격히 확대되었다는 것이다. 물론 우리들이야 공해 물질이라는 생각은 할 수도 없었고 만약 이나 해충 구제에 효과만 좋다면 공해 같은 것에 정신을 팔 마음의 자세가 전연 되어 있지 않았다는 것이다. 최초로 수천 년 이어온 순수한 자연성의 금수강산에 뿌려진 최초의 공해 물질이 '디디티' 였다는 것에 주목하는 것이다.

디디티보다 먼저 등장한 것이 쥐약이지만 쥐약을 공해물질이라고 하지는 않는 것 같았다. 그 뒤에 쥐도 파리도 붙으면 떨어지지 않는 끈끈이가 나오고 모기도 모기약이 나오고 하면서 각종 생활용품들이 공업 제품으로 전환되기 시작했다. 모르는 사이에 환경공해라는 무서운 현대판 악마가 우리가 어쩌지 못하는 먼 우주에서 온 괴물처럼 우리 주변 가까이 잔뜩 포진해 있고 서서히 우리 몸속으로까지 침투하고 있는 것이다.

시레이션의 배급

시레이션이란 군대에서 끓이지 않고 직접 먹게 만든 식량을 말한다고 했다. 어릴 때 분명히 들어본 말일 터인데 기억에 없었고 우리들은 '간즈메'라고 했다. 간시미가 일본말인지 사투리인지 지금도 모른다. 아무튼 우리가 먹었던 간즈메는 통조림이었고 그것은 깡통이었다. 미군들의 시레이션이었던 것이다.

일 년에 한 번씩 해서 분명히 한 번은 아니고 두세 번은 배급이 되었던 것 같다. 그것은 오늘날 명절 즈음에 흔히 나도는 조미료나 식용유의 선물 세트 같은 어른 팔 길이만큼 크기의 종이 박스에 크기와 길이가 다른 통조림통이 칸칸이 박혀 있었다. 열두서너 개는 족히 되었던 것 같다.

우리 작은 동네는 밑에 큰 동네에 구장만 있었고 반장은 없었다. 그런고로 어느 집에서 시레이션 통을 받아오면 형이랑 나랑 먼저 개봉을 했는데 그것은 아버지가 없었기 때문에 아들이랍시고 당연한 행동으로 치부했던 것이다. 그리고는 이것저것 살피다가 맛있는 것을 먼저 먹는 것까지 아들들의 권리라고 생각했었다. 아마 과일 통조림을 맨 먼저 먹었을 것이다.

지금은 제일 맛없었던 것만 기억에 남아 있다. 삶은 메주콩 같은 통조림이었다. 서양 사람들의 콩 요리라고 보면 될 것이다. 우리들은 간장, 된장, 두부, 콩나물로 먹는 것을 그들은 직접 우리들의 메주콩으로 먹었던 것이다. 삶은 메주콩은 장을 담기 위한 과정의 재료이지 직접 음식으로서는 마땅하지 않은 것으로 되어 있는데 서양 사람들은 당연한 음식이었던 것이다. 그 느끼함은 우리들의 삶은 메주콩 먹는 것과 겹친 기억 때문에 더 그랬을 것이다. 메주를 만들기 위해 노란 콩을 가마솥에 푹 삶아 뚜껑을 열면 그 향기가 고소하고 뜨거울 때 먹는 것은 별미였었다. 문제는 그날 밤이었다. 마당 끝에 있는 통시칸까지도 가지 못했던 것이다. 마구 참지도 못하게 쏟아져 내리는 설사 때문이었다. 물론 흙마당이 세례를 받는 것이었다. 그것은 메주 장 담는 것이 연중행사이듯이 우리들의 성장기의 연중행사였었다. 분명히 먹고 난 다음을 알면서 뜨거운 메주콩 먹는 것을 참지 못했던 것이다.

그 시절은 왜 그렇게 설사가 심하고 또 확실히 삶은 콩 먹고 나면 설사를 했었는지! 콩의 지방성분 때문으로 그랬던 것 같은데 콩의 지방은 우리 몸에 잘 흡수되지 않는 것으로 되어 있다. 그러므로 그때는 콩기름이란 없었다. 그런데 오늘날은 콩기름을 당연한 식용유로 가장 널리 쓰이고 있는 실정이니만치 완전히 유해한 식품은 아닐 것이고 우리들이 치렀던 행사만큼 유해한 것이 아닌가 어림잡는 것이다.

6·25전쟁 이후에 미국은 우리나라의 기아 해결과 복구를 위해서 많은 애를 썼다. 대충 자금을 통한 원조와 식량 지원을 아끼지 않았다. 그 일환으로 시레이션이란 미국 음식도 먹어 보게 되고 그 외에 학교를 통해서 우유 가루도 나왔다. 책보 말고 또 다른 보자기를 가져가서 받아왔다. 물에 타 먹는 것은 생리에 맞지 않았고 그냥 퍼 먹다가 두면 덩어리가 되는데 그것을 이로 깨어 먹었다. 그 외에 원조와 관계없는 것으로 아래이라는 것이 있었다.

정종이라는 술 공장에서 나오는 것으로 쌀 고두밥이 술 되는 과정에서 삭아서 된 것으로 이름 그대로 힘달가지없이 아른거렸다. 그것을 사카린을 넣어 달게 해서 퍼 먹었다.

시레이션, 우유 가루, 아래이 등 다들 두세 번 하고는 우리들의 어린 시절은 지나갔다. 영양보충은 되었는지 몰라도 식량조달을 국가나 원조로 시혜를 입었다는 생각도 없었고 실제로 혜택 받은 것도 없었다.

올비 줍기

큰아버지가 우리 논을 갈고 있었다. 느긋하게 걸어가는 코끼리 뒤를 따르는 백로처럼 바가지나 깡통을 들고 그 뒤를 따랐다. 올비를 줍기 위해서였다.

하얗게 빛나는 쟁기 날에 의해서 논바닥 흙이 둥글게 뒤집어지는 모습은 신기했다. 바로 섰던 벼 자른 후의 밑동은 여지없이 거꾸로 처박히고 메기수염 같은 벼 뿌리만 하늘로 향했다. 바로 그 부분에 올비가 박혀 있는 것이다. 모양은 물방울 다이아몬드 같고 크기는 땅콩 알만 하다. 색깔은 진한 남청색으로 검게 보이고 속 색깔은 백옥처럼 하얗다. 어떤 것은 쟁기 날에 반쯤 잘려진 것도 있었다. 양파처럼 껍질에 층이 있는 것이 아니니까 연근처럼 물에 씻어 그냥 먹으면 되었다.

그 무렵은 올비 줍는 것이 분명히 일과로 되어 있었는데 학교 다니면서부터는 줍지 않았던 것 같다. 이유는 모른다. 그리고 까마득히 잊고 살았던 우리들의 언필칭 원시시대의 풍경 중의 하나였다. 또 하나는 가을철의 논 갈기가 아니고 이른 봄철의 논 갈기에서의 올비 줍기였다는 것이다. 봄철 중에도 마른 논 갈기일 때였다. 올비 줍기도 수천 년 이어오던 것인데 우리 시대에 단절된 것 중의 하나일 것이다.

올비란 무엇인가? 수생 식물의 뿌리이다. 지금도 물가에 가면 바늘처럼 꼿꼿이 무더기로 자라는 것으로 줄기가 잎이고 잎이 줄기인 식물을 쉽게 볼 수 있다. 길이가 20센티에서 40센티 정도로 둥글고 속이 비어 있다. 만약 우유나 음료수를 빨아먹는다면 빨대로도 충분할 것이다.

봄이 이슥해지면 그 풀줄기의 끝에는 쥐똥 같은 갈색의 열매가 열린다. 이 열매 하나만 남기고 나머지는 민숭둥이로 해서 자른 부위를 거꾸로 해서 대여섯 개를 펴서 시장 통에서 야바위꾼들은 야바위를 한다고 했다. "자! 잘 보시라. 잘 봤다 못 봤다 하지 말고." 그래서 우리들은 그 풀을 야바위풀이라 했다. 왜 그랬는지는 몰라도 잘 자란 야바위 풀을 가지런히 잘라서 비오는 날 처마 밑에서 가지고 놀았던 것 같기도 하고, 분명히 야바위 흉내도 내었을 것이고, 그 풀들은 세 벌 벼논을 메었는데도 어느 새 어떻게 자랐는지 논바닥에 쫙 깔려 있어 그 뿌리가 겨울을 땅 속에서 보내고 봄이 되어서 그 중에는 올비까지 열려 있는 놈이 있었던 것이다. 그 탐스러운 것들이 뒤집혀져 볼가져 나오는데 그냥 지나치기에는 너무 아깝고 쟁기질 하는데 마음이 자꾸 켕겼던 것이다. 그런 고로 큰 아이들이 줍기에는 좀 어렵고 해서 작고 앙증맞은 아이들의 몫으로 올비 줍기는 주로 이루어졌던 것이다. 모내기를 하기 위해서 무논에 써레질을 하노라면 올비 껍질들이 물에 둥둥 떠 있는 것을 볼 수 있었는데 그 무렵은 이미 올비들이 자기 수명과 의무를 다하고 연어가 산란 후에 죽어 널브려져 있듯이 속 알맹이는 삭아서 없어지고 껍질만 물에 둥둥 떠 있었던 것이다.

땅콩 같은 올비를 깨물었을 때의 맛은 생밤이나 생고구마보다 더 연하고 고소하고 더 하얀 뜨물이 입안에 고이는 그런 맛. 아무튼 돈으로 살 수 없는 영양 덩어리이고 희귀 식품이라고 보면 될 것이다. 우리들이 자랄 때는 올비 같은 것들이 간식거리이고 군것질거리였었다. 올비 줍던 옛동산의 추억이 아버지가 아니고 큰아버지인 것은 아버지의 작고 그 전후가 내 기억의 가장 밑바닥 경계선상에 있기 때문일 것이고 아버지의 작고 그 이듬해쯤일 것이다. 아버지 없는 첫 슬픔의 논갈이를 큰아버지가 대신 했을 것이고 우리 논이라고 내가 올비 줍는 일을 담당했을 것이다.

상이용사들의 절규

우리들의 아동 시절 50년대에는 깡패도 많았고 거지도 많았다. 당시의 깡패들은 모리배가 아니라 우리들의 영웅들이었었다. 진주만 해도 역전파, 중앙파, 평거파, 도동파 등이 있었다.

당시는 깡패라기보다 각 지역 청년회의 중심인물들이라고 하면 맞을 것이다. 군계일학이라고 여럿 중에는 빼어난 인물이 있는 법. 인물 좋고, 덩치 크고, 몸매 좋고, 운동신경 발달하고, 그런 청년이면 싸움도 잘 할 것이 뻔하니까 우리들의 수호신이고 영웅으로 충분했다.

우리 밑에 동네인 큰 동네에도 우리들의 영웅이 있었다. 매스컴이 없던 원시의 시절에는 그 영웅들이 우리들의 스타였고 그 스타들에 대한 활약상이나 매력을 상상의 날개를 덧붙여 시간 가는 줄 모르게 모여서 왁자지껄 침을 튀겼던 것이다.

깡패가 많았던가 하면 거지도 많았다. 나병 환자인 문둥이가 소록도 가는 길에 깡통을 들고 들리는가 하면 전문 깡통을 든 진짜 거지도 많았다. 굳이 소록도 아니라도 이 지역 진양군 일원에는 각 면에 한 개씩의 나병환자 촌이 꼭 있어야 하는 것처럼 있었다.

특히 문둥이는 반드시 자기 밥그릇인 깡통이 꼭 있어야 했다. 깡통 없으면 밥을 주지 않는 것으로 되어 있었다. 그리고는 나그네 거지랄까 길손이랄까 하는 거지들도 많았다. 그들은 차림에 따라서 툇마루나 헛간에 밥상을 차려 주었다. 그리고는 중들도 많이 동냥하러 다녔다. 그들은 한결같이 '적선하라' 했다. '적선' 이니 '동냥' 이니 하는 말들을 우리들은 어릴 때 생활 속에서 자연스럽게 익힌 말들이다. 지금은 상당한 불교용어로 알고 있다.

상이용사에 관한 이야기를 하기 위해서 깡패와 거지 이야기를 했다. 우리가 그때 느낀 것을 간추리면 깡패와 거지의 중간이 상이용사라고 하면 될 것 같다. 6·25때 참전 상이용사들이었다. 나라를 위해 싸우다가 장렬히 죽지 못하고 살아 돌아온 대접이 이것뿐이냐고 그들은 사회에 대하여 울분을 토했다.

목발을 짚고 구걸 다니는 고급 거지들은 대부분 상이용사들이었다. 시내 시장 상가는 그들의 생계유지를 위한 완전 터전이었다. 바로 깡패와 거지의 두 가지의 대명사 역할을 하면서. 시골까지 그들의 영역을 넓혔다. 시골은 잔칫집에 간여를 했다. 푸짐하게 대접하라는 것이었다. 곧이곧대로 상만 차려 나가다가는 상이 엎어지고 야단법석이 나는 것이었다. 돌아갈 여비를 먼저 주어야 했다. 시골 사람들이 뭘 모르니까 나중에는 대놓고 떼를 쓰고 억지를 부렸다. 떼거리로 몰려온 상이용사들의 횡포는 한 시대의 사회상의 현상이 되기에는 충분했다. 다 커서 안 일이지만 그들 상이용사들은 결코 막무가내는 아니고 회갑이나 결혼식의 잔칫집의 임자를 파악하고 그럴만한 집을 골라서 했다는 것이다. 그런 뒷마음의 이중성을 알 리 없는 어린 우리들로서는 그때의 그들에 대한 공포감이 지금도 저 멀리에서 또렷이 자리하고 있는 것이다.

알고 보면 상이용사들에 대한 후생복지 문제였었다. 깡패들이 있기는 했어도 순수하고 순했고 의리파였었다. 거지와 상이용사가 사회문제였다가 1960년대 5·16 이후에 상이용사 문제는 군부가 정권 잡으니까 절로 해결될 수밖에 없었고 거지는 1970년대에 거의 해결되었다고 보면 될 것 같다. 그런데 깡패 문제는 사회가 발전할수록 더 기묘해지고 악랄해지고 진화를 거듭하면서 계속 독버섯으로 번창하고 있는 것이다.

상이용사는 1970년대 초 월남전을 통해서 결국 우리 세대까지 애국과 충성과 희생을 강요하면서 우리 세대를 끝으로 대량 희생은 종식되고 복지체계가 갖추어지면서 국가의 번영과 함께 국가의 품속으로 들어간 것이다.

기생충 박멸 운동

아침에 일어나면 통시 칸에 가지 않고 마당가의 맨 땅에 큰 볼 일을 본다. 생막대기를 꺾어서 몇 번 뒤적이고 꿈틀거리는 것을 헤아리고는 삽으로 마당 흙과 함께 퍼서는 구시통에 버린다. 그 전날에 학교에서 회충약을 받아먹은 날의 아침 광경이었다. 회충 약을 먹은 죄로 회충의 수를 세어서 가야 했다. 실제로 회충이 꿈틀거렸고 약의 효과도 보았다.

그만큼 우리들의 몸에는 회충이 많았고 횟배앓이도 하곤 했었다. 우리들의 몸에 기생충이 많은 만큼 우리나라는 기생충의 천국이었고 기생충으로 병을 앓거나 고생하는 사람도 많았다. 심지어 기생충 때문에 죽는 사람도 흔했다. 주로 회충으로 쉽게 말하면 지렁이다. 지렁이가 몸속에 있어서 소화된 음식을 빨아먹고 산다는 것이다. 사람의 위속에 지렁이가 그것도 뭉치로 있다고 상상해 보라. 얼마나 징그럽고 끔찍한가. 그런데 실제로 그랬다. 땅 속에 있는 지렁이는 붉은 색인데 비하여 몸속의 지렁이는 흰 색깔이었다. 일 년에 한 번씩 연례행사로 하는데도 항상 회충이 나왔었다. 횟배앓이를 하는 사람은 얼굴에 핏기가 없었다.

기생충의 종류로는 회충, 십이지장충, 디스토마, 촌충, 요충 등이 있었다.

십이지장충은 채독이라고도 하는데 '채독이 올랐다'라고 표현했다. 우리 몸의 십이지장, 즉 작은창자 안에 기생하면서 영양소를 빨아먹기 때문에 치명적이었고 금방 표시가 났다. 작은창자는 위장에서 소화된 영양분이 직접 혈관으로 보내는 역할을 하는 장이라고 하는데 그곳에 작은 거머리 모양의 채독들이 매달려서 빨아먹기 때문에 사람은 영양실조에 걸리고 얼굴이 창백해지고 견디지 못한다. 그대로 두면 금방 목숨이 위태롭기 때문에 어떤 방법으로든 채독약을 써야 되고 병을 낫게 해야 한다. 사람들이 회충은 배 안에 있어도 되는 것으로 생각하고 예사로 여겼으나 채독은 위험한 병으로 걸리지 않기 위해서 무진 애를 썼다.

디스토마를 제외한 기생충들은 발원이 인분이기 때문에 날 채소를 주의해야 했다. 채독의 감염은 두 가지 통로로 들어왔다. 하나는 날 채소를 통한 입으로 들어오는 것이고 또 하나는 특이하게 발바닥, 즉 피부로도 몸속으로 들어온다는 것이었다. 인분을 찌트린 밭이나 채소밭을 비 오고 난 다음에 볕이 좋고 무덥덥한 날에 맨발로 들어가면 여지없이 채독이 오르는데 발바닥이 몹시 가렵다고 했다. 발바닥 가려운 것이 채독 균이 피부를 뚫고 들어가는 과정이라 했다. 기생충은 사람의 몸을 숙주로 해서 기생하는 놈들이기 때문에 숙주 하는 부위가 종류마다 다 다를 것이다. 미세한 십이지장충이 발바닥을 뚫고 작은창자를 향해서 몸속을 발발거리면서 기어가는 모습을 상상해 보면 기가 막힐 노릇이다.

채독약으로 민간요법이 있었겠지만 특효약은 없었다. 걸리지 않게 예방하는 것이 상책이었다. 1960년대부터는 수입약이면서 특효약으로 영국제 피엠정이라는 약이 있어서 상당한 효과를 보았을 것이다. 회충에도 효과가 있었을 것이므로 우리나라 기생충 박멸에 큰 역할을 했을 것으로 본다. 정작 시골에서 성장기에는 걸리지 않은 채독을 1970년대 초에 서울에서 날 채소를 무친 생김치를 먹고 난 후의 증세를 보아서 아무래도 채독인 것 같아 피엠정을 복용해 본 경험이 있다. 그 뒤부터는 모든 기생충을 잡는 약이 나왔고 국가에서도 대대적으로 기생충 박멸 운동을 전개했으므로 그 효과가 나타났고 기생충이 거의 사라지다시피 했다. 그보다는 인분을 채소에 주지 않는 작물 재배 환경이 더 큰 역할을 하였을 것이다.

디스토마라는 기생충

　회충은 기생충의 대표로 누구나 알고 있고 몸속에 있어도 되는 것으로 가장 보편적인 것인데 비하면 십이지장충은 병으로 드러나기 때문에 구제가 시급했다. 그에 비하여 사람들이 알지 못하는 기생충이 있었다. 디스토마였다. 이것은 우리들이 초등학교 시절에 유별나게 강조했던 것으로 그 당시 문맹이었던 주민들의 대다수는 전연 알지 못했다고 봄이 옳을 것이다.

　디스토마는 민물고기를 날로 먹었을 때 걸리는 것으로 간디스토마와 허파디스토마가 있다. 기생충이 간에 기생하면 간디스토마이고 허파에 기생하면 허파디스토마라는데 기생충 자체의 차이는 없는 것으로 알고 있다.

　우리 동네는 강도 개울도 없는 동네였으나 동네 뒤에 작은 소류지가 있어서 여름철에는 벼논에 송사리가 많았다. 어른들은 그놈들을 잡아서 배를 따 내장을 버리고는 회를 쳐서 먹곤 했었다. 정작 큰 잉어, 붕어, 메기 등의 민물고기는 잡지도 않았고 먹지도 않았다. 큰 놈들은 다 용왕의 식구들로 그것들을 잡아먹으면 가족 중에 물에 빠져 죽는 등 수화를 입는 빌미가 된다는 것이었다. 물이 있는 곳에는 용왕이 있고 용왕에 관한 사상이랄까 정신세계는 거의 종교와 같았었다. 그런 연유인지는 몰라도 또는 용왕의 덕분인지는 몰라도 우리 동네는 수화를 입거나 디스토마 걸린 사람은 없었던 것으로 알고 있다. 우리 동네서 자란 송사리들은 그만큼 깨끗했다고 보면 될 것이다.

우리나라 사람들은 민물고기 회를 먹는 전통이 있었다. 그만큼 온 산하가 깨끗했다는 의미이고 지금은 기생충은 말할 것도 없고 중금속 때문이라도 민물고기 회는 곤란하다고 생각하면 맞을 것이다. 그 시절에 디스토마에 관하여 되게 강조된 것이 다 까닭이 있었다. 우리 동네는 조용했지만 나라 전체는 국민들의 디스토마 감염으로 큰 재앙에 봉착했던 것이다.

6·25전쟁으로 우리나라 강이 오염됐고 그로 인하여 디스토마가 창궐하게 되었다는 것이다. 특히 낙동강 전투는 피아가 엄청난 희생을 치렀고 그로 인하여 수많은 인명이 수장되었다는 것이다. 또한 많은 시신이 물고기 밥이 되었다는 것이다. 그 시신을 먹은 물고기는 디스토마 균에 감염되고 그것도 모르고 예전처럼 예사로 민물고기 회를 먹는 사람들이 디스토마에 걸린다는 것이었다. 민물고기 회를 예전처럼 예사로 먹지 말라는 것이 학교에서의 교육의 주 강조점이었었다. 그런 면도 있었겠지만 전쟁 이후 나라 재건 단계에서 기생충에 대한 새로운 인식과 국민 보건과 위생의 환경을 걱정하고 변화시키자는 운동도 개입되었을 것이다. 우리

들의 위생 환경은 너무나 열악하고 말이 아니었으니까.

디스토마라는 기생충은 사람들이 보균하고 있는지도 모르고 기생충으로 인한 병을 다른 병으로 오해하고 있다는 게 더 심한 문제점이었다. 간디스토마는 간에 기생하므로 간이 나빠졌을 때의 증상이 나타나는 것을 그저 알 수 없는 속병으로만 여기고들 있었다.

허파디스토마는 그 당시 너무나 유명했던 폐병으로 인식하고 있었다는 것이 대부분이었다는 것이다. 폐병은 일제 강점기부터 젊은 장정들이 잘 걸리고 지식인의 상징처럼 되어 있을 만큼 흔한 병으로 그런 통과의례 같은 인식을 우리가 어릴 때까지 일반적으로 세상 사람들에게 유포되어 있었다는 것이다. 그리고 간디스토마나 허파디스토마가 심해지면 복수가 차고 하는 간경화증과 피를 토하고 하는 폐병이 될 수밖에 없다는 것은 자명한 일이었다.

송사리회의 몬도가네

디스토마와 관계되는 작은 일화를 하나 더 추가하고자 한다. 우리들은 들짐승처럼 야외에서 주전부리나 군것질을 구해서 먹음으로서 주식인 쌀, 보리, 밀에서 부족한 비타민이나 미네랄 및 영양분을 보충했다고 했다. 그 중에서 민물고기와 관계되는 것이 하나 있었다.

한여름이 지나고 벼가 자라서 볼록볼록 알을 밸 무렵이면 봄철에 산란되었던 송사리들도 자라서 제법 어른 장지 손가락만해지고 살도 오동통 올라 있었다. 여기서 말하는 송사리는 공식적인 고기 이름이 아니고 그냥 작은 물고기를 말하는 것이었다. 거의가 다 붕어나 잉어 새끼들이었다.

그놈들은 여름 내내 논메기 위해서 물을 빼면 물 따라 내려가고 또 논두렁 물고를 타고 올라가고 하면서 이 논 저 논 옮겨 다니면서 자란 놈들이었다. 푸른 벼가 자라는 논바닥의 얕은 물에서 자란 것들이었다. 이젠 기회만 닿으면 먼 강으로 가거나 가까운 못으로 올라가든가 해야 했다. 그런 순리는 단 한 마리도 예외가 용납되지 않는 생존의 가장 엄한 법칙이었다. 곧 논이 마르고 엄동의 추운 겨울이 오니까. 그래서 그랬는지 그때는 몰랐다.

못 밑의 물고에서 송사리들이 팔딱거리고 있었다. 옆의 밭에서는 고추가 자라서 벌겋게 익어가고 있었다. 송사리를 잡아서는 비늘을 치고 머리를 떼고 내장을 걸어내고는 물에 깨끗이 씻었다. 갈라진 배에다 검붉은 풋고추를 끼워서는 먹는 맛의 몬도가네를 연출하는 것이었다. 독하고 매운 생고추로 송사리의 비린내를 중화시키는 것이었다. '맛있다면 맛있다'라고 할 수 있을 것 같았다. 모든 아이들이 다 그렇게 하는 것은 아니었다. 그것은 정식으로 먹는 음식은 아니었기 때문이었다. 좀 괴팍하고 모험적인 실험이지만 분명히 어른들한테서 보고 배운 것들이었다. 한 번 먹은 아이는 한두 번은 더 먹기도 하는 것이었다. 기왕 버린 몸, 한 번 먹어 안 좋다면 두 번 먹은들 무슨 차이가 있겠느냐는 것이었다.

문제는 걱정거리가 하나 생기는 것이었다. 바로 디스토마였다. 디스토마라는 기생충을 몰랐다면 모를까 아는 이상, 또 그 매개체가 민물고기이고 그것을 날로 먹는데서 생기는 병인 이상 당분간은 꺼림칙함이 남아 있는 것이었다. 그럴 경우 토종 사투리로 '꾀꼬롬하다'라고 했다. 무언가 석연치 못함을 표현하는 말이었다. 안 먹는 아이들은 디스토마를 알아서가 아니라 먹어서는 안 되는 그런 것을 뭐 굳이 먹을 것까지 있느냐 하는 그런 정도였다.

우리들이 학교에서 배운 것을 마을과 가정에서 써 먹기 시작한 것이 디스토마라는 기생충이 민물고기를 중간 숙주로 하고 있다는 것을 상기하면서 함부로 날로 먹어서는 안 된다는 것을 말하는 것이었다. 그러나 날 생선을 함부로 먹지 않는 것은 바다고기도 마찬가지로 이미 생활화 되어 있었다.

그렇게 많았던 미꾸라지, 논고동, 메뚜기 등도 일 년에 한두 번 잡아서는 별미로 반찬을 해 먹는 정도로 여겼고 송사리나 메기 등의 물고기는 먹는 것으로 아예 생각지도 않았다. 그 뒤에 알고 보니까 넓은 세상 사람들은 바위 사이에 있는 물고기도 잡아먹고 뱀, 개구리까지, 심지어 도랑의 연약하고 작은 갈색 개구리까지 잡아서 구워먹었던 사실을 알게 되었다. 우리들의 송사리의 몬도가네는 다른 지역 사람들 음식의 몬도가네에 비하면 몬도가네 축에도 끼지 못할 만큼 평범한 것이었음을 알게 되었다. 부패한 인육을 뜯어먹은 물고기에 과연 디스토마 충이 많았을까는 지금도 궁금한 것 중의 하나이다.

촌충, 요충 이야기

기생충 박멸 협회의 간판이 내려지기까지는 국가나 담당자들의 노력도 대단했지만 사회적 환경의 변화가 더 큰 역할을 했다고 할 수 있을 것이다. 특히 농업 분야나 우리들의 먹거리 중 채소류 생산하는 과정이 획기적으로 변화된 덕분이라고 할 수 있을 것이다. 수천 년 이어내려오던 인분을 거름으로 쓰는 일이 없어진 것이다. 농촌의 향기라고 했던 인분 거름 냄새가 나지 않는 것만큼 우리 국민들의 몸속도 깨끗해졌다는 것을 의미하는 것일 것이다.

기생충 검사는 학교 입장에서 볼 때는 우리 당대의 숙명 같은 것이었다. 해마다 연례행사처럼 나누어주는 채변 봉투는 아이들 입장에서는 질겁할 만큼 귀찮은 일이었다.

양변기가 되고 수세식 화장실이 된 환경에서도 채변봉투는 여전히 지급되니까 채변을 위해서 별도로 작업을 벌여야 할 번거로움을 당국은 알바 아니었다. 이미 아이들의 90%는 기생충이 없어지고 간혹 있는 아이들을 위해서 하는 검사지만 모든 아이들에게 채변 봉투를 나눠주고 채변을 해 오라고 하니까 아이들은 질색할 수밖에 없었고 그 대신 아이들은 새로운 아이디어를 내어서 편한 방법으로 채변하는 것이었다. 동네 길거리 한쪽에 있는 개똥을 채변 봉투에 담아 갔다는 것이었다. 결과가 어떻게 나왔을까? 변에 촌충의 알이 수두룩이 있다는 것이었다. 개인도, 학교도, 기생충 당국도 놀라고 당혹하지 않을 수 없었다.

촌충이란 어떤 기생충인가? 이름 그대로 마디 촌자, 마디가 있는 기생충이다. 그것은 옛날의 영사기로 돌리는 영화 필름 같다고 하면 될 것 같다. 폭이 0.5cm쯤 되는 네모 안에 활동사진의 그림 대신 촌충의 알이 한 개씩 있는 것이라고 보면 될 것 같다.

촌충은 그렇게 마디로 자라면서 한 개씩의 알을 만들고 길이가 사람의 팔 길이만큼 자라기도 한다. 그러다가 일정 길이 이상이 되면 잘라버리고 밖으로 내 보낸다. 아마 번식 창자는 대장쯤으로 알고 있다. 대장은 소화가 끝난 음식물의 찌꺼기가 쌓이는 것으로 여기에 번식하는 촌충 자체로 몸에 이상이 오거나 하지는 않았던 것 같다. 그러나 몸이 쇠약해지는 데는 역할을 하였을 것이다.

우리가 원시로 살던 시골의 야외에서 본 동네사람의 어느 누군지는 몰라도 그 변에서 촌충의 뭉치가 꿈틀거리는 것을 직접 목격한 바 있었다. 가만히 있으면 생물 같지 않고 무슨 기다란 딱딱한 물체가 뭉쳐 있는 느낌이니까 혐오감은 이루 말할 수 없었다. 특별한 경우를 제외하고는 마디를 한 개씩 끊어서 내보내기 때문에 갯지렁이 같이 길고 딱딱하고 검은 필름 같은 촌충을 목격하기란 쉽지 않은 것이다. 별도의 약은 필요 없고 회충약으로 구제가 가능한 것으로 알고 있었다. 어떻든 그런 괴물이 우리 몸 안 어딘가에 있다고 가정하면 사람들은 아마 우주괴물의 숙주가 된 기분일 것이다. 촌충은 그런 기생충이었다.

요충은 지금도 우리나라 사람들의 몸 안에서 창궐하고 있는 기생충이다. 해마다 한 번씩 기생충 약을 복용하라고 의사들은 말하고 보통 사람들도 다들 그렇게 하고 있는데 바로 요충의 구제약이라고 보면 될 것 같다. 이놈들이 많으면 대놓고 항문으로 기어 나온다. 항문 입구를 간질인다. 그러면 요충의 짓으로 보면 될 것 같다. 물론 약도 처방을 해야겠지.

요충은 크기가 쌀알보다도 작고 대장이 끝나고 변이 모이는 항문에서 서식하는 기생충으로 몸의 영양이나 건강과는 별 상관이 덜한 것 같다. 그러나 신사나 숙녀, 양반, 마님의 체면이 말이 아니다. 건강한 시민의 체내에는 어떤 기생충도 번식해서는 안 되는 것이다.

무지의 민간요법

우리가 성인이 된 것은 태어나서부터 눈에 보이지는 않으나 수많은 마귀들과 싸워 이긴 혁혁한 공훈의 징표다. 거기에는 부모를 위시한 가족들의 정성도 있었을 것이렷다. 마귀라고 하는 것은 끊임없이 덤벼드는 우리 몸을 병들게 하는 세균이나 병원균을 일컫는다.

아이가 태어나서 다 자라기까지는 각종 질병의 병원체와 싸워 이겨 몸에 항체가 생겨야만 무사히 살아남는 형국이었다. 질병의 종류도 많고 성장의 정도에 따라 항체가 순서대로 생기므로 부모들은 아이가 다 자라 성인이 될 때까지는 항시 마음을 놓을 수가 없었던 것이다. 아이가 병에 걸려 앓고 있어도 부모로서 아이에게 해 줄 것이 아무것도 없었다. 그렇다고 지켜보고 있을 수만 없으니까 여러 가지 수단과 방안을 모색하고 시도해 보는 것이었다.

그래서 나온 것이 민간약이고 민간요법이긴 하지만 대체로는 우선 마귀가 씌어서 그렇다고 생각하고 굳이 무당을 부르지 않더라도 마귀를 쫓는 여러 가지 방법을 강구하였던 것이다. 방금 떠 온 정화수로 깨끗이 닦고 씻고 하는 것과 연기를 피우고 불로서 소제를 올리고 식초를 뿌리고 하는 것은 알고 보면 모두가 세균의 번식을 억제하기 위한 좋은 방법에 속한다고 볼 수 있었다. 부엌 칼을 들고 하는 행위들은 일종의 주술로 눈에 보이지는 않으나 분명히 있는 악귀를 쫓는 순 미신적인 요소도 많이 가미되고 있었던 것이다.

우리 몸에 면역체를 가지지 않은 각종 세균들을 귀신으로 보았을 때 우리 주변에는 귀신도 많고 그러므로 몸가짐도 잘 하고 바르게 해야 하는 당위성이 부여되었던 것이다.

어려운 그 시절에 아이들 옷을 내려 입을 때 형제들 옷은 그대로 입지만 인척이나 이웃이나 남의 옷을 갖다 입을 때는 까다로운 절차가 있었다. 요새 같으면 빨래를 곱게 해서 입으면 될 것을 변소 간 천정에 매달아 하룻밤 재운 후에 입었던 것이다. 지금 생각하면 암모니아로 헌옷을 소독하는 절차인데 그때는 반드시 밟아야 하는 필수적인 과정으로 봤던 것이다. 그렇게 하지 않으면 반드시 탈이 나는 것이었다. 우리 집에 있는 병원균은 우리 몸에 항체가 생겨 그대로 현상 유지해 갈 수 있으나 새로 들어온 병균에 대한 면역은 알 수가 없으므로 그 불안을 해소하기 위해서 그런 절차나 방법이 필수불가결 했던 것이었다.

병원체가 아닌 몸의 상처로 똥술도 먹었고 똥팩도 해 보았다. 무지의 소산이라고 지금은 우습게 생각하지만 그때의 어머니 입장은 어린 자식을 치료하고 간호하는 최선의 방법이었었다. 지붕에서 떨어지는 짚동에 치어서 숨이 막히는 변을 당했을 때의 민간 치료법으로 노란 애기 똥을 넣은 막걸리 술을 담아서 그것을 먹으라고 해서 먹은 일이 있었다. 다섯 살 때의 일로 알고 있다. 숭악한 똥내가 나는 것을 억지로 마신 기억이 남아 있다. 우리가 아버지에 대한 추억이나 기억을 그것으로 대신하는 대표적인 것이다. 그날 그 지붕에는 아버지가 일을 하고 있었기 때문이었다. 다음은 마당가 감나무에 지게를 짚고 매달리다가 지게가 넘어지면서 뒤쪽으로 해서 팔을 마당에 짚었었는데 그대로 팔의 관절이 이골이 나서 어쩔 줄 몰랐는데 이골 난 팔을 찬물에 넣고 주무르니까 뚝하고 제자리에 들어가서 제대로는 되었지만 그 후유증으로 팔이 퉁퉁 부어올라서 그 치료법으로 똥을 헝겊에 싸서 팔을 감싼 일이 있었다. 감고 있으니까 냄새는 덜 났지만 고개를 바로 하기가 힘들만큼 냄새가 안 날 리 없는 것이 기정 사실 아닌가.

우리들의 유소년 시절은 '아시아 아시아'의 동남아시아 풍경과 너무나 흡사하고 우리 부모 세대들은 그렇게 무모하고 무지하게 인륜만 열심히 지키면서 열심히 살았었다.

황토벽 핥기

　우리들의 빈약한 초가삼간은 오늘날 입장에서 보면 아주 훌륭한 황토방인 셈이었다. 모르긴 해도 당시의 사람들이나 우리 조상들은 황토로서 벽을 마감함으로써 그것이 거주하는 사람들의 건강과 관련이 깊다는 것을 별로 잘 인식하고 있지 않았을 것이다. 단지 색깔이 곱다는 것과 방 벽의 마감은 항상 그렇게 하더라는 전통적 방식 때문이었을 것이다.

　황토벽이 그렇게 좋은 줄 알았다면 굳이 힘들게 초배지를 바르고 벽지를 바르는 번거로운 수고를 할 리가 없었을 것이기 때문이었다. 방이라면 당연히 도배를 해야 하고 도배를 해야 아늑하고 겨울에 찬바람이 새는 것을 막을 수 있다고 믿었었다. 우리들의 초가집 방 벽은 단지 가리는 역할만 하는 것이지 방한이나 단열 같은 것은 전연 고려가 되어 있지 않았었다. 초기의 움막형 초가집은 벽을 바르지 않고 배를 내밀고 있는 경우는 있어도 벽을 흙과 돌로 쌓았기 때문에 벽이 두껍고 해서 방한, 단열, 습도 조절이 너무나 잘 되었었다. 어떤 경우든 방 안과 마루 쪽은 다 황토 마감을 했었다.

방 안은 도배를 하는 것으로 되어 있었으나 마루 쪽의 외벽은 그냥 발그레한 황토색을 그대로 두는 것이 보통이었다. 벽은 색깔이 보기 좋았으나 기둥이나 가로대는 때가 타고 연기에 그을려서 황토색과 대조를 이루었다.

황토벽 마감하는 방법은 각 지역마다 조금씩 다르겠지만 우리들의 방법은 황토와 고운 모래와 찹쌀 풀을 이용했다. 방 벽의 속은 대를 짜개 엮은 엿대가 있고 엿대를 의지해서 그 사이에 주로 논흙을 사용하는 진흙에 짚여물을 섞어서 이개 붙인다. 그러면 초벌 벽이 되고 하얗게 마른 다음에 황토벽 마감을 하니까 벽의 두께는 아주 얇은 편이었다. 흙이라는 소재니까 그나마 효용성이 있었지 단열, 방음은 아주 취약했었다.

우리들은 그 시절 황토벽의 과학적 이점은 전연 몰랐고 색깔이 곱다는 것과 등잔불이나 햇빛에 작은 모래 알갱이가 반짝거리는 것이 발그레한 황토색과 어울려 그 아름다움이 지금도 생생히 남아 있다.

그 보다도 더 특징적인 것은 벽의 냄새가 너무나 구수하다는 것이었다. 아마 찹쌀 풀 때문이었던 것 같은데 그런 생각은 못했고 기회만 되면 혓바닥을 벽에다 대고 핥는 것이었다. 어른들께 들키거나 다른 사람이 보면 기절초풍할 짓이었으나 그러나 그 시절 각 집의 아이들은 자기 집 벽을 핥는 부분이 대체로 따로 있었다. 아이들만 하는 나쁜 버릇으로 치부했으나 어른들은 말릴 수가 없었다. 대체로 그 집 큰방 문고리 있는데 쯤의 마루가 있는 쪽의 외벽이었다. 아이들이 서서 혀가 닿을 수 있는 그쯤이었다. 일정 부분은 황토의 붉은 부분이 없어져서 하얀 속살이 드러나 있는 것이 그 시절 아이들 있는 집의 어찌 못하는 습관이고 풍경이고 원시적 위생 면의 한 단편이었다. 아이들은 절대 아무 벽이나 핥지 않았다. 반드시 황토벽이었다. 그 뒤에 우리가 커서 안 일이지만 몸에 회충이 많으면 흙이 먹고 싶어진다고 했다.

어떤 아이들은 담벼락의 흙도 먹고 논흙의 고운 결이 마른 것을 똑 떼어서 사탕처럼 깨물어 먹는 것도 보았다. 금방 병들어 죽을 줄 알았었는데 아무렇지 않게 사는 것 보면 흙을 먹어도 괜찮은 것이 아닌가 싶기도 했다. 그러나 우리들은 황토벽 핥아 먹는 것 말고는 결코 따라 할 수 없었다. 누가, 언제, 본 사람이 없는데 집집마다의 문고리 옆의 황토벽에는 사람 피부 탈색의 반점 같은 아이들의 혓자국이 있었다. 황토벽에서는 어금니 사이에서 침이 고이게 하고 입맛 당기는 구수한 향기가 있었다.

Chapter 04

옛날의 금잔디

울지 마라 문풍지야

울지 마라 문풍지야 / 외롭게 살아가는 / 모자동아~로 시작하는 노래도 있었고 영화도 있었다. 문풍지 소리까지 신경 쓰면서 살아야 하는 모든 것들이 쩨쩨하고 시시하고 쪼잔하고 꾀죄죄한 것들로 이루어진 세상이라고 보면 될 것 같다. 그렇다고 세계 곳곳의 난민촌 같은 거칠고 삭막하고 무미건조하고 을씨년스런 그런 분위기나 환경은 절대 아니었다. 따스하고 온기 있고 어딘가 모르게 인정이 넘치고 사람들의 작은 마음까지 관심 갖는 그런 세상이었음에 틀림이 없었을 것으로 본다. 문풍지는 우리들의 외로움의 상징이었다.

문풍지는 문틈으로 들어오는 겨울의 찬바람을 막기 위해서 붙인 문종이이다. 그런데 이놈들이 우는 것이다. 엄동 설한풍이 밤새워 불면 밤을 새워 우는 것이다. 바람의 강약에 따라 울음의 소리가 다르고 그러면 우리들의 마음의 설움도 달라지는 것이다.

그 시절 우리들의 겨울은 방문에 바른 문종이 하나로 그 모질고 살을 에는 찬바람을 막았던 것이다. 지금의 난방이라는 개념은 없었고 바람을 막기만 하면 방바닥의 온돌과 두꺼운 솜이불로 난방을 하며 살아온 셈이 되는 것이다. 머리맡의 물그릇은 항상 얼음이 꽁꽁 어는 것이 우리들의 겨울나기였다. 새벽이 되면 그렇게 따스하던 온돌도 식어 냉골이 되면 이불을 감싸고 몸을 웅크리며 날 새기를 기다리는 것이었다. 어머니가 아침밥을 짓기 위해서 아궁이에 불을 지피고 그 불 부스러기를 화로에 담아 와야 우리들은 자리에서 일어나고 이불을 개고 화롯가에 모여서 손을 녹이면서 조반이 들어오기를 기다리는 것이었다. 아침에 일어나 바깥에 나가는 것은 상상할 수가 없었다. 어머니는 그 추위를 뚫고 용감하게 밥 짓기 위해서 문밖을 나서는 것을 보면 정말 우리들의 영웅이었고 그래도 손발 시리고 추운데 어떻게 나갈 수 있을까 싶었다. 우리들의 겨울은 정말 혹독했었고 어머니라는 깃털에 몸을 감추고 얼굴만 내어놓은 남극의 펭귄 새끼 같았다. 별로 잘못한 것도 없으면서 미움만 받는 미운 오리새끼라고 생각하는 때도 많았다. 알지 못하는 슬픔이 깔려 있었던 것 같다.

초가삼간과 싸리 울타리, 사립문, 축담, 댓돌, 여닫이 교살문, 등잔불, 문턱과 문설주, 가장 작은 문풍지가 가장 우리들의 심금을 울렸던 것 같다. '바늘구멍에 황소바람 들어온다.' 라는 말을 실감나게 하는 것은 문풍지를 바르지 않았을 때의 방안의 찬바람이 스칠 때일 것이다. 문풍지의 떨림은 그 찬바람을 막기 위해서 몸으로 부대끼면서 내는 깊은 한숨인지 모른다. 문풍지 소리는 그 시대 아리고 시린 세상을 사는 우리들의 설운 울음이었는지 모른다.

문풍지 소리는 새벽의 찬기를 맞듯이 세상의 역경을 이겨내고 있는 어머니의 눈물이었는지 모른다. 시대적으로도 전쟁이 끝난 지 얼마 안 된 때였으므로 전쟁의 상처를 아물기 위해서 문풍지 소리를 자장가로 여기고 잠든 사람들도 많았으리라고 보는 것이다.

앞산 넘어가는 솔바람 소리, 전깃줄의 울림소리, 문풍지 소리, 싸리 울타리의 사각거리고 질척이는 소리는 한겨울의 산촌을 대변하는 소리였다. 여기서 달까지 휘영청 밝은 밤, 무엇이 되고 어떻게 하라고 하는지 밤 새워 문풍지는 저리도 울어 쌓고. 하염없는 겨울의 밤은 대책 없는 문풍지 소리에 귀 기울이다가 잠이 들고 또 날이 밝았다. 끝이 안 보였던 긴 겨울의 터널, 청춘의 터널은 문풍지만큼이나 떨면서 울면서 통과했던 것 같다.

여름의 아침

　사람들의 생리가 밤이 되면 잠자고 날이 새면 잠에서 깨어나 일어난다. 그런 자연의 순리가 모두가 원만한 것이 아니다. 잠이 들고 깨는 그 시간의 마디가 개인에 따라 다르고 평화롭고 안정적이지 못한 사람도 있는 것이다. 우리들의 시간을 되돌아보면 아침에 잠이 얼떨결에 깨어서는 마루로 나와 한참 앉아 있었다는 생각이 난다. 몸에 힘이 하나도 없어서였다. 자고 일어나면 누구나 다 그럴 것 같지만 알고 보면 그렇지 않은 것이 정상인 것이다.

　여름의 아침이었다. 우리들이 아침에 일어나는 것은 일을 하기 위해서였다. '일을 하지 않으면 밥도 먹지 마라.' 이것은 우리가 자랄 때는 수도사의 엄격한 계율 같은 불문율이었다. 그리고 불호령이었다. 아침밥을 먹기 위해서는 무슨 일이든지 해야 했다. 일을 하지 않으면 당장 아침밥을 먹지 말고 나가라 라는 명령과 함께 어머니의 불호령이 떨어졌다. 호통과 야유와 꾸지람은 어머니 혼자만의 것은 아니었다. 빈둥거리고 아무 일도 안 한다면 온 동네 어른들이 곳곳에서 부닥치는 대로 꾸지람을 하는 것이었다. '게으른 놈은 집안 망쳐 먹는다' 는 것이 그 당시 그곳 사회의 트렌드였다. 즉 집성촌인 우리 집안의 사회적 분위기였다.

그리고 어른들은 어느 집 아이든 간에 잘못하는 일이 있거나 본인들 마음에 안 들면 언제, 어디서나 꾸지람 할 수 있는 권리가 있었고 어떤 면에서는 의무였었다.

마루에 쭈그리고 앉거나 걸터앉아 있으면 정신이 돌아온다. 어떤 때는 때가 꼬깃꼬깃 낀 가운데 기둥에 기대어 있기도 하는 것이다. 그 기둥은 아버지가 제금 나면서 지은 새 집의 기둥으로 한때는 깨끗하고 하얀 것이 보기 좋았을 것이다. 그러면 니스 칠을 하던지 페인트칠을 하던지 해서 보호 보존을 위한 무슨 수단을 강구해야 하는데 당시의 살림살이들이 어디 조금의 기본 이외의 것은 생각도 안 할 때이니까 그랬던 것 같고 기둥 가운데 작은 못을 박고는 우리 가족들이 공통으로 쓰는 작은 수건이 초라한 모습으로 걸려 있었다.

정신이 들면 맨 먼저 가는 것이 풋감을 담은 심시 감 옹기 항아리였다. 초복이 지나서부터는 감을 먹을 수 있다고 했다. 떫은 풋감을 물에 담가두면 떫은 것의 주성분인 탄닌이 빠져서 먹을 수 있었는데 말복이 지나고 여름이 끝나갈 무렵에는 감의 맛이 매우 좋아져서 아침에 일어나 감 건져 먹는 것이 하나의 일과처럼 되었었다.

망태기를 메거나 지게를 지고, 들에 나가서는 꼴을 베거나 풀을 베어 와야 했다. 동네 사람들이 구석구석에서 꼬물거리면서 일 하는 것이 당시 여름나절의 아침 풍경이었다. 노인들이나 어른들은 풀을 **빳빳**이 먹여 잘 다린 삼베옷이나 모시옷을 입고 잘 엮은 짚 망태기를 어깨에 걸치고 낮 한 자루 들고 이곳저곳 다니는 것이 하나의 멋이기도 했다. 보통 사람들은 누구나 다 하는 것인데도 아버지가 없어서 그랬는지는 몰라도 딴에는 그런 멋진 모습을 연출하지 못해서 그랬겠지만 그 짚 망태기에 대한 아쉬움이 상당히 많이 있었음을 상기해 둔다. 여름 아침의 우리들의 주 임무는 소에 관한 것이었다. 소여물이 되는 풀과 소 마구간에 까는 풀을 베어 오는 일이었다. 이런 일들을 어릴 때는 집안의 보조로서 또는 장래 어른이 되었을 때를 생각해서 예비적으로 하는 것이었는데 우리 집은 아버지가 없다 보니까 우리 어린 아이들이 하는 일이 주 업무가 되어버린 셈이 되었다.

눈뜨자 비몽사몽으로 나와서 걸터앉았던 그 물때로 반들거렸던 마루가, 그 집이, 그 마당이, 그 감나무가, 습기로 축 늘어진 그 여름의 아침이 아름다운 풍경이 되어 다가온다.

울 밑에선 봉선화야

울 밑에선 봉선화야 / 네 모양이 처량하다. / 길고 긴 날 여름날에 / 아름답게 꽃필 적에 / 어여쁘신 아가씨들 / 너를 반겨 놀았도다.

학교에서나 오르간, 피아노 배우는 사람들이 맨 먼저 배우는 노래가 '학교 종이 땡땡땡' 이라면 기타 치는 사람들이 가장 먼저 배우는 노래의 가락이 '울 밑에선 봉선화' 였다. 그것보다도 어릴 적 우리 정서를 지배하던 가락이 민요를 빼고는 '울 밑에선 봉선화' 였다. 사실 '울 밑에선 봉선화' 는 일제 강점기시대를 거쳐 오면서 거의 민요화 되다시피 했다. 구한말 기에 생긴 민요로 '새야 새야 파랑새야' 를 이었던 가장 마지막 민요인지 모르는 일이다. '새야 새야 파랑새야' 까지는 분명히 우리 민요조 가락인데 비하면 '울 밑에선 봉선화' 는 서양 가락으로서 슬픈 곡조를 표하는 단조임에 틀림없으렷다.

새야 새야 파랑새야 / 녹두밭에 앉지 마라 / 녹두꽃이 떨어지면 / 청
포장수 울고 간다.

동학 혁명의 선봉장인 녹두 장군 전봉준과 중국의 청나라 군사
의 지원과의 묘한 관계를 일본군이 우리 관군과 연합하여 동학 농
민군을 소탕했을 때의 허탈한 심경을 노래한 것이라고 한다.

파랑새는 청나라 군사를 말하고 녹두는 전봉준을, 청포는 녹두
로 만든 묵이라니까 그 시대의 어지러운 난세와 흉흉한 민심을 은
유적이고 해학적으로 표현된 노래임을 알 수 있다.

'울 밑에선 봉선화'는 일본을 통하여 서양 음악이 들어오면서
전봉준을 봉선화에 비유하여 정식 작곡된 노래였음을 유추해 본
다. 또한 식민지시대를 통하여 우리 민족의 집집마다 장독대의 울
타리 밑에 있는 우리 민족의 꽃이나 다름없는 봉선화를 우리 국민
에 비견하여 불리어졌던 노래였을 것이다.

나라를 잃은 우리 민족의 한과 우울한 심정과 어울려 민족의 정
서를 거의 대변하는 노래가 된 것임을 짐작해 볼 수 있다. 처음에
는 동학군을 상징했으나 일제 지배 시대를 지내오면서 우리 민족
으로 바뀐 것일 것이다.

아무튼 우리 시대에는 '새야 새야 파랑새야'보다는 '울 밑에선
봉선화'가 더 우리의 감성과 부합되고 있었다. 그것은 순 우리 민
요, 우리 가락보다는 서양음악의 사조가 우리의 내면까지 깊숙이
박히게 되었음을 뜻한다. 우리가 어릴 때를 생각해 보면 백의민족
이었다는 것과 사람들의 감정은 슬픔과 우울로 가득 차 있었음을

알 수 있다. 민요도 대중가요도 애국가도 모두가 슬픈 노래였고 부르는 노래들도 다 슬픈 곡들이었다. 즐겁게 모여서 놀다가도 마지막 헤어질 때는 눈물로서 이별을 아쉬워하는 경우도 많았다. 혼자 있을 때도 봉선화 노래를 부르면서 괜히 눈물짓는 그런 사람들도 많았다. 이유 없이 슬픈 것, 또 슬퍼야 하는 것, 그런 것들이 사람들의 감정을 지배하고 있었다. 은근과 끈기에다가 한과 슬픔이 버무려진 감정이 과거의 우리들과 선조들과 우리 민족감정이었음을 주장도 해 보는 것이다.

봉선화는 봉숭아꽃을 말한다. 옛날에는 집집마다 장독대가 있고 장독대 주변에 울타리가 쳐졌다. 울타리 밑에는 어느 집이나 봉숭아가 있었다. 마당가에도 울타리가 있었고 울타리를 따라 봉숭아꽃이 있는 경우가 많았다. 한 번 심으면 다음 해부터는 저절로 씨가 터져 스스로 생명을 끈질기게 이어나간다. 그리고는 봉숭아의 향기나 물이 뱀과는 상극이기 때문에 더군다나 장독대에는 봉숭아가 꼭 있어야 되는 것으로 손톱에 물도 들이지만 민족의 꽃으로 자리 잡게 되었다는 것이다. 나라 잃은 마음을 집안이나 장독대로 들어온 뱀을 지키지 못한 봉숭아꽃에 비유하여 노래한 것이 '울 밑에선 봉선화'였을 것이다.

절망의 시대

우리 아이들이야 학교 가면 선생님 말 잘 듣고 집에 오면 부모 말 잘 들으며 밖에서는 어른들께 인사 잘하고 말 잘 듣고 부지런하면 훌륭한 어린이였다. 어린이날이라는 것도 없었고 어른들 위주고 연장자인 노인들이 절대 대접 받는 시대였다. 우리 아이들이야 배 안 고프게 자라면 제일 잘 크는 환경이었다. 물론 부모나 인척에게 사랑받고 귀염 받는 아이들도 많았지만 우리들이야 지붕 위의 닭 쳐다보는 개꼴이었다.

우리가 부닥친 환경을 우리가 어떻게 못하니까 그 안에서 적응하며 사는 것이 인간의 본성이 아닌가. 동네도 그렇고 학교도 마찬가지로 외지 사람들한테 많은 혀 차는 꼴을 당했다. 사람 사는 모습이나 해 있는 몰골이나 한심하고 처량하게 보는 사람들도 많았다. 우리들은 아무렇지 않은데 그 사람들 눈에는 더 나은 환경을 보고 느낀 사람들이니까 비교되고 대조되는 면이 많았겠지. 대놓고 남의 흠집 잡고 자기 자랑을 하고 자기 잘난 체 하는 시대였으니까 우리야 바깥세상 본 것도 없고 들은 것도 없으니까 우리들의 세상에서 닥치는 대로 그 나름의 환경에 적응해서 최선을 다하며 사는 것이었다. 그야말로 절망의 시대였다. 절망의 시대를 지나오면서 기억의 잔상으로 남은 두 가지 사례를 들려 한다. 집에서의 것과 학교에서의 일이다.

초등학교 3학년 때까지 손등과 발등이 새까맣던 기억이다. 까마귀가 '할배 할배' 하면서 따라 다닐 거라 했다. 여름에도 그랬을 터이지만 겨울은 거의 감당하지 못했다. 손발이 까매지는 것을. 학교에 갈 때는 분명히 세수는 했다. 어머니가 물을 끓여 주면 세수는 하는데 눈곱과 잘 때에 입가에 침 흘렸던 자국 지우는 정도였다. 물 묻은 손을 목에 한두 번 휘두르는 것도 스스로는 안하니까 목도 까말 수밖에 없었고 그것도 세수를 안 하는 아이들이 많았다. 그러면 그 아이들은 잘 때 입가에서 볼로 흐른 침 자국이 하얗게 지렁이 기어 지나간 자국 같이 있었다. 겨울이 되면 기침도 많이 했고 왜 그렇게 콧물도 많이 흘렸던지.

손수건은 상상도 못하는 환경이었으니까 그 콧물을 오른팔 옷소매로 닦았다. 표준어로는 훔친다고 하는 건데 힐끔 힐끔 훔쳤다. 결과는 옷소매 앞쪽이 콧물로 층이 져서 번들 번들거렸다. 목에 감고 다녔던 하얀 명주 수건으로 닦는 것은 상상하지도 못했다. 옷을 기워 입고 다니는 아이들도 흔했으니까 흥부 자식으로 위안을 삼았다. 그래도 착했단 말이지. 그런 아이들이 창문도 없는 맨바닥 교실에 모여 있는 장면을 상상해 보라. 완전 거지들이었다. 더러워서 상종하기도 싫은 거지 아이들이었다.

옷 색깔도 검은 옷이었는데 열을 흡수해서 조금이나마 따스하게 하기 위한 생각에서가 아니고 때 덜 타라고 그랬다는 사실도 상기할 만하지 않은가. 검은 손등이 터서 갈라지고 피가 나고 손가시랭이는 줄줄이 일어나고.

우리들의 어린 날 생각하면 정말 가소롭다. 하도 기가 죽어 있는 아이들 모습이 안타까웠던지 4학년 때 새로 전근 오신 정년이 가까운 하 씨 성의 교장선생님은 우리들에게 용기와 희망을 줄려고 힘쓴 사례가 두 번째 이야기다.

아이들을 큰 목소리로 시원시원하게 반갑게 맞이하면서 한 손을 번쩍 들기도 하면서 "나날이 학교가 좋아지고 있고 또 좋아질 테니까 너희들도 희망을 가지고 즐겁게 살아라"였다. 다른 사람들은 대부분 우리들의 환경이나 처지를 자기와 연계해서 비관적이고 냉소적이었다는 것이다. 나날이 학교가 아이들 덕분에 좋아지고 있다고 칭찬하면서 용기와 희망을 주기 시작했다는 사실을 강조하고자 하는 것이다. 그러면서 본격적으로 교육청을 자주 찾아가서 학교 발전의 시동을 걸기 시작했다는 것. 자기 비하와 학대와 비관적이고 무기력한 것이 우리들의 성장 환경이었다.

호리꾼 이야기

우리들의 옛동산에서 낯설고 생경한 느낌의 말들이 있었는데
6·25때 '홀치기' 라든지 '세무서에서 술 치러 온다.' 라든지 '네다
바이' 라든지 하는 말들과 함께 '호리꾼' 이라는 것이 있었다. 그
중에서 가장 일상과 거리가 먼 말이 '호리꾼' 인 것 같다.

호리꾼은 유적지나 옛 무덤에서 유물을 훔치거나 몰래 파내는
사람을 말하는 것으로 일종의 속어나 은어로 결코 일상적인 생활
용어는 아닌 것이다. 아무 것도 없다고 생각한 우리 동네까지 마
수를 뻗혀 심오한 통찰력으로 땅 속에서 접시나 그릇 같은 유물을
파 갔다고 했다.

그 사람들이 지나가고 나서 '호리꾼' 이라는 말도 알게 되었는
데 문제는 그 사람들이 정말 귀신같은 사람들이라는 것이다. 우리
가 수없이 지나다니고 풀 베고 나무하던 그곳이 그 사람들 눈에는
아주 오래된 옛 사람들의 무덤으로 보였다는 사실 말이다. 그것도
조선시대 이전 고려시대 고려장이라는 것이 있었다니까 적어도

고려시대 이전의 무덤 터로서 족히 천년은 된 무덤 터였다는 것을 어떻게 아느냐는 것이다. 그곳은 앞으로 없어질 지명, 우리 동네 사람들만 불렀던 큰대골과 작은대골이 만나는 양지바른 비스듬한 언덕으로서 황토 땅이었고 작은 솔갱이가 듬성듬성 있었고 풀이 잘 자라지 못했다. 곳곳에 묵직묵직한 돌들이 흩어져 있었고 그 돌들은 대부분 겉이 검었다. 그 검다는 것이 성곽의 돌처럼 인간의 손길이 스쳤다는 것을 의미하는지도 모를 일이었다. 민둥산 시절이니까 산의 속살이 훤히 드러난 상태에서 호리꾼들의 기묘한 탐색의 눈에는 지형지물이 확연할 수밖에 없었을 것이다.

호리꾼들의 손에는 항상 긴 쇠꼬챙이가 들려 있었다. 끝이 송곳처럼 뾰족하고 길이가 사람 두 팔을 벌린 한 발쯤 되고 손잡이 쪽은 손바닥으로 힘쓰기 좋게 둥글게 되어 있었다.

그 사람들은 그 꼬챙이로 그들의 경험에 비추어 확신이 가는 곳을 찌른다는 것이다. 그러면 그 쇠끝에서 오는 반응으로 땅속의 유물을 확인하고 파낸다는 것이었다. 생전에 그 사람이 쓰던 부장품을 같이 묻어주던 시기는 고려시대 이전으로서 거의 선사시대에 해당되는 만큼 그만큼 고대의 인간의 삶의 흔적을 발견한다는 면에서는 상당히 유익한 일인지도 모를 일이었다. 단 호리꾼들이 호리꾼이라는 이름을 떼고 양지에서 일할 때에 한해서이다.

그렇게 그들이 이외의 일로서 무성한 소문만 남기고 떠나갔으면 쉽게 잊었을 것을 그들은 꼭 흔적을 남기고 다녔다. 땅을 찔러 탐색하는 긴 쇠꼬챙이를 동네사람 누구에게 기념으로 주고 갔다는 것이었다. 그것은 우리 동네사람들에게 전시되었다. 그 물건은 동네 사람들이 살아가는 데는 어디에도 쓰일 그런 물건이 아니었다. 그러나 살다보면 물건이 있으면 필요가 생기는 법. 호리꾼의 쇠꼬챙이가 요긴하게 쓰인 일이 생겼다.

어느 해 겨울, 그 호리꾼들이 유물을 파간 그곳 아래로 급경사였고 면적이 일 정보쯤 되는 작은 소류지가 있었다. 못에 얼음이 꽝꽝 얼었었다. 외곽 얕은 곳으로 큰 잉어들이 얼음 밑에 주둥이를 박고 일광욕을 하고 있었다. 그놈들을 잡기 위해서 얼음을 깨면 쉽게 도망갔다. 그 잉어를 잡기 위한 도구는 우리 동네에는 없었다. 그래서 생각해낸 것이 그 호리꾼의 쇠꼬챙이였다. 그 사람의 별명은 작대기였다. 전쟁 때 홀치기로 잡혀가 다리를 다쳐 약간 한 쪽 다리를 뻣뻣하게 걸었기 때문에 붙여진 별명이었다. 작대기가 쇠꼬챙이를 가져와 사정없이 내리꽂으니 잉어가 꽂혔다. 얼음을 깨고 잉어를 꺼냈다.

호리꾼이 남긴 유물이 요긴하게 생활도구로 쓰였다.

봄날의 뒷동산

음력 설, 보름이 지나면 남녘은 완연한 봄으로 접어든다. 볕살은 나날이 두터워지고 따스한 햇볕의 살에 취했는지 몸은 갈수록 나른해지고 노곤해진다. 따스한 햇살이 모인 듯한 양지 바른 곳에 지게를 기대노라면 저절로 잠이 든다. 나른해지고 잠이 오고 배고픈 것까지 해서 사람들은 '봄을 탄다' 라고들 하기도 했다. 이상하리만치 지게에 기대어 누우면 잠이 스르르 잘 왔다. 그리고는 부질없는 꿈을 꾸기도 했다. 봄날의 개꿈이라고들 하기도 했다.

'남가일몽' 이 유명한 고사성어가 될 수밖에 없는 사례를 체험하면서 봄의 구렁텅이로 빠져들었다. 우리들의 봄은 인생의 사춘기 같이 해마다 보릿고개까지 홍역을 치르면서 지나갔다. 잔인한 봄의 여정은 우리 동네의 뒷동산에까지 찾아오기도 했다.

그때는 4월 학기라 봄의 시작과 함께 3월에는 입시다 졸업이다 등 봄의 생기와 함께 인생의 갈림길에서 방황과 절망과 희망과 환희와 슬픔이 교차하고 범벅이 된 감성이 봄바람을 타고 흐르는 뒤숭숭한 나날을 맞게 된다. 졸업이라는 헤어짐에서 오는 슬픔보다는 상급학교에 진학하고 안 하고에서 인생의 갈림길을 예단하고 더 봄날의 깊은 수렁으로 빠지는 부류가 있기 마련이었다. 학교에서 공부 잘 한다고 인정받아 우등상을 받는 아이들 중에서 상급학교에 진학하지 못하는 가정형편에 처한 아이들의 절망과 방황이었다. 해마다 어쩔 수 없이 맞이하는 잔인한 봄의 홍역과 몸살이었다. 그런 것은 초중고 다 있었을 것이렷다.

우리 동네는 진주라는 도시와 남으로 산 등줄기를 타고 연결되어 있었다. 해마다 봄철이 되면 인생의 봄과 계절의 봄에서 부닥치는 환희와 흥분과 축복을 감당하지 못해 깊은 내면의 세계로 빠지는 학생들이 있었다. 그런 학생들이 산 등태배기를 타고 우리 동네 뒷산에까지 오는 것이다. 그런 젊은이들은 노래도 부르고 혼자서 무어라 중얼거리면서 산을 타고 다녔다. 우리 동네 뒷동산의 봄 손님이었고 전령이었다. 우리 동네 뒷동산의 잔인한 봄맞이였다. 그런 사람들이 헛노래, 헛소리를 하고 다니는 것을 볼라치면 동네 사람들은 "봄은 정녕 봄이구만. 작년에 갔던 각설이가 다시 돌아온 것을 보면." 하곤 했었다.

봄을 타고 봄의 몸살과 봄의 허기는 사람들만의 것이 아니었다. 개도 그랬다. 봄철이 되면 꼬리와 털을 축 늘어뜨리고 게슴츠레한 눈으로 하염없이 종종걸음으로 걷는 것인지 달리는 것인지 하는 개가 꼭 있었다. 누구 개인지 어디서 왔는지 모르는 개들이었다. 광견이었다. 광견병에 대한 주의보가 해마다 봄철이 되면 발령되곤 했었다.

만물이 소생하고 생기가 돋아나는 화려한 날의 봄날에 우리들은 자꾸 처지고 내려앉고 가라앉기만 했던 것 같다. 나날이 강해지는 햇볕의 정령에 우리 몸의 무언가 부족한 영양소 때문에 순응하지 못하는 면도 있었으리라.

T·S 엘리엇이라는 시인은 사월을 '잔인한 달'이라 했다. 사월은 봄의 절정기로 강력한 생명성의 용틀임을 노래한 것이지만 우리들은 그 이전에 잔인한 사월까지는 몰라도 잔인한 봄의 후유증은 꼭 앓고 지나갔다는 것을 주장하고 싶은 것이다. 그렇게 봄날의 뒷동산은 우리 시대에 아픔과 고뇌에 찬 사람들의 징후를 엿볼 수 있는 곳으로 바로미터 역할을 했다는 것이 참으로 신기함으로 남아 있는 것이다.

후일담으로 60년대 후반 경제개발계획에 맞춰 이 지역 출신 재벌 회사에서 이 지역 중등 이상의 학력 소지자에게는 모조리 데려가 일자리를 주었다는 소문이 있었다. 뒷동산에서 보는 봄의 잔인성은 가난했던 우리 시대의 우리의 것으로만 영영 남았다.

땔감 전쟁

  시골 집성촌에서는 너무 가까운 인척이라고 해서, 현대 대도시에서는 너무 소원한 관계라고 해서 이웃끼리 경쟁 안하고 사는 것은 아니다. 인간사회에서 경쟁은 발전의 한 모티브가 될 수가 있다고도 하지만 별별 것을 다 경쟁하고 시샘한다. 우리들 시대에서 땔감에 대한 집착과 경쟁이 있다. 지금 시대에서 보면 거대한 국가끼리의 에너지 전쟁과 같은 것이다. 겨우살이 준비 중에 제일이 땔감 준비였었다.

  세상이 바뀐 것이 많이 있지만 천지가 개벽할 만큼 달라진 현상 중의 하나가 우리나라 방방곡곡에 초목이 지천으로 깔려 있고 무성한 것이다. 초목이 무성하다는 것은 그만큼 땔감이 풍부하다는 뜻이고 땔감은 에너지이니까 에너지가 그만큼 여유롭다는 말이 된다. 그만큼 겨울준비의 제일인 에너지가 지천으로 무성하고 항상 창고에 쌓인 것처럼 대기상태가 된 것 같고 그만큼 생활이 풍요롭다는 말이 된다. 지천에 널린 에너지를 생활에 이용하라고 해도 사람들은 경제성이 없다고 그 옛날에 우리가 황금같이 여기던 것을 거들떠보지도 않는 형국이다.

땔감 준비라고 해서 거창한 뭐 그런 것이 아니었다. 풀을 베다 말려서 차곡차곡 쌓아 비에 젖지 않게 해 두는 것이었다. 요새 와서 예초기로 풀을 잡다보면 일 년에 세 번 내지 네 번은 베어야 풀의 위세를 간신히 꺾을 수 있다. 그만큼 풀이 잘 자란다는 말이 되고 그래서 일 년 내내 온 동네 사람들이 매일 풀지게를 지고, 들로 산으로 나가서 목초를 베어와도 지탱하면서 살아왔던 것 같다. 그 대신 산에 숲이 찰 여유가 없어서 전국이 민둥 벌거숭이산이 되는 것은 명약관화한 것이었으리라. 그렇게 봄, 여름, 풀을 베었는데도 초가을이 되면 온 산은 풀꽃으로 가득 찼다. 그 풀꽃이 억새였다.

억새에는 두 가지가 있다. 미들몽치와 새빗대이다. 삭풍에 억삭거리고 억센 것은 새빗대이고 미들몽치는 잎대는 짧으면서 꽃대가 길게 빠지기 때문에 억새꽃의 진풍경은 미들몽치에서 느꼈던 것 같다. 민둥산 시절의 억새꽃의 장관을 우리는 지게 진 나무꾼이 바라본 풍경으로 일생을 지내고 있는 것이다.

산바람을 타고 흐르는 억새꽃의 아름다움은 지금은 없고 억새 무더기 사이에 인간들이 얼굴을 내밀고 있는 꼴이다. 그 외에도 모든 들풀들은 겨울에 대비해서 꽃과 열매로서 준비하는 것이다.

산풀들의 마지막 풍요와 성찬을 우리들은 이웃과 경쟁하여 베어 와서는 산비탈에 늘어 말렸다. 늦여름에서 가을 수확기 사이에 짧은 기간의 틈새를 최대한 이용해야 하는 것이다. 우리는 그런 곳을 뒷동산이라고 했다. 동네 울타리 되는 정도로 대나무 숲이나 큰 나무 그루터기가 있고 그 다음부터는 그냥 맹탕인 산이다. 그 맹탕인 뒷동산에 패랭이꽃이 쫙 깔린 비탈도 있었다. 그 곳은 땔감 풀을 베어다 말린 곳이기도 하지만 패랭이꽃 풀잎의 싱그러움과 진분홍 꽃잎의 아름다운 색상이 아련히 남아 있다. 지금은 해마다 카네이션 꽃이 봄을 대신하는 꽃처럼 우리 앞에 다가오지만 카네이션을 볼 적마다 늦여름의 뒷동산 패랭이꽃 동산이 대비되곤 하는 까닭은 웬일일까.

겨울에 대비하여 풀을 베어 와서 말려 땔감 준비하는 것은 무한 경쟁이었기 때문에 서로 많이 차지하려고 남모르게 부지런히 했던 기억이 한편으로 한심하기도 하다. 겨울을 대비했던 땔감이 정작 마지막에 필요했던 것은 다음 해 여름의 장마철이었다는 것을 왜 그때는 모르고 세월이 한참 지난 후에야 알게 되는 것은 또 무엇이란 말인가.

장작이요

　사람이 살아가는 가장 기본요소로 의식주라 한다. 주는 주거를 말하는 것이겠지만 거기에는 반드시 땔감이 필요하다. 동굴 속에 살았던 원시인들은 집보다는 연료가 더 절실했을 것이다. 우리 시대에 원시에서 첨단까지 우리 생활의 변천사의 기본바탕인 계단 같은 역할을 하는 것이 연료의 변천사를 보면 금방 알 것 같다.

　의도 변하고 식도 변하고 주도 변하지만 현대 문명의 변화를 주도한 것은 땔감의 변화인 것 같다. 장작에서 연탄, 유류, 가스, 전기로 인간 문명의 변화에서 보면 효율적이고 능률적인 것이 생기면 그 전 것은 송두리째 사라지기 마련인데 연료의 변화에서는 아무리 효율적인 도시가스가 있어도 또는 전기가 있어도 원시 연료인 장작이나 석탄이 연료로서 현대에도 건재하다는 것이 특징이라면 특징일 수 있겠다. 마치 차원의 문제 같다. 장작, 석탄 등의 고체 연료가 1차원의 연료라면 석유는 액체연료로 2차원, 가스는 기체연료로 3차원, 전기는 모든 차원을 아우르는 4차원의 연료라 할 수 있을 것이다. 연료 변화가 곧 시대의 변화가 되는 셈이다.

우리들의 원시시대에는 장작은 도시의 연료였고 시골에서는 장작도 없었고 곡식대나 풀을 말린 거버지를 땔감으로 사용하면서 살았다. 1950년대까지 도시의 연료로 장작, 숯, 석탄, 솔갈비 등이 있었다. 아무래도 푸성귀를 말린 거버지가 도시의 연료가 될 수는 없었다. 따지고 보니까 꼭 그런 것만도 아닌 것 같다.

1950년대의 도시는 변두리의 반 이상이 초가집이었고 마소의 달구지가 많았으니까 짚 같은 거버지도 연료로 더러 사용되었을 것 같다. 석탄은 기차가 나오면서 기차에서 쓰던 조개탄이 학교나 관공서 등의 겨울 난방용 난로용으로 도시에서 널리 사용되었던 것 같다. 그러나 일반 가정용으로는 대부분 장작을 이용했다. 그러면서 5일장을 통한 나무시장이 열렸었다.

도시 변두리의 나무시장에서는 장작도 팔았지만 주로 소나무 잎이 단풍 져서 마른 솔가리 짐이 많았다. 홍정이 성사되면 나무꾼이 그 집까지 져다주고 돈을 받아갔다. 나무꾼이 보기 좋게 뭉친 나뭇짐을 지고 치마를 팔랑거리면서 앞서가는 가정주부의 뒤를 졸졸 따라가던 모습도 정겹다면 정겨운 풍경이었다.

겨우살이 준비로 김장 김치 담그는 것도 있지만 장작 준비도 빼놓을 수 없는 중요한 것이었다. 장작은 마루 밑과 처마 밑에 쌓았다. 그렇게 쌓인 모습이 보이는 집은 넉넉한 집이고 그렇지 못한 집은 하루 벌어서 하루 먹는 가난한 집으로 다른 사람들 눈에 비치기 마련이었다. 가난한 모습은 남들에게 무시당하니까 서로 경쟁적으로 장작을 쌓는 것이 하나의 풍습화 되었었다.

평소에도 장작을 실은 차들이 주택가를 누비고 다니지만 김장철이 되면 배추 차와 함께 더 집중적으로 다녔다. "장작이요" 하면 살 사람들은 집 안에서 손짓했다. 그러면 장작은 차 위에서 담장 너머로 그 집의 마당에 던져졌다. 한꺼번에 4개씩, 차 위에서는 두 사람이 두 개씩 두 손으로 하니까 4개가 동시에 마당에 던져지고 개수는 두 사람이 운율에 맞춘 소리로 세어지는 것이었다. 주로 공휴일을 이용해서 전 가족들이 참여해서 집안의 빈 공간에 쌓으면 김장하는 일과 함께 그 집의 겨우살이 준비는 끝나고 환절기 겨울바람이 불어와도 한기를 못 느끼고 마음으로 훈훈하고 아늑한 보금자리가 되는 것이었다.

담장 위에 유리병 조각이 일렬로 꽂히고 까칠한 시멘트 모래로 마감된 외벽의 담장 위로 던져지는 마른 장작개비는 그 뒤 활활 타오르는 국가 부흥의 거센 불씨가 되었다.

눈 내린 뒤의 풍경화

눈이 내리고 쌓이고 녹는 것은 자연현상이기 때문에 그에 따른 인간의 감정은 항상 일정하리라 여겼다. 단지 인생 연륜에 따른 느낌만 다를 것이고 약간의 환경에 따른 것만 있을 것이라고 생각했다. 그런데 문화와 환경이 너무나 달라졌기 때문에 눈 내린 후의 느낌에 대한 감정도 너무나 달라졌을 것 같다. 우리가 나이 들어서만은 절대 아닌 것 같다.

또 하나 자연현상이기도 하면서 다른 것 하나는 지역적 차이에서 오는 것도 있는 것 같다. 서울을 위시한 중부지방은 눈이 오고 나면 반드시 냉혹한 한파가 엄습한다. 같은 어릴 때라도 다르지 않았겠느냐 하는 것이다. 반대로 서부 경남의 남쪽은 눈이 오고 나면 반드시 날씨가 화창하고 하늘이 유리알 같이 맑아지면서 따뜻해진다는 것이다. 눈이 많이 내릴수록 더 그렇고 그러니 눈 온 다음날은 집안에 있고 싶어도 있을 수가 없게 되어 있다.

서울은 특별한 경우를 제외하고는 눈 온 다음날의 한파는 눈 덮인 풍경을 보고 느낄 틈새를 주지 않았던 것 같다. 지금은 자동차, 건물, 나무, 기타 시설물들 때문에 경치고 풍경이고 없다.

눈 치우고 안전 운전하고 등 생활의 불편함만 가득 뇌리에 쌓인다. 물론 서울도 옛날은 달랐으리라 보지만 눈 온 다음날에 춥다는 것은 예나 지금이나 다를 바 없었을 것이고 그러니 자꾸 방안으로만 찾아들게 되니 눈 온 뒤의 풍경을 덜 보게 된다는 것을 말하는 것이다. 지금은 시골도 '산에도 들에도 장독대 위에도 흰 눈이 소복소복 쌓이네.'는 아닌 것이다. 산에도 들에도 장독대 위에도 눈은 쌓이지만 옛날 우리들의 산이 아니고 들도 아니고 또는 눈 쌓일 장독대도 없는 경우가 많은 것이다. 산은 나무나 잡초가 울창하고 들은 비닐하우스 등으로 원만하지 않고 길은 차가 다니면서 분탕질을 하니까 우리들의 머릿속에 있는 눈 온 뒤의 풍경화와 전연 다른 것이다.

산에도 들에도 지붕 위에도, 묘지 위에도 온통 하얀 은색의 세계, 등받이에 온통 눈부신 햇볕을 따스하게 받으면서 바라보는 은색의 세계, 그것은 하나의 별세계였다. 별천지였다.

연신 초가지붕 처마에서는 눈이 녹아 낙수가 떨어지고 아무도 밟지 않은 새하얀 눈길을 내가 가장 먼저 걷고 나만의 자국을 남긴다는 것. 또 그것을 뒤돌아 흔적을 볼 수 있다는 그런 것. 아름다운 것을 만들어 준 신의 은총을 태양이 시샘하듯 눈이 부시게 비춰 금방 녹아내리게 되는 것에 대한 아쉬움, 서글픔 뭐 그런 것들에 대한 상념이 스친다.

눈이 많이 내린 다음날은 온 마을이 왁자지껄해진다. 알 수 없는 무엇에 이끌리듯 사람들의 마음은 들떠있고 아이들은 눈을 이용한 눈사람이나 눈싸움 등으로 가만히 있지 못한다. 눈길을 밟고 학교에라도 가는 날이면 학교는 완전한 축제의 장으로 바뀐다. 새하얀 눈에는 사람들의 마음을 들뜨게 하는 위력이 있는 것 같았다. 운동장에서는 하늘이 준 은총의 시간들을 즐기고 느끼기 위해서 아이들이나 선생님들이나 다 같이 놀았다.

마을에서는 눈이 밤새 내려 쌓이면 아침이 되면 집집마다 마당을 쓸고 골목길도 쓸었다. 마른 대나무 가지로 만든 마당비로 사람이 다니는 길을 쓸면 마당이나 골목의 뽀얀 마른 흙이 나왔다. 그것은 눈이 녹았을 때도 땅이 말라서 좋았다. 눈이 있던 길은 눈이 녹았을 때는 온통 뻘 구덩이가 되기 때문에 진구렁이 된 길은 고무신 발 한 번 떼 놓기가 불편할 수밖에 없었다. 하얀 마당을 가르는 사립문으로 이어지는 그 뽀송한 흙길을 내려다보고 나무 위에서는 까치가 연방 울고 있었다.

도치볼

　우리 세대의 어린 시절을 경제적 형편의 측면에서 가장 적나라하게 보여주는 것이 바로 이 도치볼이 아닌가 싶다. 도치볼은 피구를 일컫는 일본 말이다. 피구는 학교에 가야 쓰는 말이고 마을에서는 도치볼이었다. 그러므로 피구 하면 하얀 배구공이 연상되고 도치볼 하면 새끼줄로 말은 두루마리 공이 생각난다.

　서양문화가 들어온 지, 우리 어릴 때를 기준으로 보면 반백년이 지났는데도 아직도 새끼줄 공을 사용했다는 것은 그만큼 파급 속도가 느렸다는 뜻이다. 그것은 일본 제국주의 시대를 거쳐 오면서 수탈정책으로 그만큼 경제적 혜택을 덜 누리고 살았다는 것을 의미하는 것이기도 하다. 시골 아이들까지 도치볼 놀이를 했던 것을 보면 정신적 발달만큼 물질적, 경제적 환경이 뒤따라주지 못했다는 것도 알 수 있는 대목인 것이다. 또한 모든 생활용품을 자급자족하던 그때를 견주어 볼 때 하얀 배구공 대신에 새끼줄을 말아서 사용했던 것도 당연귀결이라 할 수 있을 것이다. 단지 공을 둥글다는 하나의 개념에만 초점을 맞춘 것을 제외하면 당시의 형편으로는 상당히 현명한 처사라 하지 않을 수 없는 것이었다.

새끼줄 공으로 하는 피구의 묘미도 따로 있겠지만 그 공을 청년들이 던지는 공을 한 번 받아본 경험이 있는 사람은 알 것이다. 그 묵직함과 둔탁함의 무게감은 정신이 번쩍 든다고나 할까. 크기와 무게감은 지금의 볼링공 같고 표면의 딱딱함만 없을 뿐이지 거친 것은 가마니 같았으니까 탄성 없는 그 공을 혼자서 가지고 놀아라면 아무도 거들떠보지도 않을 것이다.

새끼줄 공으로 할 수 있는 것은 축구와 피구뿐이었다. 다른 놀이는 공에 탄력성이 없으니까 할 수도 없었고 되지도 않았다. 우리 때는 작은 주먹공이 있었다. 그 공으로 캣치볼이라고 주먹으로 쳐서는 야구처럼 루를 밟고 돌아오는 게임을 하기는 했으나 서로 재미를 못 느끼니까 추억의 놀이로 자리 잡지를 못했다고 보면 될 것 같다.

물론 야구를 방망이로 친다는 것도 누구나 다 알고 있었다. 아마 농구, 배구도 다 학교 다니기 전에 다 안 것을 보면 위 선배들이 먼저 받은 국민교육의 영향이었을 것 같다.

도치볼을 하기 위해서는 여러 가지 여건이 맞아야 했다. 우선 순수 아이들만으로는 힘들고 청소년들이 의기투합이 되어야 했다. 그 다음에는 단체로 새끼줄을 꼬아야 했다. 그래야 금방 공을 만들 소재가 마련되니까. 사실 가장 중요한 조건은 장소였다.

추수가 끝난 다음의 동네 앞 누구네 논이었다. 논을 갈지 않아야 되고 땅이 말라야 되니까 눈비 안 온 기간이 길어야 되고 등 여건이 맞는 때가 귀할 수밖에 없었다. 매년의 행사가 될 수 없었고 몇 년 가다가 기회가 오곤 했었다.

의기투합 중에는 좀 소극적인 아이들을 집집이 찾아가서 불러내야 하는 것과 의견을 물어보고 참여를 권유해야 하는 점도 포함된다 할 것이다. 그리고 점심 후에나 등 짬을 내서 해야 했지 한 나절을 진득하니 할 입장은 못 되었었다. 대부분 아이들은 자기 집 일하러 가야 하는 처지였으니까.

도치볼을 하는 날은 온 동네가 왁자지껄 했다. 그 시절은 어떻게 된 것인지 몰라도 그렇게 떠들고 시끄러워야 사람이 사는 것 같다고 해서 도치볼이나 축구를 하는 것을 환영하는 분위기였고 당사자 아이들도 아무것도 아닌 것 같은 일에 절로 신이 나기도 했다.

피구의 원조 새끼줄 공 피구는 오늘날 올림픽에는 없어도 한국 학교교육의 장에서는 학생들이 가장 많이 하게 되고 체육시간의 대명사가 되다시피 할 정도로 생활화된 운동으로 발전하였다. 피구는 즐거워도 도치볼은 무거웠다.

입영하는 날

　어느 시대 어느 나라나 나라를 지키기 위해서 국민개병제도는 있었을 것이다. 우리나라는 세계 2차 대전이라는 1940년대의 거대한 전쟁의 끝으로 해방되었고 이어서 6·25동족상잔의 비극이 1950년대에, 1960년대는 월남전에 참가하게 됨으로써 우리들은 전쟁에 관해서는 제법 이골이 났던 것 같았다. 반면에 전쟁에 대한 약간의 공포감도 가지고 있었던 것도 사실이었다. 그것은 군대 가면 전쟁을 해야 하고 전쟁을 하면 죽을 수도 있다는 데 대한 불안감이 살그머니 생기기도 했었다.

　대동아 전쟁이라고 하는 아시아 지역의 세계 2차 대전에서는 일본군으로 차출되어 싸웠고 그렇지 않으면 보국대, 처녀들은 정신대로도 끌려가 전쟁에 참여했었다. 보국대라고 하는 것은 탄광이나 비행장 닦는 데라든지 터널 등 각종 토목공사에 노역으로 징발되어 가는 것을 말한다. 우리들의 아버지 세대들의 필수 과정이었다. 대동아 전쟁에 관해서는 어른들한테 또는 어른들끼리 하는 이야기들을 많이 들어서 아는 편이었다.

6·25전쟁은 정작 우리 국군이나 유엔군 보다는 인민군을 직접 목격하게 되었다. 인민군의 후송병들이 우리 마을을 차지하여 집집마다 환자들이 그득하였기 때문이었다. 그들도 쫓겨 가고 전세는 역전되어 백마고지 전선에서 수년간 공방전을 벌일 때는 우리 동네 앞산은 전선에 투입할 전투병들의 훈련장이었으므로 예비 국군을 본 셈이었다. 그들이 물러간 다음에는 훌치기라는 바람이 휘몰아쳤다. 입대 적령기 장정을 인정사정없이 강제 입영시키는 것을 말한다.

전쟁에 끌려가 죽는 것이 두려워 입영을 기피하고 숨는 사람을 밀정 같은 경찰들이 수시로 탐색해 잡아 갔었다. 숨어 있는 사람을 찾아내고 도망가는 것을 잡아 강제로 수갑을 채워 끌고 가는 것을 목격한 일도 있었다.

베트남 전쟁은 바로 우리 세대에 우리들의 당면문제였었다. 1930년대부터 시작된 전쟁은 1970년대 중반 우리들의 청춘이 한창 꽃피고 결실을 맺을 무렵에 끝났다. 우리 부모 세대 전부와 우리들의 일생의 절반이 전쟁에 몸을 적시면서 살았다는 것을 말하고 싶은 것이다.

이들 세 전쟁의 공통점은 입영과 영영 이별이라는 등식이었다. 오늘날 군대 간다고 일시적 이별하고는 차원이 다를 수밖에 없는 것이다. 군에 입영하기 위해서 떠나는 날은 온 동네 사람들이 못 티 가로방천까지 나와서 환송을 했었다. 천골재 넘어갈 때까지 자리를 뜰 줄을 몰랐다. 인척들은 노자 돈을 푼푼이 호주머니에

찔러주었다. 가족들은 진주 기차역까지 가서 환송했다. 기차가 떠날 때는 온통 울음바다가 되는 것이었다. 떠나는 예비 병사들은 기차의 차창에 몸을 내밀고 아득히 사라질 때까지 손을 흔드는 것이었다.

입영한다는 것은 몸을 국가에 맡긴다는 뜻이 내포되어 있기 때문에 고향에서 가족들은 어떻게 할 수가 없다는 것은 지금도 마찬가지이지만 그 시절은 그 이별이 영영 마지막이 될지 모른다는 생각에 더 슬픔이 컸던 것이다. 대동아 전쟁이나 보국대에 끌려간 경우도, 6·25전쟁 때도 한 번 간 사람이 영영 소식이 끊긴 경우가 많았기 때문에 과거의 경험이 그대로 입영하는 날에 반영되는 것이 눈에 보였다.

할아버지 세대들은 동학란 경험을 이야기 하는 것을 들었다. 전쟁이 아니라 난리라 했다. 난리는 피할 수가 있었는데 그것이 피난 가는 것이었다. 피난의 세대에서 전쟁이 나면 자식을 나라에 바치는 경험의 모습이 우리들의 어린 시절 입영하는 날의 광경에서 절절이 배어 있었던 것이다.

우리네 인생살이 민초들의 운명론과 체념이 알알이 배어 있는 입영하는 날이었다.

자급자족의 시대

　자급자족이라 하면 인간의 경제적 관념의 발달단계에서 물물교환과 화폐 시장경제의 발달로 가는 과정에서 가장 초보적, 원시적 상태에 해당된다. 물자의 이동면에서 본다면 시장경제가 백이라면 자급자족은 영에 해당된다. 육체노동의 측면에서 보면 자급자족은 백에 해당되고 시장경제의 발달은 영에 가까워진다. 우리가 태어나고 자란 시절에도 분명한 화폐 경제시대이긴 했어도 우리들은 전연 경제적 관념을 가지고 자라지 못했다. 자급자족의 환경에 살면서 인간적, 도덕적 윤리가 지상 최대의 명제로 끝없이 전통적으로 이어져 내려오고 있었기 때문이었다.

　전통과 풍습이 샤머니즘이나 토템사상과 결합되어 정신적으로 도그마에 빠져 있었다. 농자 천하지 대본을 하늘같이 믿었고 하이칼라를 제외한 어떠한 부류의 직업도 우리들의 선망의 직업이 아니었다. 물질적이거나 창의적인 것은 터부시 되거나 금기의 대상이었다. 조선시대 계급사회의 정신이 그대로 있었던 것 같다.

자급자족의 변천에 관한 확실한 예가 하나 있다. 우리들의 어린 날의 설빔에 관한 것이다. 보리밭 사이에 목화씨를 심어 보리 수확 후 두둑을 만들고 김을 매 준다. 보리밭 사이에 목화씨를 심는 것도 쉬운 일은 아니었다. 그냥 씨를 뿌리는 것이 아니고 괭이로 골을 파서 씨를 놓고는 일일이 괭이로 흙을 덮어 묻어 주어야 했다. 보리 수확 후는 목화 골이 두둑이 되고 보리 골이 골이 되게 쟁기로 갈아 주어야 했다.

목화가 자라면 꽃이 피고 다래가 열린다. 다래가 여물면 이빨도 안 들어가게 단단해진다. 그것이 익는 과정이고 그러면 여름이 끝나고 가을이 된다. 가을이 되면 단단한 것이 벌어지는데 그 속에서 목화가 터져 나온다. 하얀 솜뭉치가 구름 피어나듯 꽃이 피는 것이다. 그래서 목화는 꽃이 두 번 핀다고 하는 것이다. 목화를 씨아에 넣어 돌리면 솜이 납작 눌러지고 씨가 빠져 나온다. 눌러진 솜을 활로 튕기면 완전한 솜이 된다. 솜을 물레에다 잦으면 실이 된다. 그 실을 날줄 씨줄로 해서 베틀에서 짜면 무명베가 된다. 그 무명베를 검은 물감으로 염색을 해서 옷을 만들면 되는데 우리 때는 이미 재봉틀이 나왔기 때문에 재봉틀 있는 집에 갖다 주었다. 우리 동네는 없었고 모산이라는 산강 부락의 어느 집에서 전문적으로 옷을 만들었다. 앞에서 목화에서 솜을 만들 때도 도시에 가서 솜틀 잦는 공장에서 솜을 만들어 왔다. 우리 시절에도 완전한 자급자족은 거의 없었다는 것을 말하고 싶은 것이다.

해마다 확실히 설빔을 만들어 입었다. 그러나 우리가 학교 다니면서부터는 집에서 부모가 자급자족한 설빔은 입을 수가 없었다.

시장에서 대량 생산된 설빔의 대용품이 나왔고 집에서 만든 것은 비교가 안 될 만큼 좋았기 때문이었다. 그보다 집에서 자급자족한 설빔은 입고 가면 다른 아이들한테 놀림감이 되고 흉잡히는 일이었다. 그래서인지 확실한 이유는 몰라도 학교 다니면서부터는 집에서 만든 옷을 입은 기억이 없고 해마다 시장에서 사온 설빔에 대한 설렘이 남아 있었다. 자급자족의 최후의 보루는 그렇게 해서 무너졌다.

쌀, 보리의 경우도 쌀은 디딜방아로 찧은 기억이 있지만 밀 보리는 항상 기계 방앗간에서 찧어 왔으니까 이미 자급자족이 아니었던 것이다.

완벽한 자급자족은 완전한 육체노동을 의미한다. 육체노동의 고단함을 체감했었다. 소는 땅 가는 데만 이용하는 줄 알았지 짐 운반용으로 활용하지 못한 창의력 부재를 한탄하는 것이다. 만약 소를 짐 운반용으로 썼다면 동네 어른들한테 꾸지람을 들었을 것이다.

연날리기

　연날리기, 팽이치기 등의 놀이 풍습도 우리 세대의 우리들이 종지부를 찍고 마지막 문을 닫고 지나온 것 같다. 우리들은 나이가 들었다고 할까 아무튼 소년기를 지나서 청년기를 접어든 시기까지 연을 날렸다. 너무 커서 연 날리는 것이 어렵다고 하나 뭐 그런 것 때문에 더 날리고 싶어도 날리지 못했다.

　연날리기, 팽이치기 등은 철두철미 어린이의 놀이로 각인되어 있었고 아이의 시기를 벗어난 사람이 한다면 그 사람은 어딘가 모르게 덜 떨어진 사람으로 인식되는 그런 풍토의 시대였기 때문이었다. 그러면서 전통 아이들의 놀이가 우리들이 그랬던 것처럼 끝없이 대를 이어 존속되어 내려가리라 여겼었다. 그랬던 그런 것들이 심지어 생활 방식 내지는 삶의 방식까지 송두리째 우리들이 막차를 타고 떠나오게 되어버릴 줄은 꿈에도 생각하지 못했다.

　연날리기가 아이들의 놀이라고 단정된 것은 우리들의 세계 즉 시골만 그랬고 도시 사람들은 달랐다. 진주 남강 둑에서는 해마다

정초에는 연날리기 대회가 열렸고 아주 멋지고 근사하게 생긴 남자나 할아버지 나이 또래들도 연날리기를 하고 연싸움에도 참가하는 것이 비일비재였다. 지금은 특수한 지역에서 특수한 할아버지들만 연날리기를 하는 것으로 알고 있다. 전통 문화재의 성격도 있는 것 같다.

우리들이 소년지절에 연날리기 할 때는 연을 시장에서 사다 썼다. 부모들이 장날에 장에 가면 작은 방패연을 사왔다. 시내 거리의 요소요소 가게에서는 몇 종류의 방패연을 진열해 놓고 팔았다. 지금의 문방구나 잡화점 같은 곳이었다. 집에서 문종이로 연을 만들어 날리기도 했는데 어떻게 된 것인지는 잘 몰라도 잘 날지를 않았다. 기술적인 문제일 것 같은데 밤을 새워 만든 것이 근사하게 날지를 않고 뺑뺑이를 돌았다.

바람이 없는 날은 한길을 뛰어다니면서 손수 만든 연을 시험했다. 바람의 방향을 알기 위해서 땅을 발로 차곤 했다. 그것은 바람 없는 날 연날리기 위한 하나의 의식이나 절차 같았다. 바람이 센 날은 너무 세어서 탈이었다. 연이 쉽게 날아 나가고 연줄이 끊어져 산바람을 타고 하늘 높이 솟구쳐 아득히 멀리 날아가는 것이었다. 지금 같으면 그 모습을 보기 위해서 연을 날렸을는지도 모를 것 같다.

상승기류를 타고 너울거리고 기웃거리고 팔랑거리면서 오르다가 공중 기류를 만나면 까마득히 멀어져 가는 광경은 한편으로 무한한 쾌감이 있었다. 그러나 그때는 물자가 귀하던 시절이라 한편으로 아깝고 서운하기도 했다. 연이나 연줄이 대용으로 항상 준비

되어 있지 않았기 때문에 또 연을 날리려면 준비가 필요했기 때문이었다.

또 바람이 센 날은 연을 마음대로 조종하기가 어렵기 때문에 연이 큰 나뭇가지 끝에 걸리는 경우가 많았다. 도시에서는 전깃줄에 많이 걸렸다. 그 놈들이 걸리기만 하면 공중을 날고 아이들에게 조종되기 싫다는 듯이 뱅글뱅글 돌아버리는 것이었다. 그러면 그것으로 끝이었다. 그 시절은 감 떨어지고 잎 떨어진 감나무에 연이 매달려 바람의 세기를 알리는 풍향계 역할을 하는 것이 흔했다. 삭막한 동네에 아이들이 놀고 있다는 하나의 징표 같았다.

쉽게 만들고 잘 나는 연은 문어 연이었다. 연살 두 개로 문어 머리를 만들고 꼬리를 길게 하면 실패가 없었다. 꼬리가 길수록 잘 나는 원리를 지금도 모른다. 문어꼬리 연은 재미가 없었다. 방패 연은 여러 가지 재주를 부리면서 날릴 수 있기 때문에 공중에서 기교 부리는 어떤 예술 작품 같았다.

그리고 동네 뒷산에서 동네를 향해서 연을 날려 마을 사람들이 집안에서 연 재주 부리는 것을 보아줄 때 재미가 있었다. 아무도 봐주지 않는 빈 하늘에 나는 연은 재미없고 의미도 없고 연도 나부끼는 것을 싫어하고 거부했다.

고구마 빼때기

우리나라 최대의 아름다운 항구인 통영은 특산물도 많고 명물도 많다. 그 중에서 고구마 빼때기 죽과 욕지도에 관한 이야기가 활동 화면에 나왔다. 별안간 잊고 있었던 향수가 용솟음 치고 있었다. 언제부터인가 잊고 있었던 고구마 빼때기와 빼때기 죽, 그렇게 익숙했던 그것들을 일상 현재도 고구마를 먹으면서도 전연 상기하지 못하고 지내왔다.

고구마 '빼때기', 생고구마를 납작하게 얇게 썰어 말린 것이다. 여기서 '빼' 는 바짝 마른 사람을 빼빼 마른 사람이라고 했다. 황태, 문어, 오징어 등을 빼빼 말려야 건어물이 된다. '빼빼 마른 개구리를 한약재로 쓰더라.' 표준어 '바짝' 을 '배짝' 하다가 '빼짝' 하게 되었고 그러다가 '빼빼한' 사람 하면서 부사가 형용사화 된 것이다. '때기' 는 접어서 치는 딱지를 때기라 했다. '때린다' 에서 온 것이겠지만 딱지를 생각한다면 얇게 썬 것을 의미하는 셈이다. 그러니까 '고구마 빼때기' 는 '고구마를 납작 얇게 썰어서 바짝 말린 것'이 되는 것이다.

우리가 어릴 때일수록 농사 절기와 세시기, 풍속 등을 정확하게 지켰다. 그것이 수백 년 내려오는 전통을 지키는 것이요 사람으로서의 도리에 충실하는 것이고 선조를 기리는 것이고 사람 됨됨이에 자부심을 갖게 되는 것이었다.

종이 만드는 딱풀이라든지 담배 등은 어느 때부터 심었다가 안 심는 경우에 해당되는 농사였다. 고구마 빼때기도 그런 경우에 해당된다 할 것이다. 중간에 들어왔다가 중간에 빠져나간 음식문화에 속하는 것이다. 고구마는 계속 농사를 지었지만 빼때기는 언제부터 하게 되다가 언제부터인지 안하게 된 그런 것이다. 아무튼 고구마 빼때기는 우리들의 성장 발육에 상당한 영향을 주었을 것이다.

가을걷이가 거의 끝나고 보리갈이를 해야 하는데 밭에 있는 가을걷이 중에 고구마 캐기를 가장 늦게 하게 되는 편이다. 우리 시대는 고구마 팔아서 돈을 만드는 시대는 아니었다. 겨울 지나고 이른 봄쯤에 장사꾼들이 찾아와서 묻어 둔 고구마가 썩지 않았으면 사 가곤 했다. 대체로 고구마가 썩어서 상품이 될 것이 별로 없었다. 묻어도 잘 썩고 생각보다 보관이 어려웠다. 그러므로 고구마를 캐는 시기에 그날들의 밤을 이용해서 고구마를 썰어 말리는 것이었다. 고구마 빼때기를 만들어 보관하는 것이 고구마의 손실을 덜 되게 하는 셈이었다.

집집마다 마당 가득 빼때기를 말리느라 바빴다. 멍석, 가마니, 발 등 말릴 수 있는 도구나 물건들을 총 동원했다. 고구마 빼때기 만드는 것이 마치 유행처럼 되었다. 결코 전통적인 것은 아니었다. 마르면 부대에 담아서 보관했다. 물기가 없으니까 썩을 염려가 없어서 좋았다. 겨울 되면 고구마도 삶아 먹지만 빼때기 죽도 끓여 먹었다. 고구마 삶아 먹는 것은 끼니가 되지 않았지만 빼때기 죽은 끼니로 충분했다. 고구마를 욕지도 사람들은 끼니로 먹는다고 했다. 미역국과 함께 먹는다고 했다. '욕지도 아가씨는 쌀 석되를 못 먹고 시집간다'고 했다. 고구마를 먹을 때마다 욕지도 이야기가 어른들한테서는 자주 나오곤 했다.

빼때기 죽은 삶은 팥과 함께 만든다. 빼때기를 꼭 가루를 내지 않더라도 대충 부숴서 소금 넣고 삶은 팥을 넣어 고우면 맛있는 죽이 되는 것이다. 고구마도 달고 팥도 다니까 맛이 있을 수밖에 없는 것이었다. 맛있으니까 죽으로 끼니를 때우면 되는데 그때 우리들은 실컷 죽을 먹고 또 때가 되었으니까 밥 달라고 어머니를 채근했던 못난이 시절이 송구스럽다.

죽은 가난한 사람들이 먹고 끼니를 때운다고 해서 어디까지나 간식으로 취급했고 쌀 들어간 팥죽만 한 끼의 식사로 인정하는 어리석은 시절이 우리들의 옛동산이었다.

직녀의 비애

　의식주의 자급자족을 강하게 표방하는 것이 각 집집마다 베틀이 있고 베 짜는 소리가 이집 저집에서 들릴 때가 아니었던가 싶다. 부녀자들이 길쌈하고 베 짜는 모습도 우리들의 옛동산에서만 있었던 정겨운 풍경이었다. 산업혁명도 공장공업도 방직공장에서 가장 먼저 일어났듯이 의식주 중에서 가장 먼저 무너진 것이 집집마다의 베 짜는 베틀이었고 베 짜는 소리가 들리지 않게 된 것이었을 것이다. 그리고 각 도시마다 방직공장 아가씨가 생겨났다.

　자급자족 가내 수공업 시대의 막차를 타고 떠나온 우리들로서는 옷감 하면 삼베, 모시, 무명, 명주가 뇌리에 깊이 각인되어 있다. 그리고 그 만드는 과정까지 어머니의 모습과 함께 파노라마로 풀려 나온다. 삼이나 모시는 삼이나 모시풀을 심어서 그 껍질에서 재료를 얻었고 무명베는 목화를 심어서, 명주는 누에를 키워서 누에의 고치에서 실을 뽑아내어 만들었다. 서양 사람들의 양모와 나무의 펄프로 만드는 인조견을 제외하면 나머지는 모두 화학사로 나일론과 폴리에스의 계열이다. 또 동물의 가죽과 털가죽을 이용한 것이 있다.

삼베나 모시는 여름 옷감으로 삼베는 색깔이 누렇고 모시는 희다. 모시가 삼베보다 더 고급으로 취급되고 결도 곱고 희고 실제로도 더 멋있고 고상하다. 그리고 귀했다.

삼과 모시는 삼씨와 모시 씨를 심어 키워서 삼대와 모시 대를 삶아서 껍질을 벗겨서 그 껍질을 가늘게 쪼개고 말아서 긴 실을 만든다. 긴 실로 말고 이어붙이고 할 때 이용되는 것이 어머니와 할머니의 무릎이었다. 무릎에 대고 일일이 손으로 말아서 올을 만드는 것이었다. 이때의 무릎은 여성으로서의 무릎이 아니고 아기 낳는 것처럼 위대한 모성이거나 사랑의 무릎이 되는 것이었다. 무릎은 실 마는 하나의 기계부품과 같은 것이었다.

무명베는 목화를 솜으로 만들어서 물레로 자아서 솜에서 실을 뽑아낸다. 큰 솜뭉치에서 직접 손으로 솜을 조금씩 떼어서 그것을 밥상 같은 평평한 판자 위에 대고 손으로 말아서 20㎝ 정도 되는 솜고치를 만든다. 이때 대를 깎아서 만든 꼬챙이에 짚 대롱을 끼워서 그 위에 솜을 대고 말고는 꼬챙이와 짚은 빼낸다. 따지고 보면 솜 꼬지가 되는 셈이었다. 그 꼬지를 물레 바늘 끝에 대고 물레를 돌리면서 실을 뽑으면 실이 만들어진다. 이것도 따지고 보면 솜이 가늘게 말려서 실이 되는 것이다. 이때는 기술과 숙련된 요령과 솜씨가 요구되었다.

명주는 누에고치를 삶아서 물에 담긴 채로 예민하게 끝 실을 찾아서는 실꾸리에 감았다. 묘하게도 그 가는 명주실이 헝클어진 것 같이 보이는 누에고치에서 솔솔 잘 풀려 나왔다. 끊어지면 그것도 다른 명주실을 대고 말아서 이어 붙였다. 고치 하나를 다 감고 나면 남는 것이 바로 그 유명한 번데기였던 것이다. 누에고치를 오래 두면 번데기가 나방이 되어 나오는데 나방은 고치 구멍을 뚫고 나올 수밖에 없는 것이다. 그러면 고치의 실이 끊어져 그 고치는 못 쓰게 되는 것이었다. 우리들은 집에서 키운 누에가 번데기로 된 번데기를 먹고 자란 세대라고 보면 될 것이다.

명주에 물을 곱게 들이면 비단이 되는 것이었다. 명주로 색동 비단을 만드는 것도 다 보면서 자랐다. 이들 베 짜는 것에 관해서 우리가 직접 만들어라 해도 할 수 있듯이 잘 아는 것은 우리들의 어릴 때만 해도 바로 우리들의 생활이었기 때문이라고 보면 될 것이다.

여기서 마음이 무거운 것은 우리 어머니는 길쌈의 명인이다시피 했다. 길쌈만 했다면 당연한 당신의 본분으로서 너무나 행복한 일생이었을 것을 지아비를 일찍 잃고 남자의 일을 하면서 직녀도 해야 했으니까 명인인들 무슨 낙이 있었을꼬. 직녀의 비애도 하늘로 갔다.

갈퀴질 당하는 산등성이

　우리들의 척박한 성장기의 환경은 여러 가지 측면에서 나타나지만 그러한 환경이 어떻게 변하리라는 것을 사람이 자기의 앞일을 모르고 살듯이 우리들도 미래에 대한 꿈도 없고 어떻게 될지도 모르면서 막연하게 하루하루를 지냈다. 지금 와서 보면 그때의 생활이 한심하기도 하고 서럽기도 해서 한편으로 누구에게 떼거리도 부리고 하소연도 하고 싶고 그때의 세상을 오늘날의 세상에 대하여 고발도 하고 싶은 것이다.

　척박한 환경이라는 것이 인위적인 것으로는 노역에 시달리는 것이고 자연적인 것은 사막 같은 민둥민둥히 산야라는 것이었다. 봄부터 가을까지 농사철이 다 지난 겨울철에도 조반 전의 아침일, 오전일, 오후일 해서 세 구분으로 일했고 다른 특별한 일이 없으면 마른 거버지 그머로 지게를 지고 산으로 가야 했다.

　'거버지' 는 겉풀아지를 말하는 것일 것이고 '겉풀아지' 는 풀의 지푸라기를 말하는 것일 것이다. '그머' 는 긁어모으는 것을 말하고 '부대자루에 낙엽을 갈퀴로 그머 담았다.' 라고 말할 수 있을 것이다.

봄, 여름에는 젖은 풀, 가을, 겨울에는 마른 풀을 다 베고 나면 이제는 낫으로 풋 솔 가지나 벨 것이 있을까 벨 풀이 없었다. 한겨울이 지나고 해동이 되고 나면 지게에 바지기를 얹고는 반드시 갈퀴를 동반했다. 저 산 위에서부터 갈퀴로 긁어 내려오는 것이었다. 거버지가 모이는 것이었다. 이산 저산 이골 저골에서 갈퀴질 하는 소리가 사방에서 사각거렸다. 동시에 흙먼지가 산바람을 타고 사방에서 산등성이를 타고 올라 넘고 있었다. 노란 연기 같은 흙먼지는 산등을 거꾸로 오르는 거대한 폭포처럼 꿈틀대었다.

그 거대한 움직임의 출발선에 갈퀴질 하는 사람의 움직임이 있었다. 거대한 연기를 피우는 작은 벌레의 꿈틀거림 같았다. 일정 지역의 응달 산에는 작은 소나무 한 그루도 없었다. 황토도 아니고 그냥 흙 비탈로 된 곳도 있었다. 그런 곳에는 풀도 잘 자라지 못했다. 그런 곳에는 우리들이 이름 붙였던 쇠털풀이 가냘프게 나풀거렸다. 색깔도 황소의 털처럼 붉었고 가늘고 성글게 자라는 풀이었다. 새 풀이 나기 전의 최후의 시기에는 그것마저 갈퀴로 긁어와야 하는 것이 우리들의 일이었고 당면 현실이었다.

척박한 비탈이고 햇볕이 잘 들지 않는 음지라서 빈약하게 자라는 그 쇠털 풀도 우리들의 소중한 자원으로서 긁어 와야 했던 것이다. 그 당시 마을 주변의 산들은 황토 산이거나 풀밭 산이었다. 그러므로 땅의 지층이 잘 드러났다. 바위나 돌로 된 층이 중간 중간 있었다. 그런 곳에 잔솔들이 많았다. 잔솔들이 많은 이유는 갈퀴질을 마음대로 할 수 없었고 해도 흙이 패여 나가지 않기 때문에 돌 틈 사이에 있는 잔솔들의 뿌리가 잘 보존되었다. 또한 그런 층에는 산토끼들이 많았다. 산토끼들은 돌이나 바위와 솔을 이용해 몸을 은폐하기가 쉽기 때문이라고 보면 될 것이었다.

그렇게 아무것도 없고 사막 같다고 한 그곳에 골짝 골짝마다 산등성이마다 아이들 소리나 사람 소리가 떠나지 않았고 각종 조류를 비롯한 동물이나 곤충들이 많았다는 것을 그 시절은 잘 몰랐다. 봄이 되어 새싹이 나면 이번에는 갈퀴질이 안 되니까 괭이를 지고 산으로 나갔다. 진달래, 철쭉, 땅가시 덩굴의 뿌리까지 캐 와서 말리는 것이었다.

헐벗고 굶주린 우리들의 향토 우리들의 강산을 정말 잔인하게도 베어 먹고 잘라 먹고 깎아 먹고 파 먹고 긁어 먹고 살았다. 그래도 자연은 비 오면 흙이 좀 깎여 내려갈 뿐이지 해마다 풀이 나고 나무가 자라고 꽃이 피고 새가 울어 우리 인간들에게 아무런 불평 없이 많은 시혜를 베풀어 주었다. 그 핍박한 산야가 우리들의 피가 되고 살이 되었다.

달집태우기

    민속 세시기 중에 달과 관련된 것이 있다. 팔월 한가위 추석과 정월 대보름이다. 그 외에도 예부터 우리 민족은 달을 기준으로 한 음력을 사용해 왔기 때문에 달이 해보다 더 생활과 밀접했고 관련시켜 왔다.

    오늘날 대부분의 도시의 사람들은 양력을 사용하기 때문에 달의 커짐과 작아짐에 관심도 없고 가질 필요를 못 느낀다. 그러나 아직도 농촌이나 특히 바닷가 사람들은 음력을 사용하고 물때를 맞추기 위해서는 달과 관련된 생활을 하지 않을 수 없는 것이다. 오늘날 강조하는 해의 흑점보다 달의 계수나무가 더 중시되고 중요했다.

    민속절 중에서 설과 추석이 큰 명절이긴 하지만 가장 액땜 비방이 많고 여러 가지 행사를 하며 더 많은 의미를 두고 기리는 것은 정월 대보름인 것 같았다. 찹쌀, 보리, 조, 수수, 팥을 같이 넣어 짓는 오곡밥에 산채, 해산 각종 마른나물 반찬 해 먹기, 호두, 잣, 땅

콩 등의 부럼 깨물기, 귀밝이 맑은술 먹기, 더위 팔기, 달집태우기, 용왕제 드리기, 음식 보시하기, 달맞이 산에 오르기, 지신밟기, 다리 밟기, 불씨 돌리기, 논두렁에 불 지르기 등이 있었고 그 외에 각 지방마다 특유의 비방과 풍속이 있었다. 이들 액땜 비방과 행사에는 과학과 종교와 미신, 주술, 전통 의식 등이 혼재되어 있었음을 감지할 수 있었다. 현대 대도시에서도 오곡밥과 육, 해산 말린 나물과 부럼 깨물기는 필수로 다들 챙기고 있는 것 같다.

달집태우기는 딱히 과학적 근거는 찾을 수 없으나 주술적 전통 의식으로 가족의 건강과 안녕에 대한 소망과 기원이 담겨 있었던 것 같았다. 새해 첫날부터 보름동안 흐트러진 마음을 가다듬고 군더더기를 태워 없애고 깨끗하고 새로운 마음가짐으로 새 출발 하자는 다짐을 새해 첫 떠오르는 보름달에게 의탁하고 빌어본다는 의미가 담겨 있을 것이다.

대보름날의 오후가 되면 달집을 짓기 위해서 준비를 했다. 동네 앞 한길과 전답을 이용한 넓은 마당을 장소로 하였다. 마을 뒤 병풍처럼 울타리가 되고 있는 대나무 밭에 가서 달집의 뼈대가 될 수 있는 대를 베다 날랐다. 청년들이 베면 아이들은 끌어다 날랐다. 달집용만큼은 대밭 주인 할아버지들이 눈 감아 주고 대 베는 것을 허락해 주었다. 평소에는 어림없었다. 그리고는 생소나무를 베어다 날랐다. 험악하고 거칠게 생긴 해송이 주로 대상이었다.

또한 집집마다 짚단을 갹출하여 대나무를 세우고 소나무를 끼우고 그 사이에 짚단을 끼워 넣었다. 그러고 나면 달뜨기를 기다리는 것이었다. 동산에 달뜨는 것을 알리기 위해서 일부 어른들은 뒷산에 올라갔다. 달집에 불 지르기를 기다리는 아이들의 마음을 조금이라도 덜어 주기 위한 배려와 달맞이 겸이었다. 달집을 다 짓고 나면 설 아래부터 그동안 날리고 놀았던 연은 모조리 태우기 위해서 달집의 사방에 매달았다. 할머니나 어머니들은 자기 집의 헌옷가지 하나씩을 태우기 위해서 달집 속에 끼웠다. 아이들의 핫저고리 동지를 현재 입고 있는 것과 집에 있는 옷의 것까지 모조리 뜯어다 달집이 불 탈 때 불 속에 던졌다. 액막이와 액땜의 절정을 보여주는 장면이었다. 우리들은 겨울용 솜바지와 솜저고리를 입은 세대였다. 동지는 저고리의 목깃이었다. 동지는 빨래해서 입을 때마다 새로 달았다. 동지는 시장에서 팔았다. 목깃을 뜯어낸 저고리는 초라했다. 달집을 통해서 내려오는 삼재의 신 눈에 들지 않고 불 품 없이 보이게 함으로써 아이들에게 닥치는 재앙을 막기 위한 주술과 비방이었다.

어떤 의식이나 행사 때마다 자식들이 명이나 길고 복이나 많이 받게 해 달라고 삼신 재앙님께 축원 드리는 것이 당시 모든 어머니들의 자식 키우는 한 방도였다. 동산에 달뜨고 달집에 불 오르면 어머니의 손길은 우리들의 목둘레를 스쳤다. 어머니의 따뜻하고 진정한 사랑의 손길을 느끼는 순간이었다. 어머니의 따뜻한 사랑의 온기가 아직도 남아 있다.

꼬부랑 고갯길

우리 민요의 으뜸이 아리랑이고 그에 따른 아리랑 고갯길도 있다. 아리랑 고갯길이 있으니까 그것 따라서 꼬부랑 고갯길도 있는 것일 것이다. 아리랑의 의미가 전연 알려져 있지 않고 알 수 없는 것에 비하면 꼬부랑은 너무나 단순하고 별 의미가 없다. 꼬부랑은 꼬부라진 것을 말하는 것이고 거기에다 고갯길을 붙이면 인생의 고갯길이 되어 순탄하지 못하고 어렵고 험난한 인생의 고비가 되는 것이다. 이렇든 저렇든 아리랑이나 꼬부랑이나 고비 넘고 굽이쳐서 돌고 돌아간다는 의미는 다 내포되어 있을 것이다.

꼬부랑 고갯길에는 반드시 꼬부랑 할머니가 있었다. 꼬부랑 고갯길이 먼저 있었던 것이 아니라 꼬부랑 할머니가 있음으로서 꼬부랑 고갯길이 막아서는 것이었다. 꼬부랑 할머니에게서는 항상 꼬부랑 인생길이 있었던 것이다. 그러므로 꼬부랑 고갯길은 바로 꼬부랑 할머니의 인생길이요 더 나아가서 우리 인생사의 고갯길이 되는 것이었다.

요새도 시집간 딸자식이 궁금하고 보고 싶고 그리운 것은 마찬가지이겠지만 남존여비가 심하고 살림살이가 어려워 심지어 끼니까지 걱정하던 시절의 시집간 딸자식에 대한 부모들의 근심은 이루 말할 수 없었다. 참다못해 어머니는 딸을 보기 위해 길을 나섰다. 시집간 딸을 보기 위해 길을 나서면 어느덧 어머니는 할머니가되고 그 할머니는 꼬부랑 할머니가 되는 것이었다. 우리들의 옛동산에서는 꼬부랑 할머니가 많았다. 산길을 가고 고개를 넘고 신작로를 걷고. 지팡이도 짚고 길가의 편안한 바윗돌에 쉬어도 가고.

자식들은 명절이 되면 고향을 찾거나 친정을 가는 것이 보통이었다. 그러나 매년 있는 명절 매년 고향이나 친정에 가지 못하는것이 또한 보통이었다. 그래서 꼬부랑 할머니가 길을 나서게 된것이었다. 그것은 거의 연례행사처럼 순회하다시피 했다. 딸자식이 많은 할머니는 하마나 마지막으로 딸을 보게 될지 모른다는 생각으로 큰 딸내미 작은 딸내미 찾아다니는 길이 항상 바빴다. 그시절은 진짜 백발이 성성하고 완전 꼬부라진 할머니들이 보호자의 부축을 받으며 나들이 길에 쉬어가는 장면들이 많이 목도되기도 하였다.

까마득하고 아득한 기억 저편에 우리 집에는 여자 인척들이 많이 머물다 갔다. 아버지가 없는 것도 한 이유가 될 것이고 큰집의할아버지 어른 사돈과 격리되어 있었던 것도 하나의 이유가 되었을 것이다.

우리 어머니도 외갓집 쪽에서 보면 멀리 시집간 딸이었을 것이므로 외할머니와 이모 외할머니는 연중 정기적으로 꼬부랑 할머니가 되었다. 외할머니는 허리가 꼬부라지지도 않았고 호호 백발도 아니었지만 지팡이는 짚었던 것 같다. 외할머니는 꼬부랑 할머니의 근성으로 군대 주소하나 들고 까막눈인데도 막내 외삼촌의 군대시절 강원도 군 부대까지 물어물어 찾아가 면회를 하고 온 분이시다. 그 외삼촌이 현재 팔순이 넘어 꼬부랑 할아버지가 되어 지팡이 없이는 운신이 불편할 만큼 세월이 흘렀다.

어머니의 이모할머니는 어머니의 성장기에 정이 많이 들어서인지 남편을 일찍 여읜 것이 안쓰러워서인지는 몰라도 우리가 다 클 때까지 연중 정기적인 인척 순방을 확실히 하셨다. 우리는 그 할머니를 통해서 인척은 일 년에 한 번 이상은 꼭 방문하고 왔다 갔다 해야 되는 것으로 그래야 인륜의 도리를 다하는 것으로 머릿속에 각인되었다. 나이가 들면 꼬부랑 고갯길도 넘을 날이 얼마 남지 않았다는 것을 인척들 찾아가는 꼬부랑 할머니들을 보고 알았다.

옛동산의 풍경은 꼬부랑 할머니들의 발걸음만큼 모든 것이 한가했다. 빠르고 바삐 가는 것은 세월뿐이었다.

베틀의 운명

　세상 사람들의 종갓집은 국가 문화재로 해도 될 만큼 규모가 크고 짜임새가 있었다. 우리 큰집의 종갓집은 민속 역사관에 가면 좋을 만큼 소담스런 토막집이었다. 그래도 그 집은 3대째 물려받고 그 다음 3대째는 수많은 가정이 분가되어 동네가 되었고 일가를 이루었다.

　우리 아버지가 분가하면서 큰집 옆의 마지막 자투리 땅 공터를 차지함으로써 우리 집안의 일가가 중간에 빈 공터 없이 꽉 차고 작은 동네가 알알이 박힌 것이 그나마 모양을 갖추게 되었다. 큰집의 고방채 뒤에 고방채 만도 못한 초가삼간이었다. 마당도 작았다. 그 덕분에 우리들은 옴부럽게 살았다. 좁아터지게 살았단 말이다.

　그 뒤에 도시에서의 삶을 생각해 보면 우리는 일생을 옴부럽게 산 셈이 되는 것이다. 그래도 다른 것은 다 좋은데 큰집과 가까이 있다는 것을 빌미로 생활용구를 공동으로 쓰는 것이 문제였다. 디딜방아, 절구, 맷돌 등은 어쩔 수 없다 쳐도 농기구까지 공동으로 쓰는 것은 여간 곤혹스런 일이 아니었다. 어머니는 아무 대책 없이 마구 괭이, 쇠스랑 등을 큰집에서 가져오라 했다. 그러니까 살림 날 때 준비한 기본적인 것 외에는 전연 마련할 염두는 두지 않고 여분의 필요성은 이웃의 것으로 채우는 당시의 관습을 여지없이 발휘했다. 큰집 것이니까 갖다 써도 되지 않느냐는 것이었다. 아버지의 건재가 절실했다.

아버지가 없는 우리들로서는 무슨 연장 가지러 큰집에 가는 것은 그야말로 애비 없는 자식이 되는 것이었다. 어머니는 우리들이 비윗살이 없어서 그렇다고 했지만 지나고 보면 그런 것 같기도 하긴 하나 그 당시 우리는 그런 이유로 큰집에 가는 것은 도살장 가는 소의 심정이 되는 듯 했다. 그래서 속으로 강력히 주장했다. '살림을 독립했으면 농기구든 뭐든 다 독립하라' 고. 당시는 세상도 독립만세의 시대였다.

그런 세상에 당당하게 독립한 생활용구가 있었다. 베틀이었다. 베틀만큼은 큰집에도 있고 우리 집에도 있었다. 덜컥거리고 딸깍하는 소리도 큰집 것 못지않게 선명하고 당당했다. 그러고 보면 제금 나서 살림의 독립은 의식주의 독립이 분명했다.

아버지의 천수답 논 한 마지기, 어머니의 당당한 베틀, 두 분의 보금자리 초가삼간, 독립하고 행복을 꾸미는데 손색없는 기초 단계의 삼위일체임에는 틀림없는 구색이었다. 그리고 베틀은 섬세한 여자 손길이 필요한 일로서 어머니가 되는 길이요 가정주부가 되는 길이요 아내가 되는 길로서 어머니의 자부심과 당당함의 산물일 수밖에 없었다.

해마다 겨울이 되면 동네 각 집집마다 베 짜는 소리가 철거덕 딸가닥 거렸다. 자급자족시대 집집마다 옷감 짜는 공장과 옷 만드는 공장이 있는 셈이었다. 남자는 들에서 일하고 여자는 집 안에서 일하고. 집에서 일하는 대표적인 것이 밥하고 빨래하고 길쌈하는 것이었다. 여기에 어머니는 아버지의 작고로 한 가지가 더 첨가된 것이었다. 농사일도 하지 않으면 안 되게 된 처지. 어머니의 감당 못할 어깨에 얹혀진 기구한 운명의 무게. 동네에서 최후까지 베틀과 베 짜는 일은 고수되었다.

어머니가 자신 있는 일은 길쌈하는 것이었다. 굵게도 짜고 가늘게도 짜고. 명주도 짜고 그것으로 비단 물감도 들이고. 명주 비단 짜는 기술은 우리 어머니 밖에 없었는지 모를 일이었다. 그런데 세상은 어머니의 행복을 빼앗아 가버렸다. 안으로는 농사일이 산더미로 쌓였고 밖으로는 공장공업이라는 산업혁명의 거센 물결로 세상이 송두리째 바뀌는 바람에 어머니의 그 당당하던 베틀은 영원한 휴면기로 사장시킬 수밖에 없었다. 베틀에서 내려오던 날 무언가 고이 간직했던 것을 잃어버린 느낌. 베틀은 어머니의 운명이었다.

시내버스 없는 도시의 거리

　"어디 가는 빤스요? 부산 가는 사리마다요."

　이것은 우리의 성장기 때 우리 지방의 유머가 아니고 순 우리 동네의 우리들만 쓰던 우스갯말이었다. 우리들은 팬티를 빤스라 했고 사리마다는 우리의 전통 속옷인데 일본말 표현인지는 몰라도 아무튼 우리들이 일상 쓰던 말이었다. 어떤 사람이 버스의 '뻐'를 세게 발음하다 보니까 차장 아가씨 귀에는 빤스로 들렸고 차장 아가씨도 재미있게 받아넘겼다는 버스 시대의 입문에 있었던 일화였다.

　문명의 개화는 기찻길로 열었고 이어서 신작로가 생기면서 그 신작로는 시외버스가 먼저 길을 열었다. 어디 가는 빤스도 시외버스에서 만들어진 일화였다. 우리 시대에 우리들의 도시는 시내버스가 없었다. 시외버스와 택시가 있었다. 화물 자동차가 있었고 지프차가 있었다. 택시는 처음에는 단순하다가 차츰 색깔과 모양과 종류가 다양한 것들이 나왔다. 어떤 것들은 흙길 도로에 어울리지 않을 만큼 멋지고 산뜻한 것들도 있었다.

1950년대 중후반을 기점으로 가마타고 시집 장가가던 신부 신랑을 택시가 실어 나르기 시작했다. 민요에 있던 '신작로 가운덴 하이야가 놀고요 하이야 가운덴 신부 신랑이 논다.' 를 우리들의 옛동산에서는 그때사 생활화되기 시작했다는 것이다.

택시 이야기를 조금 더 해보면 우리 큰집의 사촌인 희순이 누이 이야기다. 우리 친형과 동갑이고 우리와는 여덟 살 차이였다. 시집가던 날 시동생이 진주 20번 택시회사 기사인 관계로 새빨간 물방개 같은 택시와 신부 신랑의 우인들을 실은 몇 대의 택시로 진주 촉석루 일대와 시내를 드라이브 했었다. 그때는 그냥 택시였지 다른 것은 알바 아니었다. 알고 보니 모두 순 외제차였다는 것이다. 그때는 외제차 밖에 없던 시절이었다. 그런 일 이후부터는 가마타고 시집 장가를 갈 수 없는 시대로 바뀌었고 그 시절 사촌 누이의 드라이브는 일생일대의 축복이었고 정말 멋지고 근사했다.

1965년, 거의 정확하게 그때쯤 진주에서는 시내버스의 조상인 마이크로버스가 나타났다. 요즘 같으면 미니버스나 대용버스라고 해야 할 것인데 마이크로는 '축소' 라는 뜻이 있다니까 작은 버스라는 말이었을 것이다. 어른이 똑바로 서지 못하고 사람 열댓 명탈 수 있는 작고 낮은 버스였다. 진주역에서 진고, 진주여고까지왕복하는 것으로 주로 통학생을 염두에 둔 것이었고 간격은 15분이나 30분쯤 되었다. 그러니까 우리 걸어 다니는 코앞에서 출발하니까 바로 우리를 겨냥해서 생긴 것이나 진배없었다. 그놈의 것이 처음에는 잘 안타다가 한 번 타기 시작하니까 계속 타게 되는 중

독성이 있었다.

그 다음 해 1966년부터는 상용하는 발이 되어버렸고 인체 시계나 세상의 시계도 그것도 시내버스라고 거기에 맞춰지게 되는 것은 어쩔 수가 없었다. 마이크로버스도 버스니까 당연히 차장이 있어야 했고 그래서 남자 차장이 있었다. 그 시절은 화물차도 당연히 차장 아닌 조수가 있었다. 화물자동차의 조수는 일제 강점기부터 있어온 것으로 운전사의 면허증을 따기 위한 한 방편이었었다. 버스 차장은 손님을 위한 것이었고 화물차의 조수는 운전수의 보조였다. 더 야릇하게 구별해 보면 차장은 인문계고 조수는 기술계인 셈이었다. 한쪽은 하이칼라이고 한쪽은 블루칼라쯤 된다고 할까.

아무튼 항공이나 KTX 승무원으로 또 고속버스 기사나 항공기 사로 우리나라를 현대의 선진국으로 발전시키는데 초석이 되었음은 숨길 수 없는 사실이 되었다. 시내버스도 없고 인력거도 없던 시대였으니까 일반 시민의 운송 수단이 없었다는 말이니까 그때까지 시민 사회가 되지 않았다는 말도 되는 것이다. 아직 한 번도 생각해 본 일은 없지만 차가 없어도 중세의 도시처럼 도시는 될 수 있을 것이라는 원시의 도시도 상상해 본다.

검은 콩의 틈새 땅 이용

우리나라는 조상 대대로 농업국이었고 농업하면 알곡 생산을 으뜸으로 여겼다. 쌀, 보리가 중심이고 밀, 콩, 면화가 제2의 주종이었다. 그 외에 고구마, 감자, 토란, 팥, 조, 수수, 녹두, 메밀, 긴밀이라고 하기도 하고 호밀이라고 하기도 하고 귀리라고 하기도 하는 키 큰 밀이 있었다. 우리들은 그것을 대국밀이라고 하였다.

일본 사람을 '왜놈' 중국 사람을 '대국놈'이라고 해야 맞겠는데 이상하게도 배우지도 않았는데 '대국밀' 하면 만주족이 연상되었고 대국놈은 '떼놈'이라고 했으며 대놓고 우리들끼리니까 말을 했었다. 그것은 중국이 청나라였고 호밀하면 병자호란과 그에 따른 욕설 호로와 관련이 있었을 것이고 한국 전쟁 때 중공군의 침략과도 관련이 있었을 것이며 '무찌르자 오랑캐'라는 유년 시절에 많이 불렀던 군가와도 상관이 있을 것이다.

중국 사람의 이미지를 대표하는 것은 '비단 장수 왕 서방'이었다. 대국밀대는 길고 빳빳하기 때문에 엮어서 울타리로 썼다. 아늑하고 따뜻한 느낌의 소재였고 박토에도 잘 자라기 때문에 사시 랑 뙈기에 조금 심었다. 알곡 이용은 보지 못했다. 벼농사는 논의 전부를 이용하고 노동의 여력이 있는 경우는 밭벼라고 밭에 심는 벼도 있었다. 어떻게 하든 쌀을 많이 생산한다면 그것이 부자 되는 길이었다. 밭의 일부를 이용하는 것이었다. 벼농사 시기 때 밭 작물을 심어야 하니까 밭의 전부를 할 수는 없는 것이었다.

보리도 이모작이었으므로 밭의 전부를 이용하고 천수답 등의 논의 일부를 이용하여 보리를 심었다. 보리 생산도 쌀 못지않은 부자의 상징이었다. 곡간에 벼, 보리가마나 섬이 그득해야 부자고 그런 집을 이웃 사람들이 부러워하고 그런 부자를 향해 살았다.

제2의 주종 작물과 고구마만 큰 밭을 이용해 심었고 그것도 그집에서 필요한 양만큼만 심었다. 그 외의 작물들은 양념이 되는 고추, 마늘, 참깨, 들깨 등과 더불어 진짜 맛보기로 조금씩만 심었다. 수수는 모아서 심지 않고 콩밭에 씨를 흘어 뿌려서 드문드문 밭 전체에 자유분방하게 자랐다. 모든 작물은 반드시 씨를 남겨놓고 한 해 동안 먹을 양만 심었다.

제4의 진짜 자투리땅이나 틈새를 이용해 심는 작물이 있었다. 검은 콩, 강낭콩, 애콩이라고 했던 완두콩, 본디, 유월 본디 등의 콩과류와 옥수수 등의 작물이 있었다. 이런 작물들은 여름작물인 콩밭, 고구마, 면화 밭의 고랑 끝이나 밭두둑에 심었다. 그리고는 그 집의 할머니나 주부들이 관심을 가지고 심고 관리하고 수확을 했었다. 그런데 검은 콩만큼은 논두렁에 심었다는 것을 말하고 싶은 것이다. 논두렁 안쪽을 나무 송곳으로 구멍을 내고 지나가면

콩 씨를 한 두알 넣고 뒤따르면서 구멍을 메우고 나면 가을에 수확만 하면 되는 것이었다.

이 대목에서 주목이 되는 것은 제4의 작물은 콩류라는 것이다. 콩은 메주콩만 있으면 되는 것이고 우리들은 흰 쌀밥만 좋아했고 다른 어떤 것도 밥에 넣는 것을 싫어했다. 어떤 납작 본디는 밥에 섞으면 냄새 난다고 고개를 절레절레 흔들었다. 그런데도 어머니는 악착같이 밥에 얹고는 먹을 것을 강요했다. 제4의 작물로는 검은 콩이 대표되는 작물이고 그것은 그 달인 물을 한방에서는 중화제로 쓴다고 했다. 또한 콩은 탄수화물만을 주식으로 생각했던 시대에 단백질의 공급원으로 너무나 중요한 것이었는데 남자들은 등한시 했다는 것이고 주곡으로 많이 심지도 않고 먹지도 않았다는 것이다. 자식들이 기리는 것과 후손들의 번창이 이 남모르는 콩류의 섭취에 있지 않았을까 하는 생각을 해보는 것이다.

오늘도 어느 시골 할머니는 논두렁의 풀을 제초제로 없애 가면서까지 검은 콩을 악바리 같이 심고 가꾸는 것을 보고 옛동산의 논두렁콩과 본디 등의 필수성을 깨달았던 것이다. 우리 민족이 농업 민족으로 현재까지 살아남은 것도 작은 아녀자들의 큰 지혜였음이 새삼스러워지는 것이었다.

Chapter 05

되돌아보는
시간들

문맹의 시대

　문맹이란 글자를 보는데 있어서 맹인과 같다는 뜻이니까 표제의 더 엄격한 의미는 문맹퇴치운동의 시대라고 해야 맞을 것이다. 문맹퇴치 운동은 우리들의 소년 시절에 우리 주변에서 흔히 접할 수 있었던 실생활이었고 당시의 국가적 슬로건이었다. 문맹을 퇴치한다는 것은 어둠의 밤길을 걷는 사람에게 머리 전등을 달아주는 것이요 맹인을 눈 뜨게 하여 흰 지팡이를 집어던지게 하는 격이 되는 셈이다. 결국은 의무교육의 강력한 추진으로 세월이 흘러 자라는 후세들로부터 달성되었지만 그 운동은 우리나라의 발전과 번영에 큰 영향을 끼쳤고 상관관계가 밀접할 것이라고 보는 것이다.

　문맹사회의 허점과 나라의 국민 문맹율의 높음이 민족역사 발전에 얼마만큼 장애가 되고 위험했었는가에 대한 새로운 사실을 최근 정보에 의하여 알게 되었다. 그것은 인류학이라는 학문의 위험한 탐구나 실험이었다.

　지금은 인류 고고학이라 하여 인류학이나 고고학이나 같은 것으로 보지만 사실은 고고학은 따로 있고 인류학은 실은 인종학이었던 것이다. 서양 사람들이 전 세계 구석구석을 휩쓸면서 식민지를 확보하고 그들의 문화나 존재를 과시하기 바빴었다. 동시에 그 식민지의 원주민이나 토착민들을 매우 깔보고 무시했다는 것이다.

그 예로 인류학이라는 것을 창안하여 세계 각 인종들의 뼈골이나 뇌 구조를 연구하여 그들의 식민지 지배체제의 이론적 당위성으로 합리화 했던 것이었다. 결론은 원주민이나 토착 종족들은 그들과 같은 문화민족이나 인류 문명 발전에 기여할 수 없다는 것이었다.

바로 일본이 일제 강점기에 우리 민족을 그런 야만인 취급을 했다는 것이다. 우리보다 한 세대 먼저 개방하여 서양 학문을 먼저 받아들인 일본의 인류학자들이 한국인을 연구해 본 결과가 그랬다는 것이었다. 한국인은 결코 문화민족이나 선진 문명국가가 될 수 없다고.

한국민의 역사나 생활환경이 그런 것이 아니라 한국민의 인종 자체가 그런 골격이나 뇌 구조를 가졌다고. 아마 서양의 인류학자들도 그들의 식민지 원주민들을 그런 결론을 내렸을 것이다. 흑인 노예제도나 인디언의 멸살 정책이나 호주 원주민들에 대한 것들과 일본의 만주 731부대의 한국인을 마루타로 실험한 것을 보면 충분히 짐작이 가는 역사였었다.

일본이 문호를 개방하고 서양 문물을 받아들인 것이 불과 삼사십 년의 한 세대 정도의 먼저라는 차이 밖에 없었는데 그 사이에 서양식의 학문을 공부한 학자들이 서양식의 기준을 한국민에게

들이대어 우리를 형편없는 미개인으로 단정을 내렸다는 것을 생각하면 소름이 오싹할 수밖에 없는 사실이었던 것이었다. 이런 역사가 무엇 때문에 일어났겠는가. 다 우리 국민의 무지와 문맹 때문이었을 것이다.

우리가 일본 식민지에서 해방되고 한국동란 거치고 하면서 정식으로 서양 문물을 우리가 직접 받아들이게 되기까지는 일본보다 거의 1세기나 늦은 셈이 되는 것이었다. 그 시기가 바로 우리들의 어린 시절 1950년대였던 것이다. 그리고는 국민의 문맹퇴치운동으로부터 시작되는 것이었다.

일제 강점기 독립투사 선각자들이 한결같이 부르짖던 국민계몽운동이 이제야 우리 힘으로 민족의 때늦은 자각으로 하게 되었던 것이었다. 문맹퇴치의 첫걸음이 '농민독본'의 보급이었다. 한글을 깨우치게 하기 위한 책으로 우리들 3학년 때까지 학교 선생님들이 일일이 시골 동네 가가호호를 방문하면서 문맹퇴치운동의 선봉장이 되어 주민들의 문맹률을 낮추기 위해서 애를 쓰고 노력했다.

지금과 같은 우리나라 발전의 까마득한 밑바탕에는 빈약한 국판의 뚜렷한 표지의 글자로 된 '농민독본' 이란 책이 있었다. 그 책은 우리 국민을 눈뜨게 한 바이런이었다. 특히 시골 초등학교 선생님들은 심 봉사를 눈뜨게 한 그의 딸 심청이었었다.

졸업식장의 눈물바다

한국에 시집 온 다문화 가정들의 친정 나들이에서 우리들의 눈길을 끄는 여러 가지가 있겠지만 그 중에서 단연 눈길을 끄는 것은 그들의 가족들의 만남과 헤어짐이었다. 만나도 울고 이별할 때도 우는 그들의 눈물. 우리들의 멀지 않은 과거였었다. 우리들의 어린 시절에 흔히 있던 사례들이었다. 시집을 가거나 고향을 떠나거나 오랜만의 친척들의 만남이나 헤어짐은 항상 눈물이나 슬픔, 비통함으로 분위기를 꽉 메웠었다.

지금 생각하면 너무나 부질없었던 초등학교 졸업식 때의 우는 풍토. 어쩌다 지금은 눈물이 별로 없는 세상이 되었는지! 초등학교란 말은 1992년부터 대통령을 했던 김영삼 정부 때의 일제 잔재 없애기 일환 중의 하나의 치적으로 '국민학교'를 초등학교로 명칭만 바꾼 것이다.

아무튼 우리 민족도 눈물이나 슬픔이 많았다. 우리들이 자란 환경이나 풍습은 수천 년 우리 역사의 종지부를 찍는 것이었으니까 그 앞 시대의 우리 민족의 의식주나 풍토, 풍습은 다 짐작하고도 남음이 있는 것이다. 까마득히 멀어져간 우리들의 과거, 급격히 변해버린 삶의 환경, 그때의 눈물들은 전설이 되어버렸다.

초등학교 졸업식장에서 우리들의 눈물. 우리들은 슬픔으로 가득 차 있었다. 졸업하고 헤어지면 다시는 만나지 못한다는 그런 생각들 때문이었다. 그런 생각들의 바탕에는 순수한 인간 본성의 이별의 예측에 대한 슬픔도 있었을 것이고 당시의 시대적 환경의 발로이기도 한 것이다.

그 환경이란 식민지 국민의 예단할 수 없는 생활환경, 가족들이 일본 순사에 잡혀가고 전쟁터에 내몰리고 정신대에 끌려가고 보국대로 징집되던 그런 불안한 과거의 경험에서 우리들의 미래도 여기서 헤어지면 그런 불안하고 알 수 없는 것이 되기 때문이 아니었을까.

불안한 미래는 6·25 민족 전쟁이 그 절정의 경험으로 우리들의 뇌리에 가득했을 것이기 때문이기도 했을 것이다. 졸업식이 시작되면 무거운 분위기가 깔리다가 졸업식 노래 '빛나는 졸업장을'의 노래가 시작되면 완전한 울음바다가 되었던 것이다.

'빛나는 졸업장을 타신 언니께 / 꽃다발을 한 아름 선사합니다 / 물려받은 책으로 공부를 하며 / 우리도 언니 뒤를 따르렵니다.'

'잘 있거라 아우들아 정든 교실아 / 선생님 저희들은 물러갑니다 / 부지런히 더 배우고 얼른 자라서 / 새 나라의 새 일꾼이 되겠습니다.'

일절은 재학생들이 부르고 2절은 졸업생들이 불렀다. 노래의 가사도 당시의 우리들의 환경이나 형편을 직접적으로 표현한 것으로 되어 있다. 그러나 지금도 그 노래를 부른다면 의미를 상당히 넓게 해석해서 불러야 마땅할 것이다. 그 당시에 직접적인 표현이 지금은 상징성만 남아 있기 때문일 것이다. 넓은 의미로 해석하지 않으면 지금의 환경이나 의식에는 맞지 않은 느낌이 나는 것은 어쩔 수 없는 일일 것이다.

졸업식장에서의 우리들의 눈물은 앞 시대 사람들의 시간적 공간적 개별적으로 흩어져 있었고 깊이 패여 남모르게 암암리에 흘러내리던 설움이나 눈물이 우리들에게 스며들어 한꺼번에 터져 나오는 단체 눈물이었다. 헤어지면 다시는 못 본다는 단지 그 하나만의 이유로 다른 명분이 있는 것도 아니었다. 굳이 따지면 남이 우니까 따라 우는 것이고 분위기가 그랬다고 하는 것이 가장 무난하다고 하겠다. 단체성의 위력을 처음 느껴 보는 것이라고 할 수 있을 것이다. 그래도 그 눈물은 우리 민족의 따스한 정이었고 오늘날 세계를 품어 아우르고 세상에서 가장 살기 좋은 나라를 만드는 원동력이 되었는지 모른다.

동심초

1. 꽃잎은 하염없이 / 바람에 지고 / 만날 날은 아득타 / 기약이 없네

   무어라 맘과 맘을 / 맺지 못하고 / 한갓되이 풀잎만 / 맺으려는고

   한갓되이 풀잎만 / 맺으려는고.

2. 바람에 꽃이 지니 / 세월 덧없이 / 만날 길은 뜬구름 / 기약이 없네.

우리 시대에 너무나 우리들의 심금을 울렸던 우리나라의 가곡이다. 이 노래만 들으면 지금도 우리들의 어린 시절에 많이도 했었던 종이배 풀잎배 생각이 난다. 가사의 시적 의미는 따로 있겠지만 우리는 까닭 모르게 종이배 풀잎배 만들어 띄우는 생각을 하게 된다.

해마다 세월의 수레바퀴는 여지없이 돌고 돌아 봄철이 돌아오고 또 무르익으면 사방은 짙은 초록의 물결로 덮이고 여기저기서 흐르는 개울물 소리가 우리들 귓가에서 속삭인다.

그럴 때면 우리들은 어김없이 들로 산으로 나서게 된다. 흐르는 물에 낙차가 있어 긴 혀를 내밀고 노래하면 그런 곳에는 장난감 물레방아를 돌리고 고요히 흐르는 평평한 수면에는 종이배나 풀잎배를 띄웠다. 종이배는 집에서 만들어 오고 풀잎배는 그 자리에서 길고 납작한 풀잎을 꺾어 즉석에서 만든다. 주로 풀잎배를 많이 띄웠던 것 같다. 바로 그 풀잎배 만드는 마음이 '동심초'라는 생각을 우리는 항상 해 왔고 뇌리에 박혔다. 그것도 험상궂은 우리들 초동의 마음이 아니라 잘 차려 입은 어린 새색시의 섬섬한 손길과 멀리 간 낭군을 기다리는 마음이라는 것이다.

요즘의 사극이나 옛날을 배경으로 한 드라마에서 곱게 한복을 차려 입은 젊은 색시가 나오면 그리고 우수에 젖은 눈길을 먼 하늘로 보내면 여지없이 동심초를 연상하게 된다. 무언가를 그리워하고 기다리는 마음, 그것은 '동심초'나 '새색시'만이 아니라 우리 민족의 가장 밑바탕에 깔려 있는 기본적인 정서 즉 '한'과 연관되어 있었을 것이다. 당시는 서양의 문물이 우리 생활에 전연 침투한 시대가 아니었으므로 근세의 고전 심리학자 '프로이드'가 말한 '리비도'는 바로 그 '동심초'로 대변된다 할 수 있을 것이다. 그것은 '한'이 아니라 우리들의 '감성'이었던 것이다. 아닌 게 아니라 우리의 경험에 비추어 보아도 그랬다.

감성은 사춘기 이후에만 생기는 것이 아니라 어린 성장기에도 분명히 있었다. 무언가를 향해서 달려가고 싶은 마음, 누구를 생각하고 누구를 기다리고 그리워하는 마음, 분명히 있었다. 동심초의 여인이 항상 있었다. 어쩌면 그것은 우리의 현실을 탈피하고 먼 어느 곳에서 안식을 구하고자 하는 마음의 이상향이었는지 모른다. 우리들의 꿈과 희망이었는지 모른다.

솔 향내 나는 산그늘 길의 모퉁이를 돌거나 아늑한 오솔길의 어느 메쯤에는 항상 동심초 여인이 기다리고 있거나 동행하고 있었다. 때로는 구체적인 형상으로 등장하는 것이었다. 최초로 동네를 벗어나보는 학교에 가는 모습 중에서 일학년 국어책 표지에 있는 손잡고 등교하는 어머니의 모습이 형상화 된 것인지 모른다. 우리로서는 죽었다 깨어나도 가질 수 없었던 환경, 일학년 때 학교 동네 지서장 아들인 황노석의 연약하고 희고 예쁘장한 모습과 이학년 삼학년 담임을 했던 서정숙 선생님이 동심초 여인이었는지 모른다. 그 뒤에 어른이 되어서는 묘령의 여인으로 변신을 하였지만 지금도 우리들 시골 태생의 촌티 생각은 어쩔 수가 없다.

우리나라 최고의 예술극장이나 공연장에서 유수의 성악가가 '동심초'를 불렀어도 청각이 뇌를 통해 이미지로 자리를 잡을 때는 멀고 먼 아득한 고향의 빈약한 골짜기에서 개울물이 흐르고, 찬란한 햇빛 아래 파란 풀잎들은 바람에 흔들거리고 그 풀잎을 꺾어 고를 맺고 엮어 풀잎배를 만들어 띄운다. '동심초 여인' 그것은 영원한 우리들의 감성과 그리움의 아이콘이다. 다시는 만날 길 없는 첫사랑의 여인인 것이다.

거머리

　지구촌 시대가 되다보니까 열대 지방에는 산의 숲속에도 산거머리가 사람의 살에 달려 붙는 것이 보였다. 우리나라의 요새 사람들은 차라리 우리 시대에 그렇게 성가시게 했던 무논의 거머리보다 열대지방의 산거머리가 더 익숙한 듯하다. 거머리는 당연히 물에 사는 생물인데 산에 산다는 것은 이해할 수 없는 일이었다. 그것도 강이나 호수 등 아무 물에나 서식하는 것이 아니고 벼가 자라는 뻘논에 많았다. 우리들이 무논에 일을 하면 바짓가랑이를 걷어 올린 물속에 잠긴 다리 부분에 주로 달라붙었다.

　우리들의 주식인 쌀을 생산하기 위해서는 벼를 재배해야 하고 그러기 위해서는 무논에서 일해야 하는 것이 필수인데 뻘논에서 가장 성가신 존재가 거머리였었다. 그놈들이 다리에 붙기만 하면 쉽게 피부를 뚫고 피를 빨았다. 피를 빨리면 그 부위가 때끈거리고 아팠다. 부리나케 거머리를 떼어내면 피가 줄줄 흘러나오다가 자연 지혈되었다. 거머리란 놈들이 원체 작고 연약하고 미끄러운 것들이라 손에 잘 잡히지 않았다. 손가락 사이로 빠지는 것이 여간 아니었다. 떼어내면 달라붙고 또 떼어내고 하는 전쟁을 하면서 일을 해야 하니 그 불편하고 성가심은 이루 말할 수가 없었다. 오죽하면 떼쓰고 달라붙고 성가시게 하는 사람을 '거머리 같은 놈아.' 라고 했을까.

신체 다리 부위에 따라, 거머리의 크기에 따라, 또 일하는 사람의 정신적 상황에 따라 거머리의 채혈을 잘 못 느끼는 때가 있기 마련이었다. 그걸 땔라치면 거머리는 풍선처럼 둥글게 부풀어 오르고 채혈로 배를 채웠다고 제 스스로 떨어지기는 하나 그 후 사람들의 후유증은 심했다. 피부 구멍이 커져서 지혈이 잘 안되기도 하고 구멍 주변의 흉터가 생기며 상처가 아물 때까지 근지럽고 자꾸 신경이 가는 것이다. 긁으면 딱지가 떨어져 다시 피가 나고 해서 농사철 거머리의 후유증은 말할 수가 없었다. 그렇던 거머리들이 이제는 찾아보기가 힘들게 되었다. 그렇다고 거머리가 멸종된 것은 아니다.

거머리가 사라지게 된 근본 원인은 농촌의 농약 때문이다. 파라티온 같은 강한 독성의 농약도 원인이 되겠지만 가장 근원적인 것은 제초제 때문일 것이다. 제초제로 인하여 농토 주변의 생물들이 전멸하게 되었다. 원래는 논밭의 기심을 없앨 목적으로 시도되었으나 농장 주변의 생물들이 멸종하게 되었다. 잡초 등 식물은 절대 멸종될 수 없고 다시 재 생출 되고 원상회복이 쉬우나 동물들은 회복 불가능함을 보여주고 있다. 거머리도 그런 생태계의 일환으로 멸종된 셈이다. 거머리가 없어진 것은 다행이었으나 동시에 생태계가 파괴되었다. 생태계의 파괴는 우리들의 삶의 환경을 너무나 많이 변화시켰다. 시골하면 농촌이고 농촌하면 논밭인데 전답 주변의 곤충을 비롯한 미세 생물들을 볼 수가 없게 되었다는 것이다.

거머리가 반딧불이 같은 환경 지표 생물도 아니고 그렇다고 물방개나 메뚜기처럼 없어졌다고 해서 아쉬움이 많은 생물은 아니지만 거머리가 없어졌다고 하는 그 삭막한 무논의 풍경을 상상하면 별로 기분이 나지 않고 떨떠름한 것은 사실이다.

수천 년 동안 대대손손 거머리와 싸우면서 벼농사를 짓던 농사법의 한 단면이 우리 시대에 변환되었다는 것을 상기하면 기분이 참 묘하기도 하다.

거머리, 파리, 모기, 이, 벼룩, 빈대, 지렁이, 개구리, 뱀, 메뚜기, 멸구, 이화명충, 진딧물, 집쥐, 들쥐, 반딧불이, 참새, 제비, 송사리, 미꾸라지 등 수많은 생물들과 잡고 죽이고 물리고 쫓고 밟고 뒹굴며 함께 했던 시간의 굴레가 남아 있는 것이다.

거머리에 물려 흐르는 피는 피로 보지도 않았고 비 온 뒤 미끄러운 골목길, 논둑길, 무논으로, 그것도 맨발로 등짐 지고 왕복하며 농사일에 바빴던 우리들의 십대가 상기되는 것이다. 그런 우리들의 십대도 분명 가치 있는 인생이었다.

굴렁쇠 구르기

굴렁쇠 구르기는 '88서울올림픽 때 우리나라 전통의 어린이 놀이로 세계인들에게 보여줄 만한 가치 있는 것 중의 하나라고 하여 한 아이가 단독으로 행사를 거행하기도 했다.

지나고 보니까 꼭 그런 것만은 아니었다. 네팔 같은 나라의 시골 일부에서 아직도 그런 놀이가 남아 있었다. 우리 고유의 전통 놀이가 아니었다는 것이다. 우리 고유의 것이 아니면 어떤가. 그만큼 우리나라의 전통에 그런 놀이가 성행했다는 것을 의미하기도 하는 것이다.

모든 풍속이나 전통 놀이 등을 마지막으로 휩쓸고 지나온 우리들로서는 당연히 굴렁쇠 구르기가 익숙한 경험일 수밖에 없었다. 카랑카랑한 소리를 내면서 골목길, 논둑길, 방천길을 지칠 줄 모르고 쏘다니며 내달렸던 기억들이 아직도 생생한 것 같기도 하다. 굴렁쇠의 뒤축을 굵은 철사를 휜 손잡이 쇠로 밀면 둥근 바퀴는 굴러가고 그것이 좁은 길이나 산길에도 소리를 내며 잘 굴러간다는 것이 참으로 신기하기도 했고 달리면서 하니까 재미도 있었다. 특히 둥근 바퀴가 구르면서 내는 쇠의 마찰음은 어느 면에서는 음악소리와 같았다.

당시에는 쇳소리가 상당히 귀한 소리였었다. 음악적으로는 징, 꽹과리 소리가 있었고 생활면에서는 소의 목에 단 요령소리가 있었다. 그것을 워낭소리라고 했다. 사시사철 가장 일상화된 쇳소리가 아마 워낭소리였을 것이다.

절에 가면 풍경소리, 집에서는 워낭소리, 아이들은 굴렁쇠소리, 허허한 자연계에 부질없는 물소리 바람소리 등에 맞서 당당한 인간의 소리로 사람들은 쇳소리의 울림을 선택하고 좋아하였는지 모를 일이었다.

당시 사람들은 괴괴하고 적막함을 싫어했다. 조용하고 적막함 속에는 요괴나 귀신이 있다고 믿었다. 고요함 속에 있는 그런 나쁜 악귀들을 쫓는 방법으로 가장 좋은 수단이 쇳소리를 내는 것이라 했다. 무당들이 징, 꽹과리를 두드리면서 굿을 하고 또 효험을 본다는 것도 다 쇳소리의 공명과 인체의 소리에 대한 공명이 오늘날 음악과 같은 역할을 하였는지 모를 일이었다.

당시의 깡통 차기 놀이에 매료되었던 것만 봐도 쇳소리에 대한 공감을 알만 하지 않은가. 아이들은 소리보다 굴러가는 재미로 뛰고 달린다. 사실 따지고 보면 굴렁쇠는 귀했다. 처음에는 통의 테를 많이 굴렸던 것 같다. 대 껍데기로 엮은 똥장군의 테로 구르고 다녀도 소리가 나지 않았다. 기술적으로 구를 수 있고 달릴 수 있다는 재미로 하는 것이었다. 진짜 근사한 굴렁쇠는 자전거 바퀴의 타이어를 드러낸 나무였다. 쇠막대기로 하면 소리가 너무 좋았고 나무 막대기로 해도 소리가 잘 났다. 그리고 운전하기도 너무 쉬웠다. 굴렁쇠의 왕은 단연 자전거 바퀴인 나무였다. 바퀴도 크고 소리도 크고 묵직한 것이 제격이었다.

진정한 굴렁쇠는 자전거 바퀴보다는 작고 손가락 굵기의 쇠로 만든 둥근 링으로 따로 독립된 물건이 있었다. 끝이 'ㄷ'자 모양으로 된 쇠막대기에 손잡이 자루는 둥근 나무를 박아서 사용하는 보조 기구로 굴렁쇠를 밀고 달리면 그 소리는 맑고 청명하게 골목길이나 마을을 울렸다. 굴렁쇠만을 위한 물건으로 만들어졌다는 것이 특징이었다.

어떤 형태의 굴렁쇠라도 굴러 간다는 것과 뛰거나 달려야 하고 멈출 수가 없다는 것이 굴렁쇠 기능의 가장 중요한 요소라 할 수 있을 것이다. 멈추면 넘어진다는 것 때문에 계속 달림으로써 고도의 정신집중을 요하는 운동이라 할 수 있을 것이다. 그리고 그 소리는 다른 잡음과 잡념을 없애며 정신을 맑게 하는 것이고 정신을 일깨우는 역할도 했을 것이다.

오늘날 자동차, 오토바이, 자전거에 심취하고 매료되고 널리 애용하는 것의 저 깊은 밑바탕의 정신세계에는 어린 날 굴렁쇠 구르기의 아련한 추억과 그 쇳소리의 음악과 같은 선율의 여운이 몸에 배어 있고 신체를 이루는 세포의 기능이 활력을 얻고 공명을 하기 때문일 것이다. 가다가 멈추지 못하는 굴렁쇠는 인간 세상살이 이치와 같은 것이다.

버들피리 꺾어 불다

입춘이 지나면 햇살의 두께는 상당히 두툼해진다. 양지바른 실개천 가의 버들강아지 열매의 솜털은 윤기가 나기 시작하고 줄기와 새눈은 생기를 발하기 시작한다. 가장 먼저 봄을 알리는 것이 버들강아지였다. 사계의 윤회는 어김없이 얼룩을 남기면서 반복되었다.

2월, 3월, 4월은 확실한 봄이었다. 밝은 햇살에 몸이 노곤해지고 바람이 시원해지고 어디서 버들피리 소리가 들려오면 봄이었다. 봄의 낌새는 눈으로 몸으로 느끼지만 확실한 봄의 정취는 버들피리 소리를 듣고서야 실감을 하게 되는 것이었다. 희한하게도 우리들은 봄이 되면 확실히 버들피리를 꺾어 불었다. 해마다 그 지절에는 그런 소리가 나는 것이 정상이었다.

버들피리는 두 종류가 있었다. 봄을 가장 먼저 알리는 버들강아지의 손가락 굵기의 가지를 꺾어 껍질을 비틀면 하얀 속 뼈 같은 목질 부분은 빠지고 초록색 껍질이 대롱처럼 된다. 길이는 10센티

이하로 한다. 잘 드는 낫으로 접고 꺾어서 구멍을 다섯 개 정도 낸다. 입으로 부는 부분은 낫으로 얇게 껍질을 벗겨내고 불면 그 1센티 정도의 흰 부분이 떨림판이 되어 소리가 난다. 구멍은 음계가 되어 노래의 멜로디를 연주할 수가 있는 것이다. 오늘날의 리코더가 되는 것이다.

실개천 가의 버들강아지 말고 둔천의 버드나무 가지로 만드는 피리가 있었다. 정상적인 표현은 미루나무가 될 것이다. 그냥 버드나무 하면 수양버들을 말하는 것이기 때문이다. 수양버들은 능수버들이라고도 하며 물가에 자생한다. 가지가 축 늘어져 바람에 하늘거리고 있으면 세월의 덧없음과 정조와 지조라는 것이 얼마나 무상한 일인가를 깨닫게 하는 나무이기도 한 것이다.

민요에 등장하는 버드나무는 모두 수양버들을 일컫는 것이다. 미루나무 가지로 만드는 피리는 만드는 방법은 버들강아지 가지와 같으나 길이나 굵기가 요새의 리코더와 같은 길이나 굵기가 되는 것이었다. 당연히 소리가 더 굵고 청명하게 들릴 것임은 자명한 일이라고 보아야 할 것이다.

미루나무는 우리 전통의 버드나무였다. 그 뒤에는 이태리포플러라는 것이 들어와 가로수와 방천을 점령하여 전통 버드나무는 점점 더 귀하게 되었다. 그렇게 따지면 버드나무의 종류는 네 가지가 되는 셈이다. 버들강아지, 미루나무, 수양버들, 이태리포플러로 대별되는데 버들피리를 만드는 버들은 버들강아지와 미루나무였다.

해마다 봄철이 되면 버들피리 소리는 듣지만 그런 소리들을 음악적 감성으로 받아들이지는 못했다. 계절이 바뀌는데 따른 세월의 바퀴소리로만 인식되고 있었다. 또한 그 소리의 주인공이 되어야 한다고 생각했다. 그리고 나이가 지나서 그런 피리를 불면 어른답지 못한 경망스런 행동이었다. 철딱서니 없는 행동의 표본이 되었다.

나이가 들어 음악적 감성이나 재능에 관한 생각을 하면 항상 성장 배경이나 주변 환경을 탓하거나 하는 경우가 많다. 또는 자기의 무재주에 열등의식을 느끼기도 하고 뛰어난 연주가나 음악가에 대한 부러움을 갖기도 한다. 그럴 때면 항상 '나의 살던 고향을'을 생각하게 된다. 그 핍박한 고향의 봄날에 들리고 불었던 피리소리와 그 장소와 환경과 분위기를 연상하게 된다. 그러면서 우리가 진정 소리에 대한 감각과 음악에 대한 감수성이 있었다면 그 봄날의 피리소리만으로도 충분하고 그 버들피리라도 계속 불었다면 얼마든지 위대한 음악가가 될 수 있었을 것이라는 생각을 하기도 하는 것이다.

그 피리소리의 여운이 그리고 그 빛나던 봄날이 아직도 생생한 것은 우리들의 음악적 소양이 그때 형성되었고 그 이후의 것은 아무리 위대해도 일시적이고 본바탕의 것을 밀어내지 못하기 때문일 것이다. 버들피리도 대단한 악기였지만 그것을 알지 못했다.

사회 고질법의 개정 두 건

　노름이나 주색잡기로 가산 탕진이나 가정 파괴는 어느 시대 어느 나라를 막론하고 다 있는 법. 우리들 그 잠자는 듯한 시절, 시골 농촌에도 눈 뜨면 날 새면 그러한 풍문들이 온 세상을 휘젓고 다니고 사람들 입가심 꺼리로 날이면 날마다 씹는 껌이 되었다.

　노름으로는 일제 강점기 일본 사람들이 가지고 들어왔다는 화투가 주로였다. 그 중에서 '쪼이'라는 것과 '짓고 땡'이라는 것이 가장 유명했다. 오락으로는 '민화투치기' '또이또이'라는 것과 '육백'이 있었다. 요즘의 화투 오락의 대명사가 된 '고스톱'은 그 당시에는 없었다. 서양 화투라 할 수 있는 '트럼프'도 있었으나 널리 파급되고 보편화 되지는 못했다.

　우리나라는 조선시대나 일제 강점기까지 집이나 땅의 등기문서를 현금 대신 어음으로 이용했는데 이 제도를 노름판에서 활용한다는 것이었다. 노름하다가 돈 떨어지면 집에 가서 부동산 문서를 가져오라고 한다는 것이었다. 도박에 빠지면 부모도 몰라본다고 그 낭패자들이 인정사정 볼 것 없이 문서를 훔쳐가거나 심지어 빼앗아 가서 노름을 하고 가산을 탕진한다는 것이 그 당시의 가장 사회악으로 국가적 고민이었던 것이다. 그래서 1960년에 와서야 이어받았던 일제 강점기 민법을 개정하여 개인이 소지한 등기문서는 그렇게 중요하지 않고 등기와 관청에 비치한 등기부를 우선시 하여 문서를 현금화하고 어음으로 이용하는 것을 차단했다. 즉 문서를 주고받고 해서는 부동산을 사고 팔 수가 없다는 것을 의미하는 것이다. 또한 노름빚은 갚지 않아도 된다고 하는 법을 만들었다. 그 후로 노름으로 가산 탕진하는 일들이 많이 사라지게 된 것이었다. 노름꾼에 관한 이야기들이 수그러드는 까닭이 되었던 것이다. 다른 하나는 축첩제도에 관한 것이다.

우리나라는 옛날부터 유교적 윤리에 의하여 일부일처 제도를 견지하여 왔으나 민법의 내용인 가족법상으로는 명문화 되어 있지는 않았던 모양이었다. 그러니까 1960년에 와서야 축첩제도의 폐지를 명문화 했다는 것이다.

당시에는 한량이란 말이 흔했다. 유유자적하는 양반이란 뜻이 되겠는데 대체로 농사짓는 고된 노동을 하지 않는 사람을 뜻하게 되었고 관리나 부자로 생활에 여유 있는 사람이거나 게으른 난봉꾼도 해당되었다. 그 한량이란 자들이 첩을 거느리는 일을 예사로 했다. 아무리 잘 나고 부자인 집이라도 첩을 두게 되면 그 가정이 평화로울 리가 없었다.

남아 선호사상과 남자의 가부장적 사고가 팽배했던 시절에 첩이라고 하는 것은 지금의 부인 외에 애인과 같은 것인데 알고 보면 남자의 자존심을 자극하는 것이나 진배없었다. 그러니까 남자들이 기회만 닿으면 술집에 드나들고 심지어 술집 여자들을 첩이란 이름으로 집에까지 데려오기도 하였다. 그것을 곱게 받아 줄 본처가 세상에 어디 있겠는가. 당연히 그 집은 소란스러워지고 그런 것은 곧 동네 사람들의 화제거리로 반은 흉도 보고 질시도 했던 것이다.

첩 중에서는 우리 동네 사람들한테 꽤 유명한 사람이 있었다. 우리들로서는 귀로 듣기만 한 명칭이었다. '용지이 첩사이였다.' 용지이라는 사람은 김용진이라는 사람을 말하고 그 사람은 우리 김영 김 씨로 파는 우리와 다르지만 집안사람으로 우리들 초등학교가 있는 독산리 서당골 출신일 것이라고 짐작한다. 확실히는 모르지만 그 동생 용구가 그곳에 살았었다. 일제 말기에 우리 내동면 면장을 했다고 했고 우리 어릴 때는 진주의 민주당 국회의원을 지냈다. 이승만 자유당 시절에는 도시에는 야당이 국회의원이 되는 것이 당연시 되었다. 도시에는 지식인들이 많이 산다는 것을 나타내는 것으로도 표현되는 것이기도 했다.

동네 사람들이 진주 장에 가서 용지이 첩을 보았으면 그것이 화제가 되었고 그 첩의 집 앞이나 뒤, 옆 등이 진주 시장에서의 나침반이나 위치를 표시하는 거점이 되기도 했다. 용지이 첩은 기생도 영화배우도 없던 시절의 당대의 떳떳한 우상이었으며 스타였었다.

명주수건의 목도리

해마다 겨울이 되고 날씨가 몹시도 추우면 따뜻한 방, 이불 속에 몸을 감추게 되고 곧장 어린 날의 겨울을 살았던 기억에 잠기게 된다. 우리들의 겨울은 정말 잔인하고 거지같았다고. 장갑이 있었나, 신발이 있었나, 귀마개가 있었나, 일학년 때까지는 겨울이 되면 솜 넣은 베잠방이를 입었던 것 같다. 바지, 저고리 모두 솜이 두툼히 들어있었고 실밥 사이로 뾰족이 빠져나오기도 하였다.

우리 세대부터 짚신은 신지 않았지마는 베잠방이는 학교 초년생 때까지 하여 마지막을 장식하고 지나왔다. 우리들의 저학년 때가 가내 수공업 의상에서 공장공업의 제품으로 전환되는 시기가 아니었나 싶다. 우리들의 차림을 돈을 주고 사서 입으면서 이웃과 또는 다른 친구들과 비교하게 되고 빈부의 차가 본격적으로 세상에 드러나게 된 것 같다. 세상 사람들의 심사를 뒤틀면서 돈의 중요성이 더욱 활개를 펼쳤던 것 같다.

어렵고 힘들었던 그 옛날의 겨울 속에는 우리들을 지켜주고 따뜻하게 해주었던 정말 기분 좋았던 것이 하나 있었다. 명주수건 목도리였다. 겨울이 가고 봄기운이 돌아 남녘으로부터 봄바람이 불어오면 우리들은 그 노랗기도 하고 새하얗기도 한 기다란 명주수건을 풀어헤쳐 손에 쥐고 팔을 휘저으면서 학교 마치고 집에 오는 한길을 내달리던 기억이 너무나 뚜렷이 생생하다. 우리들의 겨울을 이기게 했던 명주 목도리. 초등학교를 졸업하고 도시의 학교로 가면서부터는 아무리 좋은 생활용품도 시골스런 것은 아무 쓸모가 없었다. 명주수건 목도리도 아득한 기억의 저편으로 사라져 가고 말았던 것이다.

오늘날의 명주는 실크라 하여 원단이 대량으로 생산된다. 우리들의 명주 목도리는 철두철미 자급자족시대의 산물이었다. 누에를 뽕잎을 먹여서 키우고 길러서 누에고치에서 실을 뽑아 실타래에 감으면 그것이 명주구리가 되었다. 명주구리 실은 가늘고 길며 윤기가 났다.

그 시절에는 깊은 물의 비교를 명주실로 했다. '명주구리 한 타래가 다 들어갈 만큼 깊다'라는 말을 많이 했던 것 같다. 명주구리를 씨실, 날실로 하여 짜면 명주가 되었다. 명주 짜는 베틀은 무명베 짜는 베틀과 동일했다. 명주에다 곱게 무지개 색의 물감을 들이면 색동 옷감의 비단이 되었다. 색동 비단을 만들기 위해서는 고도의 기술과 시간과 섬세함이 요구되기 때문에 그냥 누리끼리한 명주 원단을 그대로 사용했다.

우리 집에서 어머니가 마지막으로 짜는 것을 한 번 보았고 마지막 번데기도 먹었었다. 그 뒤에는 진주에 고치를 이용하는 실크

공장이 있었기 때문에 누에고치를 직접 그곳에 갖다 팔았다. 우리들은 고치공장이라 하였다. 그 옆을 지나가면 고치 삶는 냄새와 번데기 냄새가 진동했다.

연전에 동대문 시장에 가서 실크 원단을 사 와서는 명주 목도리를 만들어서 사용하다가 그냥 옷걸이에 방치되어 있었는데 이번 겨울이 몹시 춥기도 하고 무엇보다 가족들이 감기 기운이 있길래 목 보호대로 사용하니까 보기도 좋고 효능도 있는 것 같았다.

서양 옷감의 주재료인 양모와 과학의 발달로 인한 수많은 화학사들이 판치는 요즘 세상에도 명주는 당당히 최고의 자리에서 그 위력을 발휘한다고 봐야 할 것이다. 최고급 잠옷의 원단으로 지금도 여전히 실크가 차지하고 있으며 경제력이 된다면 속옷도 실크로 하면 좋을 것이다. 목화가 원료인 무명실로 된 면보다 우리 몸의 건강에 더 낫다는 것을 알게 될 것이다. 땀의 흡수력과 통기력이 우수해서 우리 몸의 생리에 잘 부합하기 때문일 것이다.

우리들의 겨울과 건강을 지켜주었던 명주수건 목도리, 당연히 어머니 생각을 하게 된다. 우리들이 일생을 살게 한 힘의 원천이 당연히 어머니의 따스한 손길이기는 하겠는데 그 중에서도 명주 목도리 감아주던 손길과 달집 태울 때 목의 옷깃을 뜯는 기도가 아니었을까.

그 겨울의 지리산 눈바람을 뚫고 학교를 열심히 다니게 한 힘의 원천이 바로 명주 목도리였을 것이고 지금도 명주 수건 감아 주시던 어머니의 손길이 선하다.

반딧불의 천국

　여름 장마가 지나면 더위는 절정에 달하고 한창 더위 때의 밤의 제왕은 반딧불이었다. 밤을 지배하는 것은 하늘의 별과 은하수이나 이때만큼은 반딧불들이었다. 달이 없는 암흑의 밤이면 하늘에는 별, 지상에는 반딧불의 세상이었다. 밤하늘의 별들이 별로서 존재하듯이 반딧불들은 반딧불로서 존재했다. 그놈들이 벌레라든지 그 벌레가 낮에 보면 어떤 모습일까 라든지 왜 여름밤이 되면 그렇게 되는지에 대한 그런 류의 것에는 관심이 없었다. 우리가 흔히들 말하는 개똥벌레가 반딧불이라는 것은 아예 몰랐다. 알 필요도 없었고 알아야 할 이유도 없었다. 해 뜨고 달 지는 자연현상으로만 생각했다. 그러던 그놈들이 어느 때부터 흔적도 없이 사라졌다. 동시에 우리들도 반딧불의 세계를 떠났다.

　우리가 반딧불의 천국을 떠나면서 곧장 전깃불이 들어오고 또 이어서 농약이 들어왔다. 우리가 떠나고 시골에 전기가 들어오면서 반딧불에 무관심해지기는 전국이 거의 마찬가지였을 것이다.

전깃불의 위용 앞에 반딧불이 사라졌는지 농약의 피해로 인하여 사라졌는지 관심도 갖지 않은 사이에 반딧불의 천국은 없어지고 만 것이었다. 대체로 농약으로 인하여 반딧불이 사라졌을 거라 짐작하지만 그렇지 않은 경우도 가정해 볼 수 있다.

사람 사는 동네 근방에 많이 서식했던 것들이라면 전깃불로 인한 피해도 있었을 것이다. 개똥벌레가 성충이 되어 산란을 위하여 수놈들의 암놈 유혹을 위한 몸짓의 일환으로 불을 밝히고 이리 저리 날아다니는 것이라는데 그렇다면 전깃불로 인한 수난이 가상되어지는 것이다. 마을에 전기가 들어오면서는 전깃불의 위력 앞에서는 반딧불은 있으나마나였을 테니까 그놈들이 짝을 찾지 못해 번식을 못해서 멸종되었을 수도 있었겠다는 것이다. 그러나 그런 경우는 어디까지나 가상이고 근본적인 것은 농약 때문일 것이다.

개똥벌레의 반딧불이 시골 밤을 장식하고 한창 번창하던 시절은 우리들의 전설 같은 농촌 여름밤의 풍경이 그대로 잔존되었던 시기라고 보면 될 것이다. 부채 들고 모깃불 놓고 등잔불 켜고 호롱불 들고 밤길 가고 등, 어른들은 마을 앞 공동 터에 모여 앉아 밤이 이슥하도록 두런두런 이야기하고, 아이들은 반딧불이 잡기 위해서 이리 저리 뛰어다니고, 와자지껄 아이들 소리는 여름밤의 초저녁을 장식하는 것은 당연한 것으로 되어 있었다. 우리들은 반딧불이를 잡아 병에 담기도 했었다.

옛날의 선비들 중에는 하도 가난하여 병에 모은 반딧불을 이용하여 글을 읽고 공부를 하기도 했다는 전설이 있기도 했었다. 그래서 병에 모은 반딧불로 과연 책을 읽을 수 있을까 라고 하면서 실제 시험해 보기도 하였다. 어두워서 눈만 버리고 되지도 않는 짓이 왜 전설로 전해졌을까 하는 것도 생각해 본 일도 있었다.

순치할 수도 없는 반딧불들의 여름밤의 저공무용은 아이들을 가만히 있게 내버려 두지 않았다. 겨울의 흰 눈 내리는 모습이라면 여름은 밤의 반딧불들의 향연인지도 모를 일이었다. 나비처럼 팔랑거리지는 않는다 하더라도 눈앞에서 반짝거리는 반딧불이를 그냥 쉽게 잡을 수는 없었다. 빠른 팔놀림으로 뛰어가서 손으로 덮쳐야 되는 것이었다. 자연 발광체인 그 불을 깨어 뭉개면 형광 물질이 깨어졌고 손으로 하면 지독한 노린내가 났다.

오늘날은 반딧불이가 환경의 지표 종으로 특정 오지에 일부 남아 있기는 하나 그 수가 매우 적고 아주 귀한 존재가 되었다. 사람 사는 곳에는 전답이 있고 전답의 작물에는 농약의 범벅으로 농사를 짓는 것이 일상화되었기 때문에 지리산 같은 심심산중의 막다른 골에도 반딧불이가 잘 보이지 않고 거의 멸종되다시피 된 것으로 알려져 있다.

반딧불의 추억도 그때 그 시절로 우리들의 어린 시절의 지남과 함께 마감되었다.

노을 진 저녁 해

　농촌의 일과가 계절마다 다르긴 해도 겨울의 며칠을 빼고는 대체로 들에서 일하는 것이었다. 봄에는 씨 뿌리고 여름에는 김매고 키우고 가을에는 수확하고 하는 것이 연중 일 년의 순환과정이지만 사람의 삶이란 어느 때고 어디든 하루하루의 연속으로 이루어진다.

　농촌의 일이 고달프고 힘들긴 해도 그 하루 중 어느 때는 보람과 뿌듯함을 느끼는 때도 있기 마련인 것이다. 그 시절은 가족 단위로 일정 농장에서 일하기 마련이었는데 하루해가 저물고 일터에서 집으로 귀가 하는 때일 것이다. 여자들은 가사노동하고 남자들이 들일하는 것이 제격이었다. 그러나 우리 집은 어머니가 항상 앞장 설 수밖에 없었다.

　어머니 머리에는 무언가 항상 이고 다녔다. 똬리라는 것이 있어서 머리에 이는 물건의 받침대 역할을 했다. 주로 함재기를 이었다. 함티라고 하기도 했다. 싸시락한 물건이나 생활용구, 들에서의 수확물을 담아 이는 그릇이었다. 아무튼 그런 물건을 인 어머니 뒤를 우리가 따랐다. 우리들은 집에 있는 가축을 위하여 소꼴을 베어 바지기에 담아 지고 오는 것이었다. 해는 지고 어두워지기 시작할 무렵의 농촌풍경, 보람차고 뿌듯함을 느끼는 시간이 아니었던가 생각되기도 한다. 그날그날 하는 일의 종류는 다르더라도 귀가의 풍경은 거의 비슷했던 것 같다.

집에 돌아와서는 마당을 쓸고 닭 문을 잠그고 했다. 전 식구가 다 동원될 때는 닭들이 마루 위에까지 마음대로 다니면서 제 볼일을 보기 때문에 그것의 뒤처리도 해야만 했다. 마당은 닭들이 구석구석을 파 헤쳐 놓기 때문에 매일의 마당 쓸기는 필수였다. 그렇지 않아도 집안에서 매일 쏟아져 나오는 잡다한 쓰레기들을 마당에다 던져놓기 때문에 하루해가 끝나는 때에는 반드시 마당청소를 해야만 했다. 대부분 모아서 태웠다. 그래서 모이는 재들도 다 거름으로 사용되었다. 그 시절은 비닐이나 플라스틱이 없었기 때문에 집집마다 타는 냄새가 고소하다고 했지 요새처럼 공해라는 개념은 일체 없었다.

여름에는 집집마다 남자들은 웃통을 벗고 등물치기를 했다. 수채 구멍도 집집마다 다 있었다. 장독간 주변에는 그 집에서 사용하는 허드렛물을 버리는 하수도가 있어야만 했던 것이다. 음식물을 설거지한 물은 따로 구정물통에 모았다. 그 물은 소가 먹었다. 소에게 영양가 있는 물을 먹인다고 생각했었는데 지나고 보니까 소에게 소금을 먹이기 위한 방편이었다는 것을 전연 몰랐다. 소금이 소에게 필수라는 것을 몰랐다. 우리 집은 어머니가 모르면 모르는 것이었다. 아무도 이웃이나 누가 가르쳐주는 세상이 아니었기 때문에 그런 기본적인 상식도 모르고 살았다. 훗날 기억하건대 그 시절 소가 하도 난하게 굴고 날뛰면서 고삐를 끊고 도망갔던 것을 상기하면 소에게 소금을 주지 않았기 때문일 것이라고 짐작하는 것이다. 아무도 그 뒤에도 소가 도망갔던 것을 원인을 알려고 하지 않았고 기억도 못하는 것이 안타까웠을 뿐이었다.

또 하나의 보람차고 흐뭇했던 저녁 해가 있었다. 수확의 계절 가을. 새벽부터 했던 나락 타작을 끝내고 가마에 넣고 묶어서 차곡차곡 쌓아놓는 마무리가 끝났을 때였다. 일 년 농사의 결과물이 눈앞에 쌓여 있음으로써 느끼는 기쁨은 그 양에 따라서 당시는 신분이나 계급의 기준이 될 만큼 귀중하고 소중한 것이었다. 그러나 그 기쁨을 나타내거나 자축하는 일은 없었다. 곡식을 쌓아두면 그곳이 곡간이었다. 고방이 없는 우리들은 처마 밑에 쌓기도 하고 짚 뒤지를 만들어 마당 가운데 쌓기도 했다. 참새, 쥐들의 천국이었다. '곡간에서 인심 난다'는 말도 가을걷이 이후의 수확량을 말하는 것이었다.

하루의 해가 저무는 저녁의 들에서의 귀가 시간과 일 년의 해가 기우는 가을걷이의 보람과 흐뭇함이 있기에 그런대로 그렇게 그 시절을 살았다. 그 뒤에 그렇게 살지 않겠다는 우리들의 소이 때문에 우리들의 저녁 해는 검은 먹구름이 몰려오기 시작했다.

지게 문화

　우리들의 성장기에 우리들을 가장 곤혹스럽게 하고 가장 괴롭혔던 것 중의 하나로 지게가 있었다. 수천 년 우리나라의 역사는 농촌의 문화역사이고 풍속과 세태는 변해도 변하지 않는 한 가지는 운송수단이었다. 남자들은 지고 여자들은 이는 것이었다. 남자들의 힘의 문화, 즉 남자들이 지게로 지는 것에 의해서 모든 물건의 운반이 주로 이루어졌다는 것이다. 동네 앞에는 분명히 일차선 흙 도로가 있기는 했어도 우리 동네 사람들로 볼 때는 그 도로 위로 남자들은 지고 여자들은 머리에 이고 다녔다. 우리 동네 사람들의 운송 수단은 무조건 지게였다는 것이다. 어느 집 누구 하나 달구지라든지 리어카 등 다른 운송수단을 이용하는 사람이 없었다는 것을 말하는 것이다. 달구지라는 말은 없었고 일본말인 '구루마'라는 말을 사용하였다. 손수레라든지 하는 어떤 작은 바퀴라도 이용하는 기구를 사용해 본 적이 없었다는 것과 가축이나 동물을 이용해서 하는 운반수단을 아예 생각도 못하면서 살았다는 것이다.

　오직 전답에 의한 농사와 관련된 농기구 운반, 거름 운반, 수확물 운반 등 어떤 것들도 다 지게로 저다 날라서 해결했다는 것이다. 그것은 수백 년 내려온 지고지순한 전통이었다는 것이다. 여기서 다른 생각을 한다든지 다른 운반수단을 보인다든지 하는 사람은 동네 사람들한테 비난의 대상이 되었을 것이라는 것이다. 그럼으로 동네 앞에 한길이 생겨도 그 길은 국가나 외부사람들이 자동차나 달구지 등을 이용하는 길이지 우리 동네의 농사나 생활의 편리를 위하여 이용하는 길로서는 전연 생각을 못했고 고민도 하지 않으면서 곧이곧대로 지게 사용만 했다는 것이다.

　우리나라의 지형적 구조가 달구지 등 바퀴를 이용하는 것은 알맞지 않다 하더라도 히말라야의 산악지대나 중동 지방의 사람들처럼 가축을 이용한 운반수단을 이용했었더라면 얼마나 좋았을까 하는 아쉬움이 있었다는 것인데 그런 생각마저 수십 년이 흐른 후에 났다는 것을 생각하면 정말 고소를 금할 길 없다는 것이다. 우리들은 과거를 향한 전통으로만 살았다. 동네에 한길이 생길 때에도 일본사람들의 우리나라 수탈정책의 일환으로 생각했기 때문일 것이고 우리 국민이 이용하는 도로로 혹은 우리 국민을 위한 길이 아니라는 생각을 했기 때문일 것이라고 상기해 보는 것이다. 미래를 위한 생각을 하고 살았다면 그렇게 창의력 없는 사고로 살았을까 하는 생각이 요즘에 와서 드는 것이다.

　우리들은 태어날 때부터 동네 앞에 한길이 있었기 때문에 한길이 없을 때의 환경을 생각해 보지 않았다. 한길이 있었기 때문에 그래도 미래나 외부로 또는 더 넓은 세계로 소통하고 살았다는 것이다. 골목길, 논두렁길, 방천길, 고갯길, 산길, 둑길, 모퉁이길, 비탈길, 오르막길, 내리막길, 소로, 산마루길 등은 우리나라의 전통적 길이고 여자들은 이고 남자들은 지게로 지고 물건을 나르거나 나들이 다니는 길이었다. 지게 지든가 무거운 것을 이고 다니는 것을 생각하지 않는다면 여러 전통길이 얼마나 정감 있고 마음을 푸근하게 해 주는지 모른다. 그러면서 답답했던 우리 조상들의 고식적 삶이 참으로 안타깝기도 한 것이다.

우리나라가 4·19나 5·16혁명 이후 거센 근대화 바람이 불면서 가장 먼저 했던 일이 지게 벗어던지는 일이었던 것이다. 수천 년의 우리들의 굴레를 벗어버리는 첫 작업이 그 전통의 길이나마 넓혀서 손수레라도 다니게 하는 것이었다. 바퀴는 서양의 물결이었다. 바퀴는 세계를 지배하고 우리나라를 현대화 시켰다. 우리 조상들이 우리나라의 산하가 수레나 바퀴의 응용에 알맞지 않다고 지게만 고수했다는 것이 얼마나 어리석은 것인지 오늘날 우리의 발전이 증명하고 있음을 본다.

땅을 가는데 이용하는 소를, 그 힘센 소를 운반용으로 사용하지 않고 소를 모시고 지게에 짐을 끙끙 앓으면서 지고 다녔던 우리들의 지난날들이 곧게 뻗고 쭉쭉 내달은 고속도로나 국도 밑에 우리들의 선조들과 함께 깔려 있다.

농지 주변의 생물들

고속도로나 기차 또는 차를 타고 지나다 보면 어린 날 두메에 살지 않았던 사람은 눈에 잘 띄지 않는 어떤 지점이 있다. 울퉁불퉁한 산하의 어느 부분이나 막다른 골짜기의 협소한 끝 둔덕에 옛날의 전답 흔적이 보이는 것이다. 잡목이나 잡풀이 무성하고 제멋대로 순치되지 않은 그런 정말 을씨년스런 둔덕이 왜 자꾸 눈에 꽂히는지 알다가도 모를 일이었다. 우리들의 정신적 육체적 고향이기 때문일 것이다.

불과 반세기 전만 해도 그러한 둔덕이 우리들의 생명의 터전이었기 때문일 것이다. 논일 수도 있고 밭일 수도 있었던 그곳이 그 시절에는 잘 정돈되어 있었고 잘 순치되어 있었다는 것이다. 밭둑에 논둑에 괭이나 농기구가 걸쳐져 있고 식구들이 오르내리던 모습들이 엊그제 일처럼 눈에 선하게 밟히는 것이다.

버림받은 민족에 아무도 돌보는 이 없었던 생명들, 열악한 빈토이지만 옥토로 가꾸며 살았다. 노동력에 비해 생산성이 형편없었지만 그런 땅이라도 많기만 하면 잘 살았다. 평지에 번듯한 넓은 토지들은 지금도 농사를 짓는다. 생산성이 있기 때문일 것이다. 그러나 그 생산성이라는 것이 지금의 그 버려진 둔덕처럼 다른 업에 비해서 상대적으로 낮기 때문에 이제는 그 화려했던 옥토들도 잘못하면 그 황폐한 둔덕의 팽개쳐진 땅처럼 될 처지가 되었다.

우리들의 그때의 농법은 완전 자연 순환적이기 때문에 어떤 공해물질도 배출되지 않았고 농토 주변이 사시사철 깨끗했다. 논둑이나 밭둑 등 농지 주변에 있는 풀, 나무 등을 이용하여 땔감도 하고 거름도 만들기 때문에 항상 농지 주변이 깨끗할 수밖에 없었다. 심지어 주변 산까지 잘 정리되는 터라 산에 숲이 울창할 계제가 못되었다. 논두렁 밭두렁은 일 년에 세 번을 낫으로 깎아주는 것이 기본으로 되어 있었다. 그 수목들은 땔감이 되어 재가 되든 소 마구간에 까는 풀이 되든 거름이 되어 다시 전답으로 되돌려지기 때문에 농지 주변이 항상 깨끗하고 물질의 자연 순환성이 잘 지켜졌던 것이다.

방랑시인 김삿갓이 현 시대에 전국을 방랑한다면 첫 일성이 무엇일까. '전국 방방곡곡 가는 곳마다 도로 하나는 잘 되어 있구나' 일 것이다. 그러나 당시나 우리들의 시대까지 우리들의 상상으로는 '전국 구석구석 땅을 지독히도 잘 파먹고 사는 구나' 일 것이다. 넓은 대 평야지대나 도시에 사는 사람들보다 그렇게 비좁고 옴버러븐 환경에서 사는 사람들이 더 많았는지도 모를 일이었다. 산에 숲도 없고 사람들의 손길이 구석구석 뻗혔었는데도 농지 주변에는 요즘 산에 숲이 꽉 찬 환경보다도 훨씬 야생의 생명체들이 많이 들끓었다는 것을 말하고 싶은 것이다. 들쥐, 개구리, 메뚜기 등은 그 수가 많기 때문에 먹이사슬의 가장 저변을 잘 받쳐주었던 것이다. 그런 생물들이 없어지면 그것들을 먹고사는 많은 동물이나 생명체들이 없어진다는 생각을 못했다. 그것보다 농지 주변의 그 흔한 동식물들이 사라지는 세상이나 환경은 꿈에도 생각할 수가 없었다.

그런데 우리들이 농촌을 떠나고 도시로 몰려간 사이에 어느 덧 세상은 변하여 개구리, 메뚜기, 참새, 송사리, 미꾸라지 등이 사라졌다. 다른 기초 생물들은 언제든지 환경의 회복에 따라 번식의 회복이 가능할 수 있는 생물들의 약진이 예상되나 여우만큼은 영원히 돌아올 수 없게 되었다. 농약의 보급은 농지 주변의 수많은 생물들에게 얼마나 많은 시련과 철퇴를 가했는지가 짐작이 가는 대목인 것이다. 더군다나 농지 주변을 깨끗이 정리하는 제초제의 활성화는 그 흔했던 생물들의 씨를 말리기에 충분했던 것이다.

지금도 동네나 농지 주변이 잘 정리되고 말끔하지만 결코 옛날과 같지 않다는 것을 말하고 싶은 것이다. 옛날은 자연 순환적 원리에 의하여 풀을 깎아서 논두렁이나 밭두렁이 정리되었지만 지금은 제초제로 하기 때문에 농지 주변의 생물들에게는 여전히 지옥의 땅으로 그 놈들이 돌아올 살기 좋은 아늑한 옛 고향이 아닌 것이다.

물 따라 길 따라

　물 따라 길이 열렸을 것이고 길 따라 마을이 생겼을 것이다. 우리 조상들은 아득한 옛날부터 물을 다스리고 길을 관리했다. 나라님은 '치산치수'라는 대의를 내걸고 나라를 다스렸다. '치산'과 '치수'는 따로 떨어질 수 없는 말이다. 즉 '치산'은 산을 관리한다는 말보다는 땅을 관리한다는 말이 될 것이다. 그러니까 땅이 물에 휩쓸려 내려가지 않도록 잘 관리해야 한다는 말일 것이다. 가뭄에 대비해서 댐이나 저수지를 만들고 홍수에 피해를 입지 않도록 물길을 만들고 하여 땅을 잘 관리를 해야 한다는 뜻일 것이다. '치산치수'라는 거시적 명분을 우리 마을이라는 일선 단위에서 보면 길을 잘 관리하고 물길을 잘 내서 비가 오거나 홍수가 났을 때 전답이나 길이 잘 보존되도록 관개시설을 잘 하라는 의미일 것이다.

　우리들의 그 옛날 전설적 시절도 관개에 대한 지대한 업적이 이미 축적되어 있었다. 도랑과 방천과 길이 거미줄처럼 이리저리 얽혀 있었다. 골짜기의 끝은 산이고 산과 연결된 부분에는 항상 막다른 길과 막다른 도랑이 있었다. 막다른 길과 막다른 도랑을 겪으며 살았고 그런 것이 골짜기마다 있었으니까 수없이 많았다는 것이다. 길과 물의 시원을 보는 것은 우리들로서는 일상이었다. 길은 동네로 연결되고 동네는 다른 동네와 연결되는 길이 있고, 갈래 길과 갈래 물이 모이면 한길이 되고 내와 강이 된다. 길이 끊어지는 곳에는 물길이 있고 그것은 강나루 정도였다. 하늘 길과 바다의 뱃길은 상상도 못했다. 지금은 우리가 옛이야기로 들었던 축지법이 그대로 실현이 되는 첨단기술에 의한 통신이라는 새로운 차원의 길이 생겼다. 길 따라 물 따라 다니면서 현장에서 보지 않고도 다 볼 수 있게 되었다.

철길이나 현대화된 도로가 생기면서 또는 도시화가 되면서 산수의 자연성이 파괴되고 산길, 들길, 물길이 인위적으로 재편성 되는 바람에 우리들의 막다른 삶의 터전이 송두리째 바뀌어버렸다. 그런고로 옛 모습의 산천경개가 깨 뭉개지고 박살이 났다. 거칠고 삭막한 시멘트 더미 위에서는 우리들의 그 정감어린 생활과 산길, 물길, 방천길 등은 상상도 안 되고 의미도 사라져버린 것이다. '산천도 변하고 인걸도 간 데 없으니' 인 것이다.

우리들의 길은 물길을 다스리는 방천길이 주류를 이루었다. 우리들은 그나마 개화기부터 시작된 신작로라는 작은 한길을 이용하고 자랐지만 한길을 생활에 이용하지 않았기 때문에 방천길이 생활 길이고 주된 이동 통로였다. 방천은 비 올 때 산에서 내려오는 막다른 도랑의 물을 받아서 아래로 흘려보내기 위한 통로였다.

막장 골에서는 밭이 있을 때는 밭도랑으로 흐르고 그 외는 자연
도랑으로 흐르다가 전답이 있는 바닥이 평평한 큰 골에 이르러서
는 골의 양쪽에 방천이 있고 산의 물을 받아 내린다. 골의 평지에
전답이 있으니까 방천은 양쪽에 생길 수밖에 없고 그러나 모든 골
은 또 꼭 그렇게 만은 되지 않는다. 물은 어느 쪽으로 모일 수밖에
없고 그러기 위해서는 가로 방천이 생길 수밖에 없다. 가로 방천
밑에서는 반드시 방천을 통과하는 물길이 있어야 하는데 그곳이
수문이었다.

골의 양쪽 산 밑에 있는 방천은 일방 둑이었으나 가로 방천은 U
자로 양방 둑으로 되어야만 산에서 내리는 거친 쎈 물을 농지로
가지 않게 되는 것이었다. 막다른 골에서 아래로 내려갈수록 골은
넓어지고 동시에 가로 방천도 둑이 커질 수밖에 없다. 방천이 이
리 얽히고 저리 얽히고 하면서 큰 방천 작은 방천이 있고 그 방천
을 따라서 길이 있었던 것이 우리들의 옛길 옛 고향이었다.

붉은 황토가 드러나고 골프장 같은 풀밭의 볼록한 산기슭에 동
네가 있었고 동네 뒤로 대나무 숲이 동네를 감싸고 있는 골의 바
닥 이리 저리로 방천과 가로방천이 있었다. 그 가로방천들의 이곳
저곳에 미루나무들이 있었고 여름에는 왕매미가 줄기차게 울었고
가을에는 노란 단풍잎을 떨어뜨려 주었다. 방천길은 농로길이고
외부와의 소통 길이었다.

종달이 높이 떠 지저귀는 곳

　종달이는 종달새를 일컫는다. 종달새의 울음소리는 너무도 청아하여 듣기 좋고 하여 사람들은 음악으로 들었다. 그것도 그럴 것이 보통 새들은 나뭇가지나 땅에 앉거나 귀착하여 울기 마련인데 사람의 머리 위 하늘을 날면서 즐겁게 울었다. 공중 높이 날아올라 땅을 내려다보고 날개를 펄럭이며 멈추면서 노래하기 때문에 그 소리는 음악으로 들렸고 사람과 교감하는 것 같았다. 물론 그 놈들은 산이나 들판 위에서 울기도 하지만 우리들이 한길을 가노라면 한길의 맨 땅에 앉았다가 가까이 다가가면 수직으로 날아올라 공중에서 오르내리며 노래하던 모습이 인상 깊게 남아 있다.

　종달새는 초원의 지면의 풀포기 밑에 집을 짓는 것이 특징이었다. 그리고 암수가 같이 멀리 가서 먹이를 구해서는 높은 하늘로 나란히 날아다녔다. 제네 집이 있는 산봉우리의 초원으로 날아가기 때문에 보금자리를 찾아보기도 하였다.

　종달새는 참새보다 조금 더 밝은 회갈색이며 크기는 참새의 2

배 정도 된다. 머리는 참새처럼 둥글지 않고 둥근 머리 정상에 깃이 몇 가닥 서 있어서 사모관대를 쓴 것 같고 어떤 때는 세모로 보이기도 한다. 지면의 풀포기 밑에 집을 짓는 만큼 땅색이거나 마른 풀색이라야 보호색으로서 맞을 것이다. '종달이 높이 떠 지저귀는 곳, 그곳이 흑인의 고향이로다.'

미국 민요에도 나오는 것을 보면 종달새는 미국에도 아프리카에도 있다는 것이고 울음소리는 음악소리와 같아서 사람들의 마음에 감동을 준다는 것을 알 수 있다.

지금도 새를 키우고, 키우는 것을 장려하며 애완 조류로서 많은 종류가 있지만 그 시절도 가정에서 고운 울음소리를 듣기 위해 키우는 것에 관심들이 많았다. 우리들이 직접 키우는 것보다는 도시의 부자들에게 파는 것에 더 초점이 쏠렸다. 종달새가 단연 1위라는 것이었다. 앵무새, 파랑새, 카나리아 등이 있었다.

구관조 같은 말 잘 따라 하는 새는 그 뒤에 도입된 것으로 짐작한다. 토종으로서 종달새가 으뜸이었다. 그만큼 울음소리가 명쾌하다는 것이었다. '종달새 한 쌍만 잡아서 팔아봤으면.' 그놈들이 하늘 높이 지저귈 때마다 우리들은 그런 생각을 하기도 했던 것이다. '그 새 울음소리 한 번 근사하구나.' 하면서 종달이의 소리를 음미하거나 칭찬을 한 일이 별로 없었다는 것이다. 앞으로도 항상 있을 것이고 봄철이면 당연한 자연현상의 하나라고만 생각했다. 그리고 상시 새 울음소리는 귀로서 느끼는 계절의 변화이기도 했다. 계절을 알리고 울음소리로 계절의 풍미를 더하는 새들은 주로 철새들이었다. 종달새, 꾀꼬리, 뻐꾸기, 뜸북새, 따오기, 기러기,

휘파람새 등이 있다. 소쩍새, 귀신새 등의 울음소리는 듣지 못했다. 산에 숲이 없어서 그랬던 모양이었다.

소쩍새는 접동새 혹은 귀촉도라 하며 옛 선비들이 임 그리워 외로움을 나타내는 새라 하여 옛글에 가장 많이 등장하는 새라 할 수 있을 것이다. 귀신새는 호랑쥐바퀴라는 새로 밤에 가는 휘파람을 길게 빼서 우는 소리로 밤에 주로 울며 공동묘지 근처에서 많이 들었기 때문에 붙여진 별명이었으나 지금은 널리 알려진 새이다.

종달새, 뜸부기, 따오기 등의 우는 소리는 들을 수 없게 되었다. 참새, 까치 산멧새 등의 텃새들은 사람의 동네에 살면서 인간과 교감하면서 살았으나 영리한 까치들만 번창하고 참새는 극소수로 명맥만 유지하고 산새들은 거의 멸종하였다. 산새라고 하는 산멧새들은 산에 살기는 하지만 전답에 있는 벌레들을 잡아먹고 살았던 모양이었다. 전답에 뿌리는 농약에 사정없이 희생된 종이라 할 수 있을 것이다.

보리 이삭이 패어나 가지런한 물결이 바람에 일렁거리고 산기슭에서는 꾀꼬리가 홰를 치며 산에서는 뻐꾸기가 하염없이 울고 하늘에서는 종달새가 종종종 날개를 팔락거리는 풍경은 돌이켜보면 정녕 낙원이었다. 우리들의 실낙원인 것이다. 지금도 네팔이나 부탄이라는 나라에서는 아직도 있는 풍경으로 움직이는 그림 속에서 감지되기도 했다.

김 메기

　농사를 짓는 데 모든 농작물은 시기만 약간 다를 뿐이지 씨 뿌리고 김 메고 수확하는 것의 3단계를 거친다. 모든 농작물이 씨 뿌리는 시기와 방법이 다르고 수확하는 시기와 방법이 다르지만 김 메기 하는 것으로 공통적인 것이 있다. 세 번 기심을 멘다는 것이다. '사람 발자국 소리를 듣고 곡식들은 자란다.' 라는 말이 있다. 곡식을 재배하는데 있어서 잡초 제거가 매우 중요하다는 의미이고 잡초를 제거하려면 정성들여 작물을 돌보아야 한다는 말일 것이다. 작물을 돌본다는 것은 거름 주고 물주고 물 빼는 일도 중요하지만 가장 으뜸인 것은 김 메기인 것이다. 시기에 맞춰 잡초를 제거해 줌으로써 작물의 생육이 원활해진다는 것이다. 기심 메는 것은 초벌메기, 중벌메기, 말벌메기가 있다. 논은 마지막 세 번째 메는 것을 '만논메기' 라고 했다.

　보리, 밀 등은 봄에 자라는 것이라서 밭 메기가 어렵지 않았다. 그것은 아직 여름의 강한 햇볕이 없기 때문이라는 것이고 여름에 자라는 대부분의 작물들은 김 메기가 매우 중요하고 가장 힘이 든다는 것이었다. 초벌메기만 하더라도 아직 봄의 햇살이기 때문에 견딜 만 했지만 마지막 메는 것의 고통은 더위 때문에 대단했다 아니할 수 없는 것이었다.

한 여름에는 곡식의 푸성귀로 잡초가 그늘이 되어 잘 자라지 못하는 것도 있겠고 애당초 더워서 들에 나가지 못하는 면도 있었던 것이다. 그러므로 한더위가 오기 전에 곡식의 푸성귀를 풍성하게 해 놓아야 강한 그늘이 되고 그래야 곡식 스스로 제 옆의 잡초의 위세를 꺾을 수 있게 되는 것이다.

특히 논에서 벼의 만논 메기는 더위 때문에 거의 살인적인 작업이었다. 밭 메기도 장마철에는 땅이 질고 무덥덥한 데다가 풀들이 급속히 자라기 때문에 힘이 드는 것은 마찬가지였다. 그래도 그러한 과정을 거쳐야 제대로 농사를 짓는 것이고 그나마 간신히 수확의 기쁨을 누릴 수 있게 되는 것이었다.

밭의 작물들은 대부분 이모작으로 가을에 씨 뿌리는 보리, 밀이 주곡이었고 여름작물인 콩, 면화, 고구마 등은 보리나 밀의 고랑 사이에 씨를 뿌리거나 심기를 했다. 보리가 왕성하게 자라 위세가 등등할 때는 그 고랑 사이 그늘에서 싹이 트거나 뿌리를 내리고 있다가 보리가 익어 꼬꾸라질 무렵에는 방글거리고 웃고 있는 애기 같은 느낌의 강한 생명의 환희로 살포시 다가오며 굳은 푸르름의 확신으로 알찬 성숙의 순서를 기다리며 연약한 새 순들이 자리하고 있었던 것이었다. 그 어린놈들은 보리가 다 먹지 못한 거름으로 자랄 준비가 되어 있었다. 이제는 죽어 삭아가는 보리 뿌리

부분이 고랑이 되도록 밭을 갈아 호미로 잘 다독여 주면 초벌 김 메기가 되는 것이었다.

밭을 갈 때 흙더미에 깔려 있는 곡식의 새 잎들을 들어 올려 주어서 햇볕을 잘 받도록 해 주고 기심은 깔리고 새 흙이 위로 드러나도록 하는 것이 초벌메기로서 중요한 중심 작업이었다. 두 벌 메기, 세 벌 메기 때도 소를 이용해 작은 쟁기로 고랑을 타 주었으며 소는 반드시 입 가리개를 하여야 곡식을 뜯어먹는 것을 막을 수 있었다. 논이나 밭이나 작은 사시랑 돼기들이 집집마다 이곳저곳에 있기 때문에 농사철이 되면 들이라고 하는 이 골 저 골에서는 가족들의 일하는 모습들이 떠나지 않았다.

세 번의 김 메기가 끝날 무렵이면 장마철도 끝나고 본격 여름의 무더위가 시작됨과 동시에 온통 들은 푸르름의 곡식으로 꽉 차게 되는 것이었다. 여름의 한낮 불볕더위에는 사람이 견딜 수 없기 때문에 들에서 일할 수가 없었다. 이른 아침과 늦은 저녁의 그늘을 찾아서 일했다. 후줄근한 여름살이가 시작되었던 것이었다.

왕매미의 울음소리가 처량하게 들렸던 한여름의 한낮의 파아란 녹색의 눈부심은 사람들을 절로 오수에 빠지게 하는 마약 같았다. 그 당시는 시아스타 비슷한 것이 있었다. 사람들이 한낮의 수면에 빠진 사이 곡식들은 한낮의 태양으로 영양분을 만들어 인류 생명줄의 자양분을 제공하고 있었던 것이다.

저수지 주변의 풍경

우리 동네는 그래도 작은 저수지가 있어서 우리들은 그나마 물놀이는 실컷 하고 자랐다. 저수지 주변의 사계와 수변 생물들에 관한 지식과 정보를 생생히 경험했다. 저수지의 둑이 통행로로 이용되지 않았기 때문에 잔디밭이 잘 발달되어 있어서 잔디의 특성도 잘 알게 되었고 그것을 이용하여 뒹굴고 노는 것도 해 보았다. 맨발로 달리는 것도 해 보았다. 물가로 자라는 수초들의 행렬이나 종류도 알았다. 갈대, 줄풀, 부들, 갈, 말, 마름, 물옥잠 등, 물방개, 물매암, 물자라 그리고 여러 종류의 잠자리가 수초 따라 물가를 유회했다. 장수잠자리는 이 못가에만 있었다. 검은 망토를 두른 것 같은 실잠자리도 있었다.

봄이 되어 해동되면 우리들은 이 못의 양지쪽 언덕으로 오른다. 나무 한 포기 없는 풀로만 덮인 급경사 언덕이었기 때문에 그곳에 오르면 앞이 시원하고 언덕 아래 물결이 찰랑거렸다. 자연적으로 돌팔매질을 하게 되는 것이었다. 누가 멀리 가나 하다가 돌을 구르기 시작하는 것이었다. 돌팔매는 멀리 갈수록, 돌을 굴릴 때는 큰 돌일수록 스릴 있고 재미있었다. 물에 떨어지는 돌의 흔적과 돌이 굴러서 물에 떨어지는 파열음과 물결, 물살, 물보라, 물이 튀는 것이 너무 재미있고 봄이 왔음을 실감하게 되는 것이었다.

여름이 되면 진주 시내 쪽에서 오는 낚시꾼이 항상 있었다. 우리 동네 사람들은 민물고기를 먹지 않았기 때문에 낚시나 고기 잡는 것은 전연 관심이 없었다. 그 못은 다른 이웃 동네에는 없는 우리들의 여름철 물놀이 장소였다. 어떤 해는 단체로 오는 가족 집단의 유희의 장소로 이용되기도 하였다. 그런 때는 애기를 업은 젊은 색시들과 텐트까지 동원되어 잔디의 못 둑이 활기와 생기가 넘치는 장소가 되기도 하였다.

연못가의 장수잠자리 잡는 방법이 세 가지 있었다. 잠자리채의 끝에 모기망주머니 대신 거미줄을 다니면서 걷어 붙여 날아다니는 잠자리를 휘둘러 붙게 하는 방법이 있었다.

다음은 소꼬리를 이용하여 주로 숲 속에 살면서 소 피 빠는 큰 쇠파리를 가는 소꼬리에 묶고 막대기 끝에 달아서 날리면 잠자리가 먹이를 먹기 위해서 덤비면 살짝 땅으로 내려 앉혀 잡는 방법이 있었다. 같은 방법으로 암놈을 잡아 날리면 수놈들이 교미를 하기 위해서 필연적으로 덤빈다. 수놈들만 잡는 단점이 있지만 잡는 방법이 확실한 것만은 사실이었다.

세세연년 사계는 돌고 돌지만 해마다 일정하지 않았다. 일정하지 않지만 가뭄과 홍수, 더위와 추위 등은 대체로 일정한 주기가 있었는데 그 변화를 그 저수지를 통해서 확연히 드러나 알 수 있었다. 대강 삼 년 주기로 일어난다는 것이다. 날이 가물면 못 아래쪽의 벼논에 물을 대기 위해서 물을 뺀다. 그러면 저수지의 바닥은 드러나 무릎 정도의 깊이가 된다. 이때 사람들은 뻘밭에서 손으로 더듬어 고기를 잡았다. 뱀장어가 잡히기도 했다.

아무리 고기를 잡아도 우리 동네 사람들은 고기를 먹지 않았다. 고기 잡는 재미만 느꼈지 아랫동네 사람들에게 다 주었다. 물고기는 용왕의 가족이라 해마다 제를 올리는 음력설, 대보름의 용왕제에 반할 뿐 아니라 민물고기를 먹거나 해치면 용왕에게 밉보이고 그러면 수난을 당한다는 것이 당시 우리들의 확실한 믿음이었다.

어떤 해는 민물새우가 엄청나게 많았다. 간혹 조금 건져 잡아다가 국 끓여 먹는 정도였지 요새 보면 그 좋은 식재료를 다른 방법으로 이용할 줄을 전연 몰랐다.

겨울이 되면 어떤 해는 얼음이 얇게 얼고 어떤 해는 얼음은 매우 두껍게 얼었지마는 너무 추워서 운신하기가 힘든 때도 있었다. 썰매타기, 팽이치기 등의 놀이를 하였다. 지게를 밀고 다니면서 타는 썰매도 우리들만의 그 시절 그 곳에서만 있었던 아련하고 아득한 원시 시절의 추억으로 꿈을 꾸듯 남아 있다. 지금은 전설이 되어 그 못은 흔적도 없이 사라졌다.

반식기

　6·25 전쟁이 끝난 1950년대는 해방 되고 전쟁도 끝났지만 식민지 시대의 고통과 전쟁의 아픔이 고스란히 남아 있는 시대였다. 군사정부 사람들이 즐겨 쓰던 말로 배고파 기아선상에서 헤매는 사람들이 많았다. 우리 부모 세대들은 전쟁의 공포와 배고픔의 허기에 이골이 나 있었다. 머슴을 살던 남의집살이를 하던 가족이나 자식들이 배 곯치 않는다면 성공적인 삶이 되는 셈이었다. 어른들은 기회가 될 때마다 배고픔을 면하기 위해서 방책을 구했던 이야기를 하곤 했었다. 쌀은 주로 일본 제국주의의 수탈로 아주 귀한 식량이 되었고 보리죽으로 연명하던 이야기가 많았다. 초근목피로 근근이 생명을 이어나갔다는 말인 것이었다.

　우리들 세대만 해도 솔직히 말해서 그렇게 굶주림의 시대는 아니었다. 절약하고 아끼기 위해서 애쓰는 중의 배고픔은 있었지만 대놓고 굶거나 굶주림에 허덕이지는 않았다고 본다. 왜냐하면 일본의 수탈이 없었기 때문에 나름대로 노력하면 식량을 구할 수 있었고 국가적으로는 미국의 대충자금에 의한 대대적인 식량 원조가 있었기 때문이었다.

일본이 쌀은 수탈해 갔었어도 보리는 수탈의 대상이 아니었던 모양이었다. 보리밥은 우리들의 주식이었고 보리는 우리들 일상의 양식이었다. 보리밥 먹지 않고 하얀 쌀밥 먹는 것이 모든 사람들의 꿈과 희망이었다. 밀가루도 식량으로서 톡톡히 역할을 했었다. 북한이 '이밥에 고깃국 먹는 국민의 나라를 만들자' 라는 것이 해방되어 김일성 시대부터 지금까지 슬로건으로 내세우는 까닭도 여기에 있었던 것이었다.

시골의 농토는 전답으로 나뉘고 논에는 벼를 심고 밭에는 보리를 심는 것이 농사의 정형이었다. 오늘날처럼 돈을 만들기 위해서 어떤 작물을 심는 것이 아니라 곡식을 심어 식량을 하고 남는 것으로 돈을 바꾸기 때문에 즉 주곡이 돈이고 돈이 바로 곡식이었던 것이다.

논은 1기작으로 주로 나락을 심었다. 노동의 여유가 있고 물 빠짐이 좋은 논은 벼, 보리의 이모작으로 하는 것도 많이 있었다. 우리 동네는 천수답 외에는 논에다 보리를 심는 경우가 별로 없었다. 밭은 반드시 이모작으로 봄, 가을의 작물과 여름의 작물로 나눈다. 봄, 가을의 작물로는 보리, 밀, 감자가 있었다. 그 외 대부분의 밭작물은 여름작물로 콩, 고구마, 면화, 담배 등이 있었다. 팥, 수수, 서숙이라고 하는 조, 녹두 등의 잡곡들도 대부분 여름작물로 가을에 거두어들이는 작물들은 여름의 그 억센 잡초들과 싸워 이긴 전과물들이었다.

먹고 살기 위한 농작물은 다 자급자족 한다고 보면 될 것이었다. 안 심은 것은 안 먹는 것이 되는 셈이었다. 쌀은 가장 많이 심었으나 먹는 것은 보리를 가장 많이 먹었다. 보리밥은 그때 그 시절의 주식이었다. 보리는 기계 방앗간에서만 도정했다. 보리를 보리쌀로 만들기 위해서 디딜방아나 맷돌을 이용했다면 너무 힘들었을 것이다. 나락은 연자방아로 현미를 만들어 디딜방아로 찧는 경우와 직접 벼를 찧는 방법이 있었다. 직접 찧으면 아무래도 연자방아를 거치는 것보다는 시간이 많이 걸리고 무엇보다 싸라기가 많이 나온다는 것이었다. 싸라기는 쌀알이 잘게 부수어진 것으로 죽으로 쑤어 먹기에는 좋은 것이었으나 양반의 품위에 손상이 가는 것일 뿐만 아니라 경망스럽고 좀스러움의 상징이었다.

보리쌀은 거칠고 억세기 때문에 잘 퍼지지 않아서 반드시 두 번 삶아야 했다. 그리고 씻을 때도 여러 번 힘주어 문지르고 싹싹 비비고 돌리고 하면서 되도록 보리의 속살이 드러나도록 해서 초벌 삶기를 했다. 다음에 정식 밥을 안칠 때 그 삶은 보리쌀과 쌀을 나란히 솥 바닥에 앉혀 밥을 지으면 밥은 보리쌀 부분과 흰 쌀 부분으로 경계가 생긴다. 그것을 집의 가장 어른은 흰 쌀이 많이 가도록 하고 그 다음 남자들은 반 정도 섞어서 밥을 푸고 그 다음은 전부 완전 꽁보리밥이 되는 것이다. 이때 반 섞는 것을 우리들은 반 섞이라 하지 않고 반식기라 했었다. 흰 쌀과 보리가 적당히 섞인 밥이 반식기였다.

처마 밑의 풍경

'초가삼간 집을 짓고'는 우리 역사의, 우리 민족의, 당시 농촌의 젊은 사람들의, 처녀와 총각들의, 사랑하는 사람들의, 청춘 남녀들의 사랑의 결실이요 인생의 첫 출발과 신혼의 단꿈을 의미하는 상징적 말이었다. 둘째 아들부터는 결혼을 시키면 확실히 초가삼간 집을 지어 새 살림을 차려 주고 제금을 냈던 것이다. 요즘의 신혼집이나 신혼 방 구하는 것과 같은 것이라고 보면 될 것이다. 우리 부모 세대들은 그나마 초가삼간이었으나 그 위의 할아버지들은 초가 두 칸이었던 것 같았다. 재종, 삼종의 할아버지들의 집에서 그런 흔적들이 여실히 드러나 있었다.

초가집은 우리들의 역사에서 선사시대의 것으로 움집이나 귀틀집이라는 것이 있었는데 이들의 혼합형으로 짐작된다. 풀뿌리 민초들의 주거 형태로 수천 년 한결같이 면면이 이어온 삶의 터전이었다. 지붕은 움집의 형태이고 방이나 마루의 모난 모양은 모서리라는 귀퉁이가 있으므로 귀틀집의 틀을 갖추었다. 지붕에도 흙이 있어서 지붕보온은 너무나 잘 되었다. 벽은 흙을 발라서 만들었으나 너무 얇아서 보온이 잘 안 되었고 온돌에서의 난방만 염두에 둔 구조였지 외기 온도의 찬 기운이 스며듦은 별무관심이었던 같았다.

우리나라 집의 구조는 초가집이나 기와집이나 동서양을 망라한 어느 나라 집보다도 처마가 길다는 것일 것이다. 시골 동네의 골목길 처마 밑은 동네 아이들의 비오는 날의 수채화를 그리는 장소였었다. 때가 되어 집에서 밥 먹으라고 가족의 누군가 부를 때까지 죽창 노는 청승을 떨던 장소도 비 오는 날의 처마 밑이었던 것이다.

집 뒤에는 뒤안이라 하여 반드시 굴뚝이 있었다. 방의 수와 굴뚝의 개수가 같다는 것은 뻔한 일. 굴뚝의 연기로 뒤안의 처마로 드러나는 서까래는 까맣게 그을어 있었다. 산 밑의 남향으로 된 집의 뒤안은 사철 그늘진 곳이므로 시래기나 그 외 잡다한 나물이나 농기구가 걸려 있는 것이 일반적 풍경이었다. 큰방 칸, 작은 방 칸, 부엌 칸의 삼간이라는 것은 익힌 바 있었고 부엌 칸 쪽의 처마는 장독대가 있기 마련이었다. 작은 방 쪽의 처마는 대부분 달가대기를 달아내어 작은 방 부엌 칸 겸 한 칸의 집으로 사용했다. 고방 없는 집들은 곡식 가마니를 쌓아 놓는 곡간으로 사용하기도 했다. 큰방 앞의 마루와 부엌사이는 사잇문이 달려 있어서 서로 상통했으나 주로 음식 그릇의 이동 통로로 사용되었고 사람의 통로로는 안하는 것이 원칙이었다.

젊은 새댁들은 아기를 마루에 눕히거나 앉혀 놓고 부엌일을 할 때의 모자간의 소통의 공간으로 활용되는 문이었다. 작은 방 마루 위의 처마 쪽에는 막대를 두 개 나란히 걸친 선반이 있어서 그곳에 납작 광주리나 함지, 기타 그릇 등 물건을 올려놓는 공간으로 활용했다.

큰방 문, 작은방 문 위에는 제비집이 있기 마련이었고 동시에 제비의 분비물을 받아내는 작은 선반들이 있는 것이 보통이었다. 집 사방의 처마 밑에는 기둥이나 벽이나를 막론하고 적당한 못을 박아서는 가재도구나 농기구, 생활용품들을 걸어두기 마련이었다. 주로 가벼운 물건들을 걸어두는 것이었다. 어레미, 체, 까부는 키, 모내기 때 스는 박바가지의 묶음 등이 있었고 시래기나 각종 나물류나 마른 생선 등이 걸려 있는 경우도 있었다.

어릴 때 자다가 오줌 싸면 옆집에 소금 얻기 위해서 둘러쓰고 갔던 키를 우리들은 챙이, 체이라고 불렀다. 또한 처마 밑의 벽에는 동지 팥죽의 자국이 있기 마련이었는데 벽지가 없는 옆이나 뒤의 흙 부분, 그리고 벽지 있는 앞마루 쪽 부분이나 다 벌레가 팥죽의 자국을 갉아 먹은 자국이 하얀 흔적으로 있었던 것이 당시 집들의 처마 밑의 모습들이었던 것이다.

마루 밑에는 우리나라의 전통 개인 황누런 개들이 있었고 사람의 똥을 먹기 때문에 '똥개'라고 보신탕 좋아하는 사람들은 불렀다. 마당에는 토종닭들이 어슬렁거렸고 외양간이라고 하는 마구간에는 황소들이 꼬리로 파리 쫓기를 하고 있었다.

식문화의 되새김

    사람들이 일상의 생활을 영위하기 위해서는 하루 세 끼를 먹는다. 살기 위해서 먹는다고 하지만 어찌 보면 먹기 위해서 사는 느낌이 드는 때가 있기도 한 것이다. 먹고 살기 위해서 일하는 것이 아니라 먹는 끼니의 사이에 여가로 일하고 노는 느낌이 드는 때가 있는 것이다. 생명의 연속은 먹는 것의 연속이므로 먹고 사는 것에 관한한 동서고금이나 선진국이나 후진국이나를 막론하고 다 똑 같다. 그런데 먹고 사는 환경이나 방법이 옛날과 너무나 달라지다 보니까 새삼 어릴 때의 환경도 생각나고 어머니의 그 자식들의 먹성을 채우기 위해서 얼마나 노심초사 했을까가 상기되는 것이었다.

    지금도 먹는 것에 관한한 제철과일이나 계절에 따른 음식을 먹으면 가장 무난하다고 한다. 우리 조상들은 수천 년 대대로 내려오는 삶의 과정에서 제철음식을 챙기기 위해서는 거의 풍속화 되다시피 한 세시풍속이 있었다. 세시풍속은 농사를 위주로 한 농업

사회에서 일상화된 일 년을 단위로 한 연중행사로서 주로 먹는 것을 위주로 하는 것들이었다. 누구에게 공양하고 진상하기보다는 각자 자기 집에서 가족 단위로 치르는 음식행사라고 보면 좋을 것이다. 세시풍속에 따라 무슨 음식을 먹어야 하는 것들이 많았던 것이다.

세시풍속도 그렇고 우리나라는 필연적으로 계절에 따른 식품을 먹을 수밖에 없는 환경의 입지에 있는 나라이므로 절기에 따른 먹을거리를 얻기 위해서는 농절기를 매우 중요시 했다. 설, 추석을 위시한 대 명절의 음식도 겨울의 저장물로 만든 음식과 가을의 햇 수확물로 만든 것이라고 볼 수 있다. 각 가정마다 있는 제사나 생일은 사철 얻을 수 있는 고정 재료를 제외하면 모두가 제철에 나오는 먹을거리들로 마련되기 일쑤인 것이다.

정월 대보름의 오곡밥과 오색나물 그리고 용왕제, 이월의 바람잡이 날, 삼월 삼진날, 사월 초파일, 오월 단오, 유월 유두, 칠월 백중, 팔월 한가위, 시월 시제, 동짓달의 동지, 섣달 그믐밤의 제야, 한여름의 초복, 중복, 말복 등의 세시를 가늠해 보면 모두가 우리 조상들의 먹성과 관련되어 있다는 것을 알 수가 있는 것이다.

아무리 세시풍속이 촘촘히 있다 하더라도 일상은 될 수 없는 법. 매일의 세끼의 연속이 세월이므로 세월은 끝없이 흐르고 매 끼니는 쉼 없이 이어지는 것이다. 같은 것을 세 끼만 먹어도 질리는 법이지만 우리들은 그 옛날 연 삼일을 같은 음식을 먹는 것을 예사로 여겼다. 무밥, 감자밥, 고구마밥, 수제비, 국수, 고구마 빼때기 죽, 팥죽, 호박죽, 김치 국밥, 그 외 각종 국 및 반찬들, 한 번

먹었다하면 신물이 나도록 지겹게 먹고 또 먹었던 것이다. 그리고
는 또 해가 지나면 반복되는 것이 우리들의 성장기였던 것이다.

　세끼의 주식만으로 해결되는 것이 아니었다. 부식도 주식 못지
않게 중요한 것이 아니던가. 부식 중에서도 생선이 문제였다. 인
류는 지구촌 어디에 살든 생존에 생선비린내가 필수로 되어 있었
다. 생선을 구하기 위해서는 닷새 시장을 가야 했었다. 우리들의
과거 생활에서의 닷새 시장의 필요성은 다른 어떤 생필품보다 생
선이 가장 절실하지 않았나 생각된다.

　당시의 어른들의 시장 나들이는 삶의 활력이었고 하나의 풍속
이었다. 사람이 방안에만 있을 수 없고 마당에 나오듯이 당시의
동네 어른들은 동네 안에만 있을 수 없고 시장이라는 세상 바람을
쐬어야 했다. 시장 기능의 첫 번째 출발은 사람의 먹는 것의 물물
교환에서부터 시작되었을 것이다. 시장에서 돌아오는 행렬의 꾸
러미 속에는 반드시 어떤 생선류든 생선이 있기 마련이었다. 우리
들의 먹성을 채우기 위해서 밤낮 애쓰시던 어머니의 모습이 아른
거린다. 우리들은 어머니의 젖만 먹은 것이 아니라 등골도 빼 먹
었다.

양말 한 짝 기웁기도 버겁구나

의식주와 관련된 모든 생활의 용품들이 귀하고 어렵고 부족하며 궁핍하던 시절이 있었다. 그 궁핍은 우리들의 어린 시절, 수천 년 우리 조상들이 연이어 온 생명줄의 흔적들이라고 할 수 있을 것이다. 까마득한 기억의 저편에 우리들은 뛰어놀고 있었다. 양지 바른 담장 밑, 골목길, 논바닥, 논두렁길, 손을 호호 불며 놀았다. 입김이 하얗게 서려도 우리들은 추운 줄을 몰랐다. 되게 추운 날은 방안에서 복닥거리며 놀았다. 지금 보면 정말 코딱지만 한 방이었을 것이다.

아무리 추운 겨울 날씨라도 하루 종일 좁은 방안에 박혀서 지낼 수만은 없는 것이 당시의 아이들의 습관이고 버릇이었으므로 해가 중천까지 떠서 창호지 교살문의 방문을 반쯤 비추면 아이들은 하나 둘씩 밖으로 나온다. 나와서는 양지 바른 골목길이나 담장 밑에 모인다. 모여서는 무엇을 하는지 왁자지껄 떠들며 논다. 물론 수천 년 이어온 전통적 계절에 맞는 놀이였을 것이다. 놀이는 변하지 않았지만 아이들의 차림은 변하고 있었던 것이다. 특히 겨울 차림의 변화는 더 유별할 수밖에 없었다.

솜 넣은 핫바지와 허리 단이 긴 저고리, 그것도 흰 색깔의 무명베로 기운 옷이었다. 웃옷 저고리 마고자 양 옷섶의 가운데에는 옷고름이 달려 있었다. 가늘게 된 안고름도 있었다. 목에는 동지 깃이 매끄럽게 감싸고 있었다. 그 깃은 손가락 두께의 폭으로 3, 40센티 길이로 시장에서 사 왔고 빨래를 해서 입을 때는 새로 달았다. 물론 옷의 솜도 새로 누벼서 새로 옷을 깁는 것이 옛날의 옷 갈아입는 방법이었다. 그 목의 동지 깃은 정월 대보름 달집태우기 할 때에는 어머니들이 확실히 자기 자식들의 깃을 현장에서 뜯어서 불에 던지므로 목에는 실밥이 얽히고 옷 안의 솜이 삐죽이 드러나는 것이 예사였다. 겨울의 솜저고리 입었을 때의 달집 앞에서의 어머니의 사랑의 증표로 옷깃 뜯김은 감수하는 것이었다. 바지는 핫바지라 했다. 물론 솜을 넣은 두둑한 바지였다. 허리는 옷고름 같은 끈이 있었다. 그것으로 질끈 동여매는 것이었다. 급할 때에는 새끼줄로도 허리를 매는 것이었다.

추위를 이기기 위한 목수건은 반드시 명주수건으로 했다. 그 뒤에도 명주수건은 우리들의 겨울을 지켜준 고마운 누구나의 필수품이었다. 솜옷과 명주수건, 한결같이 우리 민족의 겨울을 이기기 위한 필수불가결의 용품이었다.

6·25 직후까지는 솜바지 저고리였다. 그리고는 곧장 검은 물들인 무명베 양복으로 바뀌었다. 우리들의 설빔에서 알 수 있었다. 1950년대 중후반에서는 설빔을 시장에서 사 입는 것으로 대신했

다. 겨울옷의 3종 세트, 사리마다라고 했던 팬티, 난닝구라고 했던 얇은 내의 러닝이 가장 속옷이고 겨울 내의 한 벌, 학생복 같은 겉옷으로 이루어진 것으로 해서 도합 3벌 껴입은 것으로 아무리 추운 겨울이라도 옷차림의 채비는 끝이었다.

양말, 장갑은 무명고치실로 짜서 신거나 꼈는데 지금의 뜨개질로 해서 짰으니까 어느 집이나 많은 아이들 다 감당하지 못했다. 평소 때는 양말이 없었고 설빔으로 흰색의 무명 양말을 신었다. 재미있는 것이 하루만 신으면 양말 바닥이 구멍이 나고 떨어진다는 것이다. 검은 고무신 위로는 멀쩡하지만 발바닥은 다 떨어진 것을 신고 다녔던 기억이 아련하다. 물론 이런 것도 동네 안에서만 가능한 일이었다. 목장갑, 목양말로는 도시로 갈 수 없는 차림인 것이었다. 시골 사람 티내는 꼴이 되기 때문이었다.

우리들의 성장기는 모든 면에서 전통이 무너지고 새로운 것이 급격하게 변모되는 시기였으므로 우리들은 항상 부족함을 느꼈고 불안했다. 동시에 우리 부모들도 그 변화에 적응하지 못했고 큰 아이들을 감당하지 못했다. 우리들은 어차피 흥부자식들로 클 수밖에 없었다.

아랫목

아궁이에 불을 때서 방바닥 구들을 데워서 방을 따뜻하게 하는 난방 방법에서 아랫목이 생기고 윗목이 있게 되는 것이다. 여기에는 굴뚝도 있어야 하는 것. 부엌, 아궁이, 구들, 구들장, 굴뚝, 윗목, 아랫목 등의 말로 표현되는 이 난방법도 수천 년 우리 조상들이 이어오던 삶의 한 방법이었다. 이것도 우리 시대에 우리들의 엄연한 목하에서 송두리째 바뀌었다. 그럼으로써 의식주 중에서 주거 양식이 바뀌게 되었고 동시에 생활의 방법도 현저하게 달라졌던 것이다. 오늘날 남아 있는 궁궐이나 사극에서 등장하는 화려한 구중궁궐도 난방이나 취사의 방법은 우리들이 살았던 초가 마을이나 기본적으로 같았다는 것이다.

우리가 살아가는 생활의 질서 순리가 대부분은 위에서 아래로 가게 되어 있다. 그것은 물이 위에서 아래로 흐르기 때문일 것이다. 그런데 유독 이 난방을 해서 겨울을 이겼던 방이라는 네모난 구조에서는 아랫목이 우선이고 상석이 되며 항상 웃어른의 차지가 된다는 것이 옛날의 법칙이었다. 물론 아랫목이 따뜻하고 윗목이 차다는 것은 우리들이 자랄 때의 사고방식으로는 일반적이고 누구나 아는 상식이었던 것이다. 또한 아랫목과 윗목의 구분이 엄연했다는 것도 우리들의 성장기에서는 사람으로서의 예의의 한 덕목이었음도 분명했다.

물은 위에서 아래로 흐르지만 더운 열기는 아래에서 위로 흐른다는 사실을 물이 흐르는 법칙만큼 열기에 관해서는 실감도 못하고 잘 알지도 못했다. 아랫목은 아궁이가 있는 쪽이라는 것만 알았다. 모든 가정의 큰방의 아랫목은 정말 엄숙하고 근엄하며 따뜻한 자리이기에 그 집주인의 고유의 자리이며 아무나 범접할 수 없는 지고지순한 자리인 것이다.

지난 시절을 상기하면서 겨울을 지나기 위한 아리고 아픈 기억들이 많이 있겠지만 또 여러 가지가 있겠지만 그 중에서 추운 날씨가 되면 당장 생각나는 것이 화로와 아랫목이다.

우리들 흥부 자식들은 한 이불을 덮고 발은 모두 아랫목을 향해 뻗고 잤다. 발을 못 뻗으면 옹그리고 잤다. 머리맡은 윗목이고 항상 요강단지가 있었고 물 사발이나 물대접이 있었다. 자고 일어나면 항상 그 물 그릇의 물이 얼어 있었다는 사실이다. 방바닥은 냉골이 다 되었고, 어머니가 부엌에서 아침밥을 짓기 위해 불을 때면 방바닥은 온기가 생기고 그때서야 옹그렸던 다리가 풀리고 차라리 새로운 수면의 안식으로 빠져들었다. 그러나 이내 화로가 들어왔다. 비로소 우리들은 일어나 이불을 개어 선반에 얹고 방을 쓸고는 했다. 이내 들어온 화롯가에 둘러앉아 손을 녹이고 있노라면 아침상이 들어오고 더운 김이 방안에 퍼졌다. 화로가 있고 아침밥상의 열기가 있고 아침 해가 방안으로 들어오면 그때서야 아랫목의 훈훈한 열기와 더불어 방안의 추위는 물러가고 하루의 일과도 시작되었던 것이다.

추운 날은 밖에 나올 엄두를 내지 못했다. 두꺼운 이불을 다시 꺼내 폈다. 아랫목의 온기를 보존하기 위해서였다. 한 이불 속으로 다리와 손을 넣고 빙 둘러 앉거나 화로를 중심으로 모여 앉아 손을 쬐는 것이 우리들의 겨울나기였다. 아랫목의 훈기로 살았다.

아무리 추워도 밖에 안 나가고 못 배기는 것이 아이들의 성미였다. 팽이치기, 얼음지치기, 썰매타기, 연날리기 등이 겨울놀이였다. 놀이를 하다가 추우면 양지 바른 담장 밑이나 짚동으로 파고 들면 볕이 좋은 날은 그나마 견딜 만 했다. 그래도 추우면 최후로 찾아가는 안식처가 큰방의 아랫목이었다. 깔아놓은 이불 밑으로 손을 넣어 녹이는 따스함과 포근함. 우리들 겨울의 최후 보루는 아랫목이었다. 그 아랫목을 믿고 아무리 추운 날도 밖에 나가 놀았던 것이다.

세월 지나 되돌아보니 아랫목 없는 세상을 너무 많이 헤맸던 것 같다. 아동기 이후 우리들의 아랫목은 무엇이었을까. 아무래도 아버지였던 것 같다. 아버지라는 이름의 아랫목에 손을 녹이지는 못했지만 그러나 잘 버텨왔다.

겨울밤 보내기

농촌의 겨울은 농한기였다. 따라서 우리들의 겨울도 농한기라고 할 수 있었다. 그렇다고 낮에도 노는 정도의 한가하지는 않는 것이 당시의 세태였다. 아무래도 밤은 길고 하니까 밤 시간이 농한기로서의 여가일 수밖에 없었다. 밤이 되면 동네 사람들은 끼리끼리 모여 놀았다. 요즘 같으면 세대별로 모여 이런 저런 이야기하면서 밤이 이슥하도록 시간을 보내는 것이 일쑤였다. 세대별로 모이는 집이 다름은 당연한 일일 터였다. 무슨 볼일을 의논하기 위해서 모이는 경우도 간혹 있지만 주로는 심심해서였다. 이야기 구전의 모태였다.

우리들은 겨울이니까 계절에 맞는 놀이를 해야 한다고 생각하고 당연히 그러려니 했다. 다른 것을 생각할 줄도 몰랐고 새로운 놀이를 만들어 낸다고 하는 것은 상상할 수도 없는 일이었다. 당연히 옛 사람들이 했던 놀이들을 우리도 그 나이 또래가 되었으니까 이어받아야 한다고 생각했다. 우리 선조들의 것을 우리가 잃어버리면 안 된다고 생각했다. 지금 생각하면 너무나 창의력 없는 생활을 했고 생각을 했다. 굳이 이야기 한다면 꼭 그렇지도 않았다. 무언가 새로운 것을 만들고 새로운 것을 시도하려고 애를 썼던 기억도 없는 것은 아니었다. 그러나 그때 생각은 아무것도 없어서 아무것도 할 수 없다는 결론으로 끝냈다.

겨울이 되면 팽이치기 놀이를 했다. 물론 가을부터 시작한 놀이이긴 해도 겨울 놀이로서 제격이었고 겨울밤을 팽이 만들기 위해서 애썼던 기억이 있다. 팽이는 줄을 감아서 내려 던져서 돌리는 납작팽이와 팽이채로 때려서 돌리는 기둥팽이가 있었다. 비행접시 같은 납작팽이는 주로 시장에서 샀고 팽이채로 때려서 돌리는 팽이를 집에서 만들었다. 이 팽이를 만들면서 겨울밤을 보냈다는 것이다. 톱으로 자르고 낫으로 깎아서 만들었는데 꽁지에 못을 거꾸로 박고 팽이채로 돌리면 윙윙 소리를 내면서 억지로 돌았다. 얼음판 위에서 돌리면 신기하고 재미있었다. 금방 심심했다. 계속 오래도록 도니까. 돈 주고 산 팽이보다 윙윙 소리를 잘 내는 것은 곡면 균형이 잘 안 맞아 공기 저항이 많기 때문일 것이라고 짐작했었다.

얼음이 얼면 썰매를 만들기 위해서 겨울밤을 보냈다. 저학년 때는 썰매지만 고학년이 되면 발스케이트를 탔다. 썰매는 앉아서 긴 송곳 두 개로 얼음을 지쳐서 타지만 발스케이트는 발 크기의 판자 토막에 한 줄의 철사를 박아서 탔다. 나중에는 칼날을 박아서 탔다. 칼날로는 작은 톱날을 이용했다. 톱날을 거꾸로 박으면 되었다. 양발은 상상도 못했고 외발로 탔다. 한 발은 젓는 것이고 한 발은 타는 것이다. 발스케이트의 좋은 점은 직선으로만 타는 것이 아니고 곡선으로도 탈 수 있다는 것이 특징이었다. 바람을 등지고 타면 2, 30미터는 거뜬히 나가는 재미로 열심히 타는 것이었다. 그 뒤 우리가 중고등학교 다닐 때의 어느 해는 몹시 추워 진주 남강이 꽁꽁 얼었을 때 유일하게 어떤 사람이 혼자서 신나게 현대식 스케이트를 타는 것을 보았다. 그때는 그랬다. 그때가 1960년대였다.

구정 설 한 달 전쯤부터는 연날리기를 하는데 연 만들기 위해서 겨울밤을 보내는 시간이 제일 많았다. 연살을 만들기 위해서 대를 쪼개고 문종이를 오리고 연 이마의 무늬를 붙이고 물감을 물들이고 인두질을 하고 하노라면 밤이 이슥해졌다. 여기서 대를 쪼개 연살을 다듬을 때의 연장은 낫을 사용했다는 것이다. 문종이는 한지를 말하는데 문에도 붙이고 아이들 제기 만들 때도 한지를 이용했다.

연 이마 무늬의 물감은 시장에서 산 것이었다. 작은 약 봉지 같이 해서 각종 물감을 팔았다. 아이들 용이 아니고 가정용 베 물들이는데 쓰는 것이었다. 위에서 팽이채는 한지 원료로 쓰이는 닥나무 껍질로 만드는데 삼베 만드는 삼 줄기를 한 두 가닥 섞어서 쓰면 좋았다. 그 뒤 곧장 전기가 들어오기 전에 유선 라디오라 할 수 있는 스피커 방송이 들어오면서 우리들의 겨울밤도 풍속이나 양상이 달라졌다.

요강단지

　사회 경제가 발전하면서 우리들의 생활 패턴도 달라졌고 가정생활의 요모조모도 확연히 달라질 수밖에 없었다. 가정용품이면서 우리 고유의 것들 중에서 사라지고 변형된 것이 많이 있지만 그 중에서 요강을 들지 않을 수 없다. 요강은 우리들의 어린 시절에는 어느 집이나 있었던 생활필수품이었지만 우리가 커지면서 자동으로 안방용, 여성용, 시골용이 되다가 어느덧 사라졌다. 1950년대는 필수품, 1960년대는 과도기, 1970년대는 완전히 사라졌다. 과도기는 시골에서의 사실이고 도시에서는 이미 사라졌었다.

　1970년대 중반 국가관 확립을 위한 연수를 받는데 어느 유수한 대학의 역사학 교수가 외국 사람과의 교류로 그 사람들이 귀국할 때의 선물로 요강 단지를 준다고 했다. 도자기로 된 것 중에서 가장 최근까지 사용했던 생활용품 중에서 우리 고유의 것으로 서양 사람들이 기이하게 생각하고 모양이 예쁘고 단순하며 이색적인 것을 택하느라 그랬다는 것이었다. 무늬가 있거나 한 도자기로 된 요강이라면 서양 사람들은 그것을 방에서 더럽게 대소변을 받아내는 물건이라고는 결코 생각하지 않을 것임이 분명했다. 제주도 여성들이 지고 다녔던 물 허벅쯤으로 생각했을 것이다.

우리들 집에도 자기인지 사기인지 짙푸른 무늬가 짙게 있고 흰색의 요강이 있었다. 그것이 깨지고 난 다음에는 무슨 금속인지는 모르지만 금속 요강이 있었고 스텐 요강까지는 기억이 없지만 하여튼 그 뒤에 스텐 요강까지 나왔었다.

남자 아이들은 어릴 때까지만 요강을 이용하고 조금 크면 큰방에서 분리되기 때문에 요강을 사용하지 않았다. 분리되는 방에까지 요강이 따라 오지도 않았고 넣어주지도 않았다. 남자들의 소변 그릇은 따로 있었다. 대청마루나 부엌에서 가장 거리가 멀고 후미진 마당 가 울타리 옆이나 담장 밑에 입이 넓고 높이가 낮은 꼭지가 두 개 달린 독그릇이 있었다. 그릇이 가득차면 변소의 구시 통에 갖다 붓는데 대체로 그러기 전에 가정의 안주인들이 그 사구 그릇을 직접 이고 가 남새밭에 거름으로 주고 찬거리를 직접 길렀던 것이다. 오줌의 암모니아 지린내와 독그릇의 안쪽 벽에 허연 요소 성분이 누렇게 절여져 있었던 것이 보통이었다.

가족과 가축에서 나온 똥오줌의 분비물은 수천 년 우리 조상들이 농사용 거름으로 사용했고 그 농사로서 생명을 유지해 왔다. 끝없이 먹고 살고 끝없이 나오는 분비물의 생리 현상의 과정에서 조금 편리하고 조금 위생적으로 처리하자는 면에서 생긴 것이 요강이었을 것이다. 우리들이 끼니를 처리하고 설거지 하듯이 요강도 매일 처리하고 매일 깨끗이 씻어 두는 것이 당시 주부들의 중요한 일과 중의 하나였다.

　따지고 보면 요강도 화장실 문화 중의 하나라고 볼 수 있을 것이다. 어릴 때를 돌이켜 보면 겨울밤이 되면 방 밖은 왜 그리도 춥고 무서웠던지. 변소 칸까지 간다는 것은 상상도 할 수 없는 일이었다. 그리고 부모나 형제들이 일일이 아이들의 생리현상을 자다가 일어나 변소 칸까지 따라다니면서 돌본다는 것은 상상도 할 수 없는 일이거니와 어쩌면 고역이었는지 모를 일이었다. 노인들도 마찬가지였을 것이다. 그리고 안사람들이나 여성들의 소극적 내방살이와도 요강은 상관이 있을 것이다.

　우리들의 아득한 기억의 저편에 요강은 항상 깨끗하고 산뜻한 것으로 남아 있다. 고려청자나 조선 백자가 생활용품으로서의 전수보다는 예술품으로서 더 가치 보존에 힘쓰듯이 요강도 예술품으로서 더 승화시키고 가치를 빛낼 시기가 된 것 같다. 외국인들에게 청자 요강을 선물한다는 것은 청자 자기를 선물하는 것과 같은 맥락일 것이다.

보시 문화

아시아의 불교문화의 역사를 가진 나라들은 지금도 불교의 승려들에게 보시하는 풍습이 생활화되어 있는 것이 화면으로 나온다. 우리나라도 수천 년 불교가 융성했으므로 보시하는 풍습이 우리들의 아동기 때까지 분명히 남아 있었다. 주로 절의 중들과 관련된 것들이었고 대표적인 것이 사월 초파일의 연등행사 참여와 음력 정월 대보름의 오곡밥 나누어 먹기 하는 풍습이었다. 그 외 걸뱅이라고 했던 거지나 나그네, 가객들에게 끼니를 제공하는 것들 이었다. 사랑방의 가객들에게 숙식 제공은 우리나라의 전통이나 유교문화의 소산이리라.

금수강산의 우리나라 방방곡곡에 마을이 있고 띄엄띄엄 곳곳에 명산이 있다. 명산의 경개 좋은 지점쯤에는 반드시 유명한 사찰이 있기 마련이다. 우리 동네 사람들은 굳이 뚜렷이 불교라는 믿음을 가진 신자는 아니었지만 어느 집이나 다 연등행사에 참여하고 시주를 했으며 등을 달았다. 그리고는 사월 초파일은 직접 절에 가

서 절의 행사에 참여 했었다. '절밥을 얻어먹는다' 라고 했다. 구
십 리 떨어진 고성의 옥천사였다.

옥천사와 연을 맺은 것은 우리 동네 최 씨 형제의 작은집 아지
매의 친정어머니가 옥천사의 보살로 동네 뒤에 단칸 초당을 짓고
살기 때문이라고 설명했다. 불교정신은 우리나라 토착신앙과 깊
이 밀착되어 있었다.

정월 대보름의 오곡밥 나누는 행사는 동지 팥죽 나누어 먹기와
김장 김치 나누어 먹기와 더불어 동네 이웃들에게 먼저 나누고 외
지 사람들에게 대대적으로 나누어 주는 것이었다. 나누어 줄 밥을
미리 준비해 두었다. 큰 광주리나 소쿠리에 밥을 담아 두고 보시
할 사람들을 기다리는 것이었다.

우리 동네는 진주의 남쪽에 있으므로 주로 진주의 남쪽에 거주
하는 망경동 사람들이 왔다. 망경 듬 밑으로 줄을 지어 와서는 독
산, 우리 동네, 진티 등으로 줄을 지어 다니는 풍경이었다. 그 줄은
한길이 없었을 때의 다니는 모습이기도 하지만 밥을 보시하는 방
편에서도 순서대로 나눔을 받기 때문에 어차피 줄을 서서 받기 때
문일 것이었다. 나눔을 주고받는 어느 쪽에서도 양을 많이 하는
것이 아니고 조금씩 했다. 집집이 보시하고 집집에서 보시 받고,
어디까지나 십시일반의 정신이었다.

십시일반이란 말도 불교에서 온 말인 것 같은데 실제로 당시는
어느 절인지는 모르지만 중들이 식량을 구걸하러 많이 다녔다. 그
러면서 중들이 각 집을 방문하면서 '십시일반 하라' 고 직접 말하
는 이들도 있었다. 거지가 얻으러 다니는 것은 '동냥' 이라고 하지

만 중들에게는 그런 말을 적용하지 않았다. 중들은 살아 있는 부처로서 구걸을 거절하는 것은 불공을 거절하는 것과 같은 것으로서 나중에 지옥 가는 지름길이 되므로 누구하나 배척하지 못했다.

전문 구걸하는 걸인과 지나가는 가객, 지나가는 나병환자들이 있었다. 어느 누구든 음식을 구걸하러 왔을 때 절대 거절하지 못했다. 누추한 걸인은 헛간에 차려 주고 길손에게는 마루로 올라오라 하여 상을 간단히 차려 주었다. 문둥이라고 했던 나병환자들은 자기 그릇인 깡통에 음식을 쏟아 부어 주었다. 그들은 제 그릇이 없으면 밥을 주지 않았다. 너무나 잔인한 천형에 너무나 잔인한 대우를 받는 것이 문둥이들이었다. 거지는 그래도 인간이지만 그들은 단 한순간의 병 하나로 사람이 아닌 것이 되고 인격이 송두리째 말살될 뿐 아니라 가족은 말할 것도 없고 인간의 사회에서 격리되어야 하는 그런 부류들이었다. 아무도 그들에게 사람대우 해 주라 하지 않았고 동정심까지도 그들에겐 허용되지 않았다. 절대 가까이 하면 안 되는 무조건 두려운 존재들이었다. 가능한 멀리 해야 하는 존재들이었다.

'콩 하나도 나누어 먹어야 한다' 는 교훈적 격언이 있었다. 보시의 정신은 어느 민족이나 종족에게도 다 있는 정신이고 마음이겠으나 우리들 그 어려운 시절에 보시문화가 활짝 꽃 피웠음을 상기해 두는 바이다.